MISTBREAKER

破雾者

拖雷 著

作家出版社

图书在版编目（CIP）数据

破雾者 / 拖雷著. -- 北京：作家出版社，2024.6
ISBN 978-7-5212-2776-5

Ⅰ. ①破… Ⅱ. ①拖… Ⅲ. ①长篇小说 - 中国 - 当代
Ⅳ. ①I247.5

中国国家版本馆CIP数据核字（2024）第072384号

破雾者

作　　者：	拖　雷
责任编辑：	兴　安　赵文文
装帧设计：	意匠文化・丁奔亮
出版发行：	作家出版社有限公司
社　　址：	北京农展馆南里10号　邮　编：100125
电话传真：	86-10-65067186（发行中心及邮购部）
	86-10-65004079（总编室）
E-mail:	zuojia@zuojia.net.cn
	http://www.zuojiachubanshe.com
印　　刷：	三河市北燕印装有限公司
成品尺寸：	152×230
字　　数：	260千
印　　张：	20.75
版　　次：	2024年6月第1版
印　　次：	2024年6月第1次印刷
ISBN	978-7-5212-2776-5
定　　价：	60.00元

作家版图书，版权所有，侵权必究。
作家版图书，印装错误可随时退换。

白天跟着个鬼。

夜里顶着个神。

——归绥地区民谚

目 录
CONTENTS

上

迷雾 / 001

　　一道闪电让我从梦里惊醒。

　　等我彻底苏醒过来，才发现闪电不是来自外面，而是来自梦里。现在外面还是黑夜，我嗓子干渴，就在我准备喝口水时，发现黑影就在我的面前坐着。

　　他一动不动，像个阎王殿里的鬼魂。

中

破茧 / 129

　　我没有别的选择，只要我流露出一点儿心软的意思，本田麻二会毫不犹豫地掏枪打死我。我只能杀了陈娥，也就在我抬起刀犹豫之际，陈娥突然站了起来，用胸口抵住了刀尖，狠狠地迎了上去。

　　我的心跳在那一刻仿佛骤然停止。

　　特务科的人也禁不住叫了几声。

　　陈娥倒在我的怀里，刀已经刺透她的胸膛……

下

交锋 / 237

　　我慢慢拧开硫酸瓶盖，里面呛人的气味让人窒息，我脑子里想起陈娥，她一直存在我的记忆之中，她理想坚定……想到她的死，我很后悔，我为什么不去营救她？而让她就牺牲在我的面前……我对不起她呀……恍惚中，我又想起惠子，仿佛听见惠子的歌声在屋里回荡着，那旋律和那歌声，让我觉得惠子根本没有死，就在我身边……

上

迷雾

一道闪电让我从梦里惊醒。

等我彻底苏醒过来,才发现闪电不是来自外面,而是来自梦里。现在外面还是黑夜,我嗓子干渴,就在我准备咽口水时,发现黑影就在我的面前坐着。

他一动不动,像个阎王殿里的鬼魂。

引　子

　　1939年夏天，一支日本科学考察队在蒙古高原的西部某地，进行一项外人无法知道的科考任务，队员三十二人，向导一名，队长是江口正川教授。这位教授五十四岁，是个中国通，著有《中国西北考察记》《西域地质考》等著作，据说这位江口教授是第十次来中国考察。这次考察得到了日本军方大力支持，除了配备的五十多匹骆驼，各种物资，还备有先进的武器，这支科考队伍从归绥城出发，沿蜈蚣坝，过大青山，进入草原腹地……

　　半年以后，也就是1940年的春天，《蒙疆日报》登出这样一则新闻：

　　　我大日本帝国本着大东亚共同繁荣的原则，于昭和十四年派出以江口正川教授为首的中国西北科考团，考察团一行三十三人，深入蒙地，进行科考研究，科考团在草原某地不幸罹难，全团三十三人，无一幸存，魂亡异地……

　　这则新闻一出，各界哗然，对这次科考团的任务及人员死因有各种猜测，中国共产党、国民党、百灵庙蒙政会的德王、汪伪政府，甚至是苏联的间谍情报组织，纷纷行动，他们都想知道发生了什么。就在这个时候，中共情报组织截获日本军方一份电报，电报泄露了"野罂粟计划"的部分内容，原来日本考察队的科考仅仅是个幌子，他们真正的目的是在西北寻找一种代号为"黑蜘蛛"的矿物质，这种矿物质是日本生产的一种足以毁灭半个欧洲的生化武器的重要成分……让人没想到的是，一个当地向导活了下来，秘密将"黑蜘蛛"所在位置的地图送回归绥城。不想这消息不胫而走，引起各方蠢蠢欲动，一场争夺地图的行动，就这样悄悄地上演了……

一

我的故事还得从1941年8月8日说起。

那天是立秋。早晨看，天还不错，日头很亮，晴空万里，空中出现的几缕云，很像娘儿们身上撩人的薄纱。人走在大街上，身上没一会儿就会冒汗，丝毫感觉不到秋的凉意，可万万没想到，临近中午，忽然起了大风。风很大，竖起耳朵能听见，风里有鬼哭狼嚎声，当地人称这风是"鬼脸风"。风搅着黄沙，没一会儿，就把整个归绥城刮得天昏地暗，如同鬼城。也就是这个时候，特务科接到桃花公馆的命令，什拉门更村里发现抗日地下交通站。

这个命令来得很突然。也就是说，之前我们没有得到任何消息。

当时我和马科长还有崔板头三个人正在一起喝酒。崔板头不知道从哪里搞了点马肉，本来马科长姓马有忌讳，崔板头不好意思叫他，可马科长一点儿不在乎："老子姓马，就是马了？那姓牛的连牛肉也不能吃了？岂有此理，吃，老子就爱吃马肉。"于是在特务科的食堂里煮了一锅，等热气腾腾的马肉上桌，马科长兴高采烈地说："什么马肉驴肉，管屎他的呢！这鬼天气，咱们能快活比什么都强。"

都说"香驴肉臭马肉，饿死不吃骡子肉"。可真正吃起来，这肉一点儿不臭。我们三个正喝得热火朝天，一个勤务兵跑了进来，报告说是桃花公馆的电话，让马科长去接。马科长正喝在兴头上，有点不情愿，勤务兵表现得很着急，不安地看着他。马科长坐不住了，日本人的电话，他胆子再大也不敢违命，于是他擦了把嘴角的油，跑出去接电话。

没一会儿马科长顶着一头土回来了，满脸不高兴地说："这他妈的，任务早不来晚不来，偏偏这个鬼天气来，这酒喝不成啦！"

"怎么了？这好端端的酒和肉，什么任务至于这么着急？"崔板头眯着眼睛看着马科长。

马科长一边穿衣服一边说："日本人不让声张，任务还暂时保密。"

崔板头不屑地笑着说："保密，保个屁密！我敢保证没出这个大院，对方就知道了咱们的行动。"

马科长检查了腰上的枪："别废话了，你哥俩谁跟我走一趟，说不定一会儿真刀真枪地干上，我不能没有个帮手呀。"

马科长刚说完后，我酒劲正好上头，没等崔板头说话，抢着跟马科长说："我跟您去吧，那里地形我熟。"

我的话刚说完，就知道，自己说得太冒失，我看见马科长瞪着眼睛看着我，他有点意外，像不认识我一样，上下打量着我。

"你小子不是喝醉了吧？"

我既然说了，话就收不回来，故意睁大眼睛，看着他说："这一点儿酒，我刚湿了下喉咙。"

事实上，我能看出来一旁的崔板头，双手摩挲着腿，身子几乎要站起来，看样子他也要去，见我执意要去，就不跟我争了。临走他安顿我俩："子弹不长眼，你俩小心点儿，这酒和肉都给你俩留着呢，快去快回。"

出了特务科，风越刮越大，呼呼的，空气里到处都是呛人的土腥味，所有的房屋树木被风刮得歪歪斜斜的，大街上空空荡荡，连个鬼影子都没有。我记不清这是今年第几次风了，归绥这个鬼地方，一年四季总刮风。当地人都说，一年只刮两场风，一场从东刮，一场从西刮，一场刮半年。我坐在汽车上，随着道路颠簸，头有点昏沉沉的，不一会儿在颠簸中，我竟然睡着了。不知道过了多长时间，听见有人说到了，我睁开眼。

马科长站在车下正在交代任务，他脸上已经没有了刚才的轻松，面沉似水，刚才还有点泛红的眼睛，现在一点儿不红了，眼里闪着机警的光。他吩咐着，让人全部下车，步行进村，这样不会引起村里人的注意。

我跟着马科长进了村，村里静悄悄的，这个季节按道理地里的夏粮都已打尽，村里总得有两个闲人，可真奇怪，走了一路，没一个鬼影："这他妈的有点不对呀，咋连个放羊的人也看不到？"

马科长边捂着帽子边说："也许是风大，人们都躲在屋里。"

说实话，到了现在，我有点后悔，后悔自己喝了点酒，头脑一热逞能人，可来也来了，就不能让马科长看出我是个怂人。于是我振作精神，把手放进怀里，紧紧地握着枪，瞪大眼睛，警惕地看着四周。

前面有一个大院，看样子有半亩多地，大院两侧种的高大杨树。院墙是土墙，有两人多高。这个大院就是电话里所说的秘密交通站。

墙上不知道有什么东西来回摆动着，我以为是人影，揉了揉眼，仔细一看，原来是几团风滚草，挂在墙头上。说实话，到了这会儿，我内心一点儿没感到害怕，反倒还有点兴奋，我目测了墙高，活动着腰腿，对马科长说："让我上吧，我从后院墙上，你带着人从正门进。"

马科长看了看高墙，又看了看我。

我知道他不相信我，我就对他说："你忘了，从小我可是练家子，这墙头，我如走平地。"

这话我是吹牛。

马科长抬起脚踢了我两下。他看了下表，时间紧迫，说："对方手上有枪,你小子给我注意安全,上吧。"

夸下海口,我只能硬着头皮上了,特务科的两个兄弟一个站着,一个蹲着搭成人梯,我才爬上墙头。可能是喝了酒的原因,上了墙后,我有点头昏眼花,胃里那些未消化的马肉和酒不断往上涌,我几乎快要吐了。我硬是忍住了,然后伏在墙头一边喘着粗气,一边观察着院子里的动静,院南面正门后有影壁,北面正房是三大间,盖得很气派,这说明院子的主人是个有钱人。让人奇怪的是,院子里同样也是静悄悄的,既没有狗,也没有牲口什么的,就连只鸡都看不到。从外围看,这里一点儿不像是个住户人家,也不像有人在聚会(聚会总有一个放风的),不管如何,我决定还是跳进去再说。我翻过墙头,四肢有点不听指挥,落地时,扑通一声,我摔了个四脚朝天,脊椎骨钻心地疼。好在声音不大,我从地上爬了起来,顾不上拍身上的土,举着枪,紧张地观察着四周。

我身后的那两个小特务,也相继翻墙进了院。

一个特务去前面正门,准备从里面打开门闩,让院外的马科长进来。我有点按捺不住,马科长一进来,他会带着人冲向正房,那样我只能靠边站了。我心里想着要抢个头功,就一个人举着枪跑到了正房的门前,门是老榆木做的,本来我想的是,用脚踹开门,然后高喊着"谁也不许动"之类的话。可就在我刚抬起脚,里面传出砰的一声,一颗子弹击中了我的头部。

我什么都不知道了。

后来,我才知道,我在医院里整整躺了三个月。

我隐约听到窗外呼啸的北风,风声像个巨兽的呼吸,有时强烈,有时微弱,我周身冰冷,感觉那风已经吹进我的骨头里。那段日子,我觉得自己已经死了,人死了,也就是这个鬼样子。我一个人平静地躺在棺材里，鼻子里能闻到棺材新鲜的木头香味，这种木头可能是大青山上的柏木，有一股奇特的香味。我还能看见我死去的爹妈也在这里，他们跟我一样，平平整整地躺着，我甚至叫了他们一声，他们应声转过了脸，朝着我笑了一下，又恢复到之前的模样。

那三个月之中，我能感觉出我的身子像张纸一般，忽起忽落。

当某一日，我渐渐地睁开了眼睛，眼前隐约站着一个丑陋的人，我还以为是阎王派来的无常小鬼。等我看清楚，才发现，这是一个长着大鼻子的外国大夫。他用细长的手指，在轻轻地揭开缠在我头上的纱布，他的动作很缓慢，他的手指像女人的手，又白又细，我发现这个大鼻子没有把我领到阴曹地府，而是把我带回了人间。我看到了一个新世界，绚丽，新奇，陌生。

当他微笑着问我的名字时，我愣住了，很快我发现了一个让我感到更加恐惧的现实，以前的那个旧世界，忘得一干二净。

"你想不起来，也别着急，慢慢会好的。"说完，大鼻子又用女人一样的手，给我披了披被子。

听这个大鼻子说，这是一家瑞典传教士在归绥城开设的医院。大鼻子本人也是基督教的传教士，他对我说："你真的命大，再多一寸，你的命，就没了。"

大鼻子还告诉我："因为子弹伤了你的神经，你现在是间歇性失忆，你现在的情况……用你们中国话说就是'裤带没眼——记（系）不住'……"

他的俏皮话并没有逗乐我。

我努力去回忆过去，回忆自己是谁，可一切都是徒劳。我的脑海里仿佛全是黑夜里深不可测的海水，什么都不记得了，面对眼前的一切，我像来到了一个陌生的世界。

我看着大鼻子，一脸哀求地说："那，那，我什么时候能恢复好？"

大鼻子叹了口气说："如果恢复得好的话，也许能好；但也有种可能，就是一辈子也治不好。"

"啊？"我呆呆地看着大夫。

大鼻子大夫换了一种口气，他说："我刚才说的可能，这一切前提都得看你恢复的情况。"

我一听"一辈子"，顿时泄了气，眼前仿佛能看到一个衰老的人，像个傻子一样，佝偻着身子，面对着月份牌发着呆。这个人无疑就是我，以后的日子，我将要面对的就是这样的生活。

又昏睡了几天后，我能意识到，我还活着，这就是好，老人常说的福大命大，我终于活过来了。

大鼻子说得一点儿没错，枪伤让我真的得了间歇性失忆。不过没有想的那么糟糕，用他的比喻是，现在我的脑子更像是被烧坏的胶片，有的地方清晰，有的地方空白。

现在我头上有一个明显的疤。就在我头部的左侧，靠耳朵上面的位置，有一个指甲盖大小的伤疤，这个伤疤现在还没痊愈，那里空空的，风能直接钻进我的脑子里。

等我身体彻底恢复了，医院来了特务科的同事来看我，其中一个叫崔板头的（他自称跟我最要好，我一点儿也想不起来了），那天他走进我的病房，看到我的瞬间，他的眼泪就流了下来。

他上前抓住我的手，哽咽地说："兄弟，你他妈的好端端的，这是怎么了？"

他的手很生硬，我因惊吓，身体不停地颤抖着，眼睛不安地看着他，我不知道他是谁。

"你他妈的怎么了，连我也不认识了，老子是崔板头呀。"说着他把头顶上的帽子摘了，然后用手摸了下他不太圆的脑袋。

我还是茫然地看着他。

他转过身，对大鼻子说："大夫，这家伙怎么了？以前是个多机灵的人，现在咋跟个愣子差不多了。"

当大鼻子把我的病情告诉了崔板头，崔板头的眼泪又出来了，他拉着大鼻子的手，不停地说："洋大夫，洋爷爷，你一定帮我，把我兄弟的病治好，只要治好，你要什么我就给什么，不行，我在归绥再给你娶上一房姨太太。"

大鼻子被崔板头的话逗笑了，他一边摆手一边说："不用不用，我有太太，你放心，我一定会尽心尽力的。"

崔板头又转过身对我说："告诉你一件事，咱们的马科长也死了，就是那天执行任务时……"说着，他看了下四周，压低声音说："我听说你会担任特务科科长，哎，看你现在的情况，你当上当不上也没屌用，先把身子养起来，老子不能没有你这个兄弟呀……"

后来，我才听说，原来那次围剿归绥地下交通站的行动，对方早有埋伏，不光埋伏，还专门设计了一个套，等着我们去钻。那天不光是我倒霉，还有更倒霉的人，就是我们的马科长。那天也许他真不该吃马肉，马肉是祸根，他比我更倒霉，他死了，死得有点惨，他被一颗子弹击中脑门，脑袋开花，当场毙命。击中我俩的那个枪手被特务科的人当场打死，另外在现场还抓了一个人，这个人已经交给了日本人处理。

我苏醒后，一时无法适应眼前的生活和身份。当搞清楚我是日伪特务科的特务时，我有点发蒙，我什么时候到的这里？怎么会当了特务？我是谁？这到底怎么回事？这一系列问题，像个巨大的旋涡将我卷入其中。

崔板头算是我一个要好的朋友，他隔三岔五地来看我一次，并且按照洋大夫的话，多跟我说说以前的事。从他那儿得知，以前我在特务科里，算得上一个兢兢业业的人。我进特务科时间并不长，大概不到一年，因为跟马科长的私交好，每次业绩考核中，我总被表扬，后来被提拔为行动队队长。在特务科的年终表彰大会上，厚和城防五师的武师长（我们特务科的上级）对我赞赏有加。他对我说，希望我再接再厉，争取为五师争得一枚樱花勋章。

樱花勋章，是日本人对归绥日伪特务的最高奖赏，很多日伪机构的人做梦都想得到。在我们五师的历史上，一共有两个人得过樱花勋章：一个是五师的副师长，他被归绥的铁血暗杀团暗杀在一个澡堂子里；另一个就是马科长，他因为查获灯泡厂里有抗日集会，而受到嘉奖，现在也死了。

崔板头说这些时，我感觉有的事似乎在脑子里存在过，可很快一闪，什么都没有了。崔板头在讲，我则盯着天花板，随着他的话，我想揪住记忆中的绳子，可我的脑子里空荡荡的，我觉得崔板头在讲另一个人的故事。

三个月后，我出院了。

出院的时候，那个大鼻子大夫告诉我，我的外伤基本上痊愈了，需要慢慢调养，但记忆这个东西，看来短时间不好恢复。大鼻子大夫说："我已经想了该想的办法，效果还是一般。"

"我知道，这次我能从医院安全地出来，真是老天开眼。"

我朝着大鼻子大夫跪下，准备磕个头时，被那大鼻子扶了起来，他一脸惊慌地看着我："你这是干什么？"

我说："你是我的救命恩人，我就是想谢谢你。"

回到了特务科，我感觉一切都是新鲜的，一切看来需要从头再来。没几天，我居然获得了樱花勋章，面对这个突如其来的嘉奖，我有点不知所措。以前对于这个勋章，想都不敢想，如今它竟然会落在我的头上！

要知道，在五师历史上，我是第三个得樱花勋章的人，可我真不希望像前两个人那么倒霉地死去，我想好好活着，我才二十七岁，这么早死了，我太冤了。

表彰会是在归绥城大剧院里开的，如今它成了归绥中日亲善礼堂，那天会场上黑压压的，有各个级别的日本军官，有伪军的长官，还有归绥城里亲日的官绅王爷。我站在台上，被眼前的阵势有点吓蒙了。在一曲《君之代》的日本国歌之后，桃花公馆的最高顾问本田麻二向我授予樱花勋章。这个日本人在给我戴完勋章后，用一种和善的目光看了我一眼，然后又伸出手，在我的肩上拍了一下，用流利的中国话对我说："你大有前途，好好干。"

我确实有点激动，因为我到特务科才一年，多少人做梦想得都得不上，特务科的人谁都没想到这好事竟会落到我头上。为了感谢五师长官栽培，我在归绥城有名的鸿雁楼摆了三桌，宴请五师的各位头头脑脑，酒席上，我几乎跟在座的每一个人都碰了一杯，他们尽情地夸我，我很陶醉，宴会结束，我已经喝得不省人事，最后还是崔板头把我送回家的……

二

那夜的风刮得很猛,在睡梦中我感觉地动山摇。

我做了一个梦。梦见我躺在一条船上,船在巨大的风浪中上下摆动,我手里拿着一把明晃晃的刀,正对准自己的胸口,狠狠地扎了进去。让我奇怪的是,刀尖明明已经扎进了我的肉里,我没感觉到一点儿疼,于是我开始了第二刀、第三刀……我不断地朝着自己的身体猛扎着,我看见自己的血喷涌着,迸溅着,没一会儿那红红的血顺着我的身体,流了一船,就连船下的海水也变得越来越红……

醒来以后,我才意识到这是一场梦,梦里惊悸的余味还在脑子里残存,我缓了好长一段时间才清醒过来。

这个时候,我才意识到外面在刮风,屋里一扇窗户被风吹开,嘎吱嘎吱直响,屋里全是呛人的土气。外面又在刮沙尘暴,从窗口望去,天还是黑乎乎的,猛烈的风像浊浪一般涌入屋内,我的头很疼,嗓子发干,这时我才隐约想起来,我昨天喝了酒,而且喝了很多,我忍住头疼爬起身,关住了窗户。

接着我继续睡,我做了第二个梦。

我梦见一个宽敞的地方,有一个女人在跟我说话,我无法看到她的脸,她背对着我,她的声音很低,说什么我都听不清。这个时候,远处传来了几声钟响,很清晰,她站起来对我说:"时间到了,我该走了。"这句话我听清了,梦也就醒了。

等我睁开眼,再次发现窗户是开着的。我愣了一下,我已经记不清是否关过它,风很大,刮得屋子里的灯泡来回摆动,于是我再次爬起来，摇摇晃晃地走到窗户边，风呼呼地吹着，有几次差一点儿把我吹倒，就在我走到窗前，准备关窗户时，万万没想到，一把黑乎乎的枪会从窗帘的后面伸了出来，冰凉地顶住我的脑袋，那一刻我吓得魂都没了。

"别动。"声音很闷，像遥远的惊雷。

我有点迷糊，因为眼睛上有眼屎糊着，我睁了半天才睁大眼，这时才看清窗帘后面站着一个黑影。风把窗帘吹得来回摆动，他像个鬼魂，慢慢地从窗帘后走到我面前，这个黑影是中等个子，身上穿着一件黑色长衫，脸上蒙着黑纱，无法看清他的长相。

我惊慌地正要大叫，黑影狠狠地说："你敢出声的话，我崩了你。"

我还是第一次让人拿枪顶着脑袋，这种滋味怎么说呢？很难受，连我耳朵后面的伤口也在隐隐作痛。我浑身打战，惊恐地看着他，他的声音很缓慢。

"你是不是想问我是谁？干吗来找你？"

我摇了摇头。

黑影压着嗓音对我说："看来你不相信这枪是真的，告诉你，这是苏联产的，我就是用它，杀了你们五师的副师长，看来你是第二个。"

我酒劲儿醒了一半，头也不疼了，冷汗顺着脖颈一个劲地直淌。我不知道眼前是什么人，来找我要干吗？我赶紧说："你是谁，有话好说，有话好说。"

那个黑影嘿嘿地笑了一下："你就是李队长？"

"鄙人李明义。"我知道现在不是跟他逞强的时候，立刻装作一副屄相，"好汉，你要钱的话，我给，我现在就给。"

那个黑影说："我不要钱。"

"不要钱？"我一愣，马上问，"那，那你要什么？"

"要你的命。"

"啊？"我愣在那里。

他还在恶狠狠地说："今天，我要为死去的战友们报仇。"

一个人从高处摔到低处是什么样的？就是我现在这个鬼样子。

这个不速之客的声音把我吓得魂飞天外，刚止住的冷汗，瞬间又从我的头皮里渗出来，流了一后背，我扑通跪在那黑影面前哀求着："别杀我，咱们没仇没恨，别杀我呀。"

黑暗里传来一个打开枪保险的声响，黑影很沉稳，听不见他的任何气息，他就是一个黑影，一个无声的黑影。我很明白这个黑影只要手指轻轻扣动扳机，一颗尖锐的子弹就会从枪膛里飞出来，瞬间要了我的命，我不会再像上次那么幸运，这么近的距离，我再福大命大也在劫难逃。

我不断地哀求着黑影："咱们没仇没恨，你干吗要杀我……"

黑影说："没仇没恨？你是日本人的走狗，你说有没有仇恨？"

我极力让自己清醒，不断猜测这个人的真实身份，他是什么人？救国会的？锄奸团的？还是……现在的局面最要紧的就是稳住他，让他变得冷静下来。我一脸委屈地说了一大堆自己也是迫不得已之类的话，希望得到黑影的同情，过了一会儿，我见黑影不说话，就紧张地问："敢问您是什么人？"

"你找死？"那个黑影狠狠踢我一脚。

我改口说："好好，我不问，您别杀我，让我干什么都行。"

"不杀你？你想得容易，你杀了多少我们同胞，你的手上沾了多少他们的鲜血？这叫血债血还。"

"我没杀过人呀，您可以到特务科打听打听，我可是个出了名的孬包，平日里我连枪都很少摸，更别说杀人。"

"不用打听，你他妈的现在就是个孬包、软骨头。呸，你们这样的人只配当汉奸……"

"骂得好，骂得好。"我立刻点着头，看来眼前这个黑影情绪开始稳定下来，只有这样，我才有机会。

"告诉你，你的行踪我了如指掌，这段时间你在干什么？"

"我头受伤了，一直在医院里。"

"真的？"

"真的。"

我想打动他，随后哭了起来，哭得很伤心，鼻涕眼泪地流了一脸，这一招果真有了效果。

"别他娘的给老子装。"黑影把枪从我的头上拿开，他的手伸了过来，他的手很粗糙，在我的脸上头上乱摸一气，然后摸到了我头上的伤口。

他骂了一句："妈的！看来，你真是个废物。"

他将我的手脚捆住，从腰间掏出一个手电筒，在我的屋子里来回翻弄着，从我的床上、衣柜里、房间的每个犄角旮旯，该翻的地方都翻遍了。他翻得很认真，看样子既不是找钱也不是找金条，像是找一件他很熟悉的物品，不知道翻了多长时间，后来他可能有点累，但却什么都没翻着。

"您在找什么，我告诉您。"

"少他妈的废话。"黑影走过来，朝我又狠狠地踢了一脚。

我住的这座城市，叫归绥城，原来是两座城，一座是明末修建的归化城，一座是清初建成的绥远城，后来两座城池连在了一起，统称归绥城。随着城里连年的战火，这里破败不堪，到处是死尸，有的是病死的，有的是饿死的。有一个成语叫饿殍遍野，应该就是这个样子。日本人为了防止瘟疫，曾组织归绥的伪政府清理过，可刚清理完，又有不少人横尸街头，街道上散发着阵阵的恶臭，成群的黑乌鸦每天盘旋于头顶之上，在道路两旁的歪脖子树上，整天嘎嘎嘎地叫着，听上去有点阴森恐怖。

黑影现身那夜，归绥城出现了特大的风暴。

这是我后来到特务科才听说的。

那天黄昏，归绥城本来还一片祥和，在城东甚至出现久违的白塔耸光之景，这是归绥城的八景之一，白塔是辽代所建，因为塔体白色，故称白塔，耸光的景象只有光线极佳之时方得一见。太阳刚落山，骤然刮起大风，刮得天昏地暗，飞沙走石，树木歪斜，风还没停，天空西北角漫来一团黑云，整个城市如同鬼域，黑漆漆的，树木房屋什么都看不着，伸手不见五指。《蒙疆日报》上这样写道：

> 庚辰年重阳夜，起大风，甚虐，归绥地区死伤牲畜过百，无人殁。

让人胆战心惊的风声整整刮了一夜，窗外到处是树枝断裂的声响，一个喂狗的铁盆被风吹得叮当乱响，那只狗追着狂吠。

第二天，外面的风变小了，但是仍没停下来，天色渐亮，我再也睡不着了，从床上爬起来，打开窗子，外面还会闻到一股呛人的土味。天灰黄灰黄的，像被一层黄雾笼罩着，我赶紧关住了窗子。

这个灰不溜丢的早晨，我感觉很沮丧。我坐在桌子前抽闷烟，烟灰缸里堆满了烟屁股，我愁呀，眉头紧锁，一只手托着下巴，脑子还在想着夜里神秘的黑影。

想来想去，我的脑子仍乱作一团。

这么说吧，在归绥城里，我相信自己没有仇人，就是有，他们应该恨的不是我，而是日本人。这个神秘的黑影为什么会找到我？很显然是我特务科的，我这个身份的人在归绥城有很多，可为什么他偏偏找到我？还有他在我家里来回翻找，是在找什么东西？我家里会藏着什么？

窗外灰蒙蒙的天让我觉得这个早晨很真实，假如夜里是个梦该多好。

我需要一点点把过去的事情回想起来。

我想到了一个人，也许他能帮我。

这个人是特务科情报队队长崔板头。我听说，特务科自从马科长死了以后，目前没有科长，本来要由我接替，没想到我的脑伤让我基本成了一个废人，特务科的一切由崔板头代理负责。

在这一点上，崔板头对我感激万分，他以为，我是故意推辞不干，让他接任的。

说起崔板头这个人，他长得有点意思。崔板头崔板头，他头长得有点板，塞外之地，小孩都有堰头一说，据说只要堰好的头，人长大了就是圆头圆脑的。可能崔板头小时候头没堰好，长大了就变得越来越板，特务科的人习惯叫他崔板头，对于这个外号他不仅不生气，反而很高兴，久而久之人们也忘了他的真实名字。

我跟崔板头关系不错，用崔板头的话说，大家是山西老乡嘛，都是喝醋长大的。就是因他的这句话，我俩的关系越走越近，时间一长，我发现，他这个人人不坏，身上有点江湖义气，总有事没事爱喝点酒，发发牢骚。

头顶上的太阳，浑浑浊浊的，像滴老泪。

风变小了，可空气中还有飞扬的尘土。大街上所有的人，脸上都缠着一块布，阻挡着令人窒息的土味，这些人从我的眼前走过，我的心里总是一惊，他们让我想起昨晚那个黑影。我不安地看着从我身边路过的行人，担心那个黑影也许正混在这些人的中间，目光凶狠地盯着我。

中午，我把崔板头约到一家叫西北人家的酒馆里。

崔板头大高个，人一进屋，屋子里感觉黑了一半，他晃动着身体，拍了拍身上的土，边骂外面的鬼天气，边一屁股坐在椅子上，笑呵呵地对我说："你他妈的昨天没喝好呀，还喝？"说完后，见我发愣，就说："你他妈的是不是都忘了？好吧，谁让咱们是兄弟。"说完，崔板头解开领口，撸起袖子，这是他吃饭前的一贯派头，他刚举起筷子，然后又放下了，他说："是不是让我帮你回忆回忆昨天发生的事，我给你讲啊……"

我点了几样崔板头爱吃的菜，其中一盘是爆炒驼峰丝，是这里的招牌菜，等菜一上桌，我赶忙给崔板头倒满了酒。

他一边喝酒，一边把昨天的事情给我讲了一遍。

喝了几杯，我仍在走神，崔板头发现了，就止住刚才的话题，告诉我一个新消息，打伤我的那个枪手已经查明了，他叫刘庆，另外还被抓住的那个人叫侯忠孝，他俩都是军统的。那天他们故意散布抗日分子聚会的消息，就是吸引特务科的人去……

崔板头喝了酒，话头有点兴奋，见我仍有点魂不守舍，就对我说："你听说没？"

他的话，把我的注意力吸引过来："什么？"

"原来他们的目的是狙杀马科长，你知道不？我告诉你一个事，你肯定不信，原来马科长是他们军统的卧底，没想到马科长被日本人收买了，他们本想要除掉他，正好你倒霉，把你给打伤了……"

"什么？马科长是他们的卧底？"

崔板头夹了一口菜说："这是刚从日本人那里传来的消息，开始我也不信，咱们天天跟马科长在一起，怎么就没看出他是军统的人？"

崔板头一说这些，我感到脑后冷风飕飕，原本痊愈的伤口却隐隐作痛。我怔怔地看着崔板头，似乎有点不太相信他的话。

"咱们不会跟着受牵连吧？"

"不会。"崔板头嚼了一颗花生说,"跟马科长打交道的人多的是,咱们算个屁。"

"可,我觉得马科长也不像军统的……"

崔板头说:"这叫什么?叫知人知面不知心,有意思的还在后面呢——"

我被崔板头的话彻底吸引住了,跟他干了一杯酒,然后催促他快讲。

"这个侯忠孝被抓后,本田麻二不知道使用了什么手段,侯忠孝很快变节,也跟马科长一样,成了叛徒,因为他的叛变,绥远军统有很多人被日本人抓了,短短几天,他们在绥远的情报站几乎被日本人端了窝。军统的人恨死了这个狗汉奸,恨不得扒了他的皮,吃了他的肉。对了,归绥城里流传一条关于侯忠孝的顺口溜,我还记了几句:什么'侯忠孝,当走狗,害了同胞害战友;臭汉奸,不会好,死到地狱受煎熬。小鬼先把他来烤,阎王判他十八层牢……'"

说完崔板头笑了起来。

我俩说笑了一会儿,我想起了一件事,像一道闪电,便问崔板头,在我受伤之前,有没有得罪过什么人?

崔板头摇了下头说:"没有呀,你这个人规规矩矩的,虽说你是行动队队长,可每次行动,你都是躲在后面指挥,又不参与抓捕,能得罪谁呀?"

他这么一说,我紧张的心变得坦然一些。

崔板头仍谈兴很浓,他继续说侯忠孝的事:"你听说没,特务科马上要派来一个新科长,这个新科长就是侯忠孝。"

我一听有点激动,拍了下桌子,对崔板头说:"这他妈的不是故意耍人玩吗,马科长尸骨未寒,他们这么做合适吗?再说,你,崔大队长都干了这么长时间,早就该提拔了,他们居然又派了一个叛徒,他叛变得这么快,谁知道会不会是军统的卧底?"

崔板头用指头竖在嘴上，嘘了一声。他示意我小点声，然后对我说："这不是本田麻二的意思嘛，现在咱们的主子是谁，是日本人，一切就得听人家的话。"

我还是为崔板头打抱不平。

崔板头连端着酒杯："喝酒喝酒，不提这些。"

我和崔板头又喝了会儿酒，他问我伤势，我回他："医生说能治好能治好……"

"赶紧治好吧，我听说这个马上来的姓侯的，不是好惹的，估计闹不好，还要对咱们俩下手呢。"

"对咱俩下手？"

崔板头擦了擦油腻腻的嘴说："他刚来，想在日本人面前表现表现，你想想，他能对咱们俩好吗，以后的日子真他妈的不知道该怎么过呀！"

那天崔板头又喝醉了，他一直在聊侯忠孝，我想插话，聊点别的，可一句没插上，全是他在说。

夜里，头顶上星空璀璨，这是归绥城难得的好天气，我坐在院子里的一把藤椅上，抬头看着夜空。我也不记得是什么时候养成的，它已经成了我的一种生活习惯，只要我心乱如麻的时候，我就会一个人坐在空地上，呆呆地看着星空。今天星星仿佛都约好一般，一个个高悬于我的头顶之上，星星点点，清晰可见，李白的那句"手可摘星辰"说的就是这样的情景。

看着看着，我脑海里不知为什么想起了侯忠孝这个人。

这几天，我把侯忠孝的情况了解了一下，大致是：侯忠孝以前是军统绥远站的王牌特务，在"四一二"后，他来到绥远，长期在国民党绥远军统站工作。据说他那时很能干，还去过张家口的青训班，"七七事变"后，他仇恨日本人，曾在归绥组织三青团，暗杀过日本的一个少佐，因为他的壮举，受到了重庆的嘉奖。随后侯忠孝在归绥城组建了抗救会和暗杀队，让日本人一度很惊慌，他们来无踪去无影，不仅暗杀日本人，还杀一些亲日的商人汉奸，在归绥城算是一个神龙见首不见尾的军统得力干将。可就是在刺杀叛徒马科长的行动中，他被抓获，送到桃花公馆后变节。

我想不通为什么本田麻二要策反这么一个人，但不难猜到的是，侯忠孝身上一定有日本人需要的价值。

我正在胡思乱想，有一个黑影出现在我的门口。我警惕地把枪掏了出来，上了膛。我的心剧烈地跳动着，只要我看清是那个黑衣人，我相信自己会毫不犹豫地朝他开一枪。

当那个黑影走近了，摇摇摆摆的，我才看清是崔板头。

借着灯光，我见崔板头的脸色有点不好看，这段时间我也听说了这个突如其来的新长官，阻挡了雄心勃勃的崔板头上位之路。我听老乡韩三说崔板头为此找过他姐夫武师长，问过这是怎么回事，武师长也很是无奈，他称这是日本军方的安排，自己根本插不上手。崔板头上不了位，只能当这个小小的队长，以后有了侯忠孝，他要当科长更是难上加难。

这些日子，崔板头几乎每天和我厮混在一起，不是我请他喝酒，就是他请我，喝酒时说话内容多数是跟侯忠孝有关。

我让勤务兵给崔板头沏上茶，然后示意他先出去，有事再叫他。

崔板头喝了口茶，对我说："你这里怎么加了两个岗，至于吗？"

我说："现在不安全，你我给日本人干活，不知道有多少人想杀咱们，还是小心为上。"

"你这点疑心，快赶上侯忠孝了。"崔板头哂笑着。

"什么意思？"

此时崔板头跷着二郎腿，点着根烟，他说："侯忠孝就疑心重，人们给他总结叫他侯三怪。"

我很感兴趣，就问他，是哪三怪？

崔板头一脸坏笑地说："这三怪嘛，我给你讲讲，第一怪是他的鼻子灵，有人说他鼻子是狗鼻子，十几里外的气味他能闻得一清二楚。第二怪是看人的眼神怪，他爱盯着人眼睛说话，一动不动地，他这个毛病，连日本人都受不了，他被抓后，本田麻二被他古怪的眼睛看急了，就八嘎八嘎地拍桌子，认为他对帝国军人不尊重，尤其像他这样的中国人，不能用这样的眼神。被日本人骂过之后，侯忠孝还是没有改掉这个毛病，日本人拿他也没办法。第三怪，就是对人爱刨根问底儿，这家伙脑子想得细，往往在问别人时，让被问的人顿时阵脚大乱，加之他前面的两怪，被问的人没一会儿心理防线就会崩溃。"

我听他这么一说，心里起了毛："这种人太可怕了，日本人都受不了，别说咱们了。"

崔板头还说："平日里侯忠孝很少有笑的时候，他的样子基本是皱着眉头，脸绷得很紧，他的牙不停地咬着下嘴唇，下嘴唇被咬得血色全无，对了，他还有个习惯，就是两只手背在身后，手指搭在手指上，离近的人，能听见他掰手指关节嘎巴嘎巴的响声……"

我听得有点瘆人，顿时浑身起鸡皮疙瘩。

崔板头看出我的紧张，大笑起来："我发现你自从中了枪后，怎么越来越尿？"

我继续抬头看着星星，天上繁星点点，深奥莫测。

"以前我是什么样的？"我问道。

崔板头点着根烟，烟头上火光一明一暗的。

"说了多少遍了，你算个规矩人，跟谁也不急，文绉绉的……对了，你身上那点本事，还在不在了？别他妈的，真的成个废物。"

崔板头的话音未落，我看见夜空里飞过一只山雀，我抬手来了一枪。

清脆的枪声，吓了崔板头一跳。就在他惊愕之际，那只黑乎乎的鸟，从天上掉了下来，摔在我俩眼前。

外面勤务兵跑了过来，用手电照了下院子里。崔板头朝着他们喊道："照什么照？没事，老子和李队长试下手枪。"

勤务兵见没事，慌忙退出去了，院子里又安静了，我突然想起崔板头刚才的话，问他："那以后该怎么办？"

"怎么办？日子长着呢，他来了，你自己慢慢体会。"

那天以后，特务科确实发生了一些变化，要来新科长，在特务科早已不是秘密，每天都能看见一些人聚在一起交头接耳议论纷纷。说白了，我也有点心慌，虽然在特务科里，我有樱花勋章在身，可早已把以前的战绩忘得一干二净，倘若这个新科长真的来了，问起我，我一无所知，这该怎么办？我想过最坏的结果，大不了我这个行动队队长不干了，当然这是气话，我好不容易混到今天，怎么可能说放弃就放弃呢！

几天之后，侯忠孝正式上任了。

上任大会上，我头一次看清这个人，他个子中等，梳着小分头，眼睛不大，但眼神明亮，举手投足很儒雅，一点儿不像老练的军统特务，倒像个小学里文绉绉的教员。他走路时爱背着手，背在身后的双手，不断地挤压着关节，不时发出嘎巴嘎巴的响声。

这是我对他的最初印象。

刚过没两天，我就领教了这个侯忠孝的"三怪"。

一天在操场上集合，这是特务科惯例的体能训练，这套惯例是从日本人那里学来的，用日本教官的话讲，"日本帝国要立足东方，靠的就是体魄，没有健壮的体魄，就会像你们支那人那样，一副病恹恹的样子"。马科长活着的时候，我们基本是三天打鱼两天晒网，没太当回事，现在新科长来，装也得装出个样儿。

不远处有一个人在盯着我。

盯着我的人正是侯忠孝。

我没有再去看他,而是直挺挺站着,一点儿都没想到侯忠孝会站在我面前,整个过程,我几乎没听见他的脚步声,他像一阵风飘到我的眼前。

"你叫李明义吧?"侯忠孝在我的面前,微笑了一下,那微笑让人感到不舒服,看上去有点勉强。

我立刻挺直了身子,向他敬了一个礼。"报告科长,属下是行动队队长李明义,明晓忠义的明义。"

"李明义,这个名字好,有气魄!你可能不认识我,我,侯忠孝,忠孝不能两全的忠孝。"

我高喊了一声:"侯科长也是好名字。"

侯忠孝突然用手在我身上掸了掸土,这个举动很亲切,我有点不习惯,因为我身上没土,可这不影响侯忠孝这么去做,他很认真地掸完土后,抬起头看着我的眼睛。

我想起了他的"三怪",面对这样的眼神,说实话,我一点儿不习惯,知道不能躲避,只好硬着头皮迎接。

他轻轻地问道:"你是哪儿的人?"

"属下是山西忻州人。"

"山西人?"侯忠孝在我的身边转了一圈,他的鼻子几乎快要贴到了我的身上,"可你口音不像是那儿的。"

我说:"侯科长,家父是山西人,走西口来到塞外,我后来从军是在后山的蒙政会。"

侯忠孝微笑着说:"走西口?好,我知道我们过去军统的人好多都是山西人,你不会跟阎老西他们有什么瓜葛吧?"

我说:"属下从来没去过山西,没见过什么阎老西,现在属下就觉得天底下归绥城是最好的。"

"这里有什么好?"

"在这里,能出人头地。"

侯忠孝一下子兴致很浓地看着我说:"好,出人头地好,那我问问你怎么才能出人头地呢?"

"属下无能,当然全靠长官栽培。"

这套话全是崔板头之前教的我,侯忠孝听完后哈哈哈地笑了起来,笑完了正待说话,他看见了我头上的伤疤。

"你的头是怎么了?"

我说:"三个月前,我在执行任务,头部中了一枪。"

"我看看。"侯忠孝把头凑过来,看了下伤口,他边看边说,"开枪的距离很近,不超过一米,你的命真大。你知道吗?那天我也在现场。你很幸运,这一枪不是我开的,若是我开的话,你就不是这一点儿伤口了……"

我没说话。

"这伤对你有影响吗?"侯忠孝继续问道。

我眼圈红了一下,说:"怎么能没受影响!我受伤以后,整整在医院里躺了三个月,醒来以后,大脑里空空如也,什么都不记得了。"

侯忠孝变了脸色,他说:"你——失忆了?失忆了,还他妈的待在这里有屁用!"

他的话让我一愣,这家伙会这么快翻脸,虽然一肚子火,但我还是忍着内心的愤懑。一旁崔板头憋不住了,他站出来说:"侯科长,这是荣主任的外甥。"

"荣主任?"侯忠孝把目光再次转在我身上,像在打量一个陌生人,看着看着,他摸着下巴问,"你是荣主任的外甥?怎么荣主任从来没有和我提起过?"

我知道他在诳我,我轻蔑地说:"属下也从来没听我舅舅提过您。"

一边的崔板头捂着嘴吃吃地笑着。

侯忠孝有点尴尬,他愣了一下,很快哈哈大笑起来。"你失忆了,还记得这些呀,跟你开玩笑呢。"他一边笑,一边拍着我的肩膀说,"我这个人爱开玩笑,别当真。"

我看着他问:"您真认识我舅舅?"

"怎么能说认识,我和荣主任是好朋友,过去都是青训班的同学,好多年没见面了,你有空见了他,替我问他好。"

我赶紧点着头:"一定一定。"

三

一道闪电让我从梦里惊醒。

等我彻底苏醒过来，才发现闪电不是来自外面，而是来自梦里。现在外面还是黑夜，我嗓子干渴，就在我准备喝口水时，发现黑影就在我的面前坐着。

他一动不动，像个阎王殿里的鬼魂。

我根本不知道他什么时候来的，什么时候坐在我的面前，我惊慌失措地说："你吓了我一跳。"

黑暗中他不说话，我能感觉到他的眼睛在盯着我，沉默了一会儿说："老子以为你是条汉子，没想到你他妈的跟娘儿们一样！你穿好衣服，我有话要对你说。"

我一听，赶紧塞塞窣窣地穿好衣服，这个过程中，我有点慌乱，一会儿腿伸进了衣服袖子里，一会儿裤子又穿反了，好不容易穿好衣服，我正要去开灯。

"别开灯。"他低低吼了一声。

我就不敢动了，过了一会儿我问那黑影喝茶还是喝咖啡，一会儿又问黑影饿不饿，黑影被问得有点不耐烦了，他说："别他妈的废话，老子现在有一件事，你要是帮我办成了，老子就留着你这条狗命。"

"什么事？"我点着头，"我一定办成。"

"是这样，有一个我们的人被你们特务科抓住了，他叫赵二根，你想办法给我救出来。"

"赵二根？他是什么人？为什么要救他？"

黑影烦躁地用手枪在我面前指指点点："这些你别问了，你的任务就是把他救出来。"

我一听连连摇头，跟他解释道："特务科的监狱跟别的地方不一样，都是日本人把守，从里面救人，比到皇帝身边偷玉玺都难。"

黑影见我面露难色，又把手里的枪顶在我的脑门上。

"你他妈的救不救？"

"我——我救，我救。"我说完这句话，手悄悄地伸向了沙发的一侧，在那里我放了一把枪，黑影用枪托狠狠砸了一下我的头。

"你他妈的给我老实点，再要滑头，信不信现在我就打死你。"

我的头一阵生疼，好在枪托打的位置不是在我受伤的地方，我咧着嘴，吸着凉气，手不敢再动了，现在只能乖乖地听他摆布。

黑影哼地笑了一下，他说："你是不是在想，我离开你这里，你可以不听我的？告诉你，你们副师长是怎么死的，你们马科长怎么死的，他们怎么死，你就会怎么死，我要杀你，跟踩死个臭虫一样容易……"

黑影的出现简直跟我做的一场梦一样，接下来黑影怎么走的，我有点忘了。他像一阵风，来的时候静悄悄，走的时候也同样，仿佛什么都没发生过。

我的心怦怦直跳，我重新摸到了自己的手枪，举着它，在黑暗中待了好长一会儿，等座钟敲了四下后，我才意识这时是半夜四点，那个黑影不会再出现了。我没有睡，就直直地坐在沙发上，后来快天亮时，我才迷迷糊糊地睡着。

天亮了。我屋子窗帘并没拉，从我躺着的位置，可以清晰地看见窗外难得的好天气，不时传来叽叽喳喳一阵阵欢快的鸟叫声。我还是有点恍惚，以为春天到来了，可我准备出门时，看了下门口的月份牌，才意识到已经10月，是秋天了。

经过几天的大风，归绥的城街道像是刚被抢劫过一般，沿街店铺的招牌被大风刮得七零八落，阳光之下，整个城市破败不堪，毫无生气，到处有衣衫褴褛的小乞丐，追着黄包车疯跑……

那黑影交代的事，我一直在想，自己有没有能力把赵二根救出来？如果救，这需要冒风险，要是这件事让日本人知道了，我的脑袋肯定会搬家，可要是不救的话，他会像个鬼影子每天没完没了地缠着我，我的脑袋迟早也会搬家……

上午，我先去了一趟医院，前天崔板头告诉我，马科长明天就要下葬，他提醒我来这里送马科长一程。

我记得自己犹豫了一下，对崔板头说："现在这马科长是个卧底身份，咱们这么去送他，日本人知道了，会怎么想？"

"怕什么怕，身正不怕影子歪，咱们心里坦荡荡的。听蝲蝲蛄叫唤，还不种地了？"

既然崔板头这么说了，我也没什么好说的。

停尸房里，马科长直挺挺地从冰柜里被抽出来，尽管化了妆，他脸色依旧铁青，脑门上那个枪眼用棉花挡住了，医生用碘酒做了些处理，但还是能看清楚那里有一个小洞。特务科的人都说给日本人卖命，就等于进了阎王殿，这话还真说对了。我来特务科这一年，防着两头的子弹，一头是中国人的，我知道他们恨透了我们这些人，想暗杀我们的有很多组织，他们瞪着红红的眼睛，看着我们的一举一动，只要有机会他们会毫不犹豫地把我们打死。还有一头就是日本人，别看我们给他们卖命，在他们的眼里，从来没把我们当过人，当什么？当狗，有时候还不如狗；当猪，说处死就处死。我也想不通自己为什么会在这里干特务？尤其这段日子，我实在想不明白，自己为什么放着中国人不当，给这些禽兽当牲口。看来，我脑子真的坏掉了，什么都想不起来了，唯一知道的只有我还是特务科行动队队长。

如今,这种被杀的可能越来越大,我带人破坏了抗日交通站,抓抗日积极分子,他们恨我恨得牙根儿痒痒,你想想,他们会饶过我吗?

看完马科长,我又去看了那个枪击我和马科长的枪手,打伤我的那个人身上都被子弹打成筛子了,我只看装尸袋里他的脸。他的脸蜡黄蜡黄的,看着看着,我觉得这个人有点面熟,似乎在哪儿见过。

在停尸房里,一个特务告诉我,这个打伤我的人身份已经查明,他叫刘庆,是救国会的。说完还递给我一个本子,我翻了一下,像是他写的日记,然后我把本子装了起来,回去慢慢看。

这个刘庆显然就是个倒霉鬼,本来是可以当英雄的,可没想到有人出卖了他,现在看侯忠孝的得意劲儿,把消息泄露给马科长的人一定是他。

从停尸房出来,说句实话,我一大早的好心情一下子就没了,走在大街上,我满脑子都是马科长那张死脸,说不定哪一天,我的这张脸也会变成那张死脸。回到特务科,那些手下特务见了我都很殷勤,嘘寒问暖的,我呢,表面上跟他们嘻嘻哈哈的,其实我内心很讨厌这些人,不知道怎么回事,从心理到生理都讨厌他们,我觉得他们一个个活得没有一点儿人的样子,欺软怕硬,见利忘义……总之,我厌恶他们。

回到办公室,文件堆得像座小山,我连口水都没喝,处理了一些这几天着急的业务,不急的以后慢慢再看,忙活了半天,快中午了,我站起身,一边活动着腰,一边把值班的一个小特务叫来。

这个小特务姓韩,叫韩三,是我山西的老乡,他是我从武师长的杂牌军里发现的,见他为人老实,又是老乡,我直接把他调到特务科,在特务科他算是我的人,对我言听计从。

我问他特务科之前有没有抓进一个叫赵二根的人。

韩三说:"有啊,就关在牢里。"

我又问是什么情况。

韩三说:"侯忠孝投降后,为日本人提供了很多抗救会的联络员姓名,这个人是其中一个,你知道吗,抓这个人在哪儿抓的?是在窑子里。"说着,韩三笑了起来,他说:"当天夜里,特务科的人在美人桥窑子里的炕上,抓到了赤条条的赵二根。"

我听完也跟着笑了起来,韩三帮我点着根烟,我反问道:"这种人居然也能抗日?"

韩三说:"他说逛窑子是跟踪一个日本商会的人,摸清路线,他们准备杀掉他,只是他还没行动,就被我们抓到了。"

我按灭了烟头,站起身来说:"走,咱们去看看他。"

"看他?"韩三有点意外。

我对韩三说:"我病了这么长时间,不能成个废物吧,找机会立个功,省得新科长有闲话。"

话是这么说,我的本意还是想去看看他受伤严重的程度,然后再想救出他的办法,很多事情就怕拖,时间一拖,就会节外生枝。

特务科的牢房里潮湿阴冷,阴风阵阵,我平日里不怎么到这里,嫌这里阴气重。这座牢房毗邻特务科,是一个四合院子,修建这座牢房是日本人监工的,高墙壁垒,水泥钢筋,犹如铁桶,里面牢房四十二间,分审讯室、禁闭室、水牢等。

在进牢房的过程中,我想好了把他救出去的办法,就是带他出去指认同伙,离开牢房。只要他出了牢房,办法就多了,到了外面,我可以设计他逃跑,而且不留任何痕迹。

牢房里一股浊闷的臭气,让我难以忍受,我捂着鼻子,看守牢房的人都认识我,可仍然按照规定做了登记,刚进牢房大院里,我就听见一个男人的一声声惨叫。

做梦也没想到，我来晚了。

一间黑乎乎的大牢里，有几盏昏暗的油灯。

等我适应了光线，才发现里面有不少人，当中的一把椅子上，中间坐着一个人，我一看是侯忠孝。他此时正转过头，也在看着我，对视过后，他朝我点了下头，然后继续集中精力审犯人。接下来我才看清特务科的头头脑脑都站成了一排，崔板头也在其中。

我很规矩地站在人群里，不敢作声。

牢房的中央，一个遍体鳞伤的人被吊在铁架子上，那个人面部扭曲着，浑身湿漉漉的，不停地颤抖。我猜想这个人也许就是赵二根，人看起来很干瘦，让我印象深刻的是，这个家伙阳具长得奇大。

这个侯忠孝，行动这么快，而且没有一点儿声响。

屋里的光线很暗，我尽量让自己平静下来，装作什么都不知道，看着眼前的一切。

一个审讯的特务正举着一把钳子，面无表情地朝他走过去，赵二根满脸惊恐地叫着不要不要……冰冷的钳子夹住了他的指甲，然后用力一拔，随即惨叫不止，声音在牢房里回荡着，很快钳子扯下一块带着血的指甲。

说实话，我一点儿不愿意看到这么血腥的场面，不光我不愿意，我注意到身边的人在听到赵二根的叫声后，身体颤抖着，大气不敢出。而侯忠孝却一副久经沙场的模样，一动不动地坐在那里，看着他们上刑。

赵二根叫声还在延续着，侯科长抬手示意审讯人先停一停。

侯科长问道："听说你是抗救会的人？"

赵二根有气无力地点点头。

"好，承认就好，我再问问你易喜楼的枪战是怎么回事？"

"什么楼？这个我不知道……我早交代了……"赵二根龇牙咧嘴地号叫着，"饶了我吧，长官……"

"抗救会最近给了你什么任务？"

"我说过是跟踪日本商会的伊藤会长，他喜欢逛窑子，所以……"

侯科长抬了下手："我听的不是这些，我想听还有没有其他的事？"

"没有了。"

"没有了？"

"真的没有了。"赵二根绝望地说，"我在抗救会时间不长，我什么都不知道呀，他们让我干什么我就干什么，其他的我什么都不知道了……"

牢房里静悄悄的，只有几个特务科的人在喘着粗气，侯科长好像不存在似的，过了几分钟，侯科长朝着审讯的人摆了摆手，那个审讯的人举起钳子探向了赵二根的第二根手指。

赵二根又叫了起来。

侯科长指了指他的下面："不是指甲，是他的老二。"

审讯的人把钳子朝着赵二根的阳具伸去。

在这一瞬间，我不知道别人的反应，反正我是头皮发麻，那把锋利的钳子仿佛不是在伸向赵二根，而是在伸向我的裤裆。

钳子朝着赵二根越来越近，审讯的人已经把钳子彻底打开，像一张血盆大口朝着赵二根的老二咬过去。赵二根的老二也就是在这个时候，神奇地抬起头，仿佛以最后的姿态迎接冰冷的钳子。

牢里此刻安静无比，屋里的人都在等待着赵二根撕心裂肺的叫声。

"等等。"谁也没想到，侯科长忽然开了口，他问身边的人，"看看这么好的一副家伙，剪掉了是不是很可惜……"

周围的人像是憋了很久，都大笑起来。

侯科长咳嗽了一下说："要是你今天不想说，就别说了，明天再说。"

说完，他第一个走出牢房。

审完赵二根的第二天，侯忠孝把我叫到他办公室。这是我第一次走进他的办公室，侯忠孝上任后，没有换办公室，而是继续用马科长以前的屋子。我进去后发觉看见的第一眼是侯忠孝时，有点恍惚，以为他就是马科长，直到侯忠孝笑眯眯地问了下我的病情，我才缓过神。我简单地回答了一下，侯忠孝继续问我昨天为什么要进牢房？我说特务科的人都去了，我为什么不能去？

我说话的时候，侯忠孝仍是在笑眯眯地看着我，他说："昨天的事情怨我。我知道你还在养病期间，所以故意没有通知你。"

我说："我记性不好，可这不影响我工作。"

侯忠孝的手指嘎巴嘎巴地响了两声后，他跟我说了一些赵二根的事，但他只知道救国会的一些负责人，这些人被日本人抓了以后，就供出了赵二根，可在审讯中，发现了赵二根身上有很多疑点，他很可能与易喜楼枪战有关，他说："你要是真想工作，我给你个任务，你帮我把赵二根的嘴撬开。"

这是侯忠孝上任后，第一次给我任务。

从侯忠孝那里出来，我有点两头为难，一头是黑影让我去营救，一头是侯忠孝让我审讯，撬开赵二根的嘴，一时间我左右为难，不知该如何是好。这个时候，我想起崔板头，想听听他的意见。我跑到崔板头那里，把这件事跟他说了，他笑着说撬开赵二根的嘴，这个容易，我帮你。说着他贴在我耳边嘟嘟囔囔地给我传授了一个方法。我笑着对崔板头说这个办法真灵的话，我请他到厚和饭店吃西餐。

按照崔板头的方法，我让韩三买了一碟猪头肉和一壶酒，端到赵二根的面前。

我知道侯忠孝不会袖手旁观的,他一定正在暗处,瞪大眼睛盯着我的一举一动,我也知道他给我任务的真正目的,就是要考验我。

我点着根烟,坐在赵二根面前,用手指了下眼前的酒肉说:"这几天你在这里受苦了,你先吃,吃完了,有了精神,咱们再聊。"

赵二根也不客气,坐下来吃了起来,不一会儿眼前的酒肉吃得精光。他打个饱嗝,不好意思地看着我。

"怎么了?"我问他。

"有烟吗?我想抽根烟。"

我递给他根烟。

烟雾中,大概因为受了我的恩惠,赵二根规规矩矩地坐直了身子,不安地看着我。

我先是跟他闲聊了几句,比如他什么时候入的救国会之类的,然后我盯着他,问:"你的上线是谁?"

"什么上线?"赵二根说。

我按照崔板头教我的办法,继续说:"你可能不认识我,我叫李明义,这里的人都叫我李阎王,你知道吗?这个牢房的一半刑法就是我发明的,前面有一个抗日分子,不交代,我就用了一招,他就说了。你想听听是什么刑法吗,好,我告诉你,它叫'太妃入浴',我把他放进一个浴桶里,放满水,在他的脸上抹上蜂蜜,先是让蚊子和苍蝇叮咬他,然后呢他就活在屎尿之中,多少天以后,屎尿会变成蛆,生在他的身体里,直到最后一点点烂掉。"

随着我的话,我看到赵二根脸上的肉一抖一抖的。

我说:"要不要让你也尝试尝试?"

赵二根终于憋不住了,他说:"有一件事,我想跟长官您说说,三个月前,我去了大南街,到那里的目的,我没钱花,我呢不怕你笑话,在外面养了娘儿们,那娘儿们花钱大手大脚,我咋办,只能干点偷鸡摸狗的事。那天，我到了大南街易喜楼，那里吃烧卖的人多，有钱人也多，我看见两个人都在低头吃烧卖。看上去其中一个吃得狼吞虎咽，他吃东西时，注意力全在烧卖上。我正要下手，这时外面传来枪响，然后一片混乱，我看见其中一个身上中了一枪，他把一个东西一下子塞到嘴里，咽进了肚子里。另一个掏出枪开始还击，这时候我觉得有可乘之机，我趁他没注意，把他的包偷走，没一会儿日本人就来了。"

"包呢，里面的东西呢？"我问。

"里面有点钱，我都花了，至于那个包，我怕以后惹事，准备扔了，可我养的那个娘儿们看见了，非说扔了可惜，要留下。"

我知道他又在绕弯子，一点儿不老实，我继续说："在这个牢房，我还有一个刑法一直没用过，这个刑法叫'铜牛怒吼'，想听听吗？我特意做了一个铜牛，肚子里面是空的，然后把犯人放进去，再上了锁。这个时候在铜牛下面生一堆火，里面的犯人在牛肚子里热得难受，他就会惨叫，这叫声会从铜牛的嘴里发出，跟牛怒吼的声音一模一样。"

说到这里，我忍不住笑了起来，笑完后对赵二根说："你说有意思不，人的叫声怎么会变成牛叫的声音，有意思不？"

赵二根浑身发抖，能看得出来，赵二根是软骨头，一听上刑，人就尿了，他身子一软，扑通一下跪在我的面前，放声大哭："别上刑，别上刑，这几天我的骨头都被你们打断了，我全说……能不能喝口水？"

我站起身，亲自给赵二根倒了碗水，他看样子渴坏了，端起碗，一饮而尽。

赵二根擦了下嘴边的水渍说："我在包里发现了些文件，我看了半天，全是日文，咱也看不懂，就把它交给了我的上级。"

"上级？"

"对，也就是你们说的上线，我的上级原来是老白，我们见过面，后来你们大搜捕中，老白被你们的人打死了。对了，我就是在老白那里还见过你们的侯科长一面，我知道他是军统的。后来老白死后，我们的联系方式就变了，改成单线联系，我们彼此不见面，谁都不认识对方。"

"你的意思，你后来的上线，侯科长根本不知道？"

赵二根点点头："别说他了，我都没见过，我只知道我的上级叫鹦鹉，但我从来没见过他。"

听到这里，我的心仿佛也被赵二根的话吸引住了，原来以为只是抗救会的那点事，说实话，那点事简直麻绳提豆腐——不值一提，现在他说出了一个重大的事情，这让人大为震惊。我始终不露声色，步步紧逼步步为营，让眼前的赵二根无处躲藏，最终目的是让他全盘交代。

"你既然没见过你的上级鹦鹉，那么怎么跟他联系？"

"我和鹦鹉联系都是打电话，电话里他向我传递新的任务。"

"他的声音有什么特点？"

"听不出什么来，每次他的声音压得很低，他说话慢，口音嘛，也听不出哪儿的人。"

"就这些？"我脸上有点不快。

"对了，我想起来了，易喜楼的事后，他打电话，让我把包里的东西通过邮局寄到小召前街5号，邮包上面画一个鸟的形状。"

"你办了吗？"

"办了，在你们抓我之前办的。没多久我就收到一张小召前街5号寄来的明信片，上面画着一个鸟，我明白他已经收到了那个邮包，从那以后，他再没给我打电话。"

"这件事你还对谁讲过？"

赵二根想了一下，说："好像，我就对我那个娘儿们说过。"

我问:"他要的资料是什么内容?"

赵二根说:"那是几张纸,上面全是日文,我也看不懂。"

"那个包里除了这些,还有什么?"

赵二根抬起头想了半天,过了一会儿像是想起什么,他大声说:"对了,那个包里还有一个人的名片。"

"名片?"我问,"你想想,是谁的名片?"

赵二根捂住了头,憋了好长一会儿,突然他抬起头:"我想起来了,名片上的名字是日本人,他叫本田麻二。"

我拍了下桌子,站起身,高喊着:"来人,把他捆上。"

牢里冲出几个特务,没几下把赵二根捆了起来,赵二根头磕着地大喊着:"长官呀,我说的全是实话。"

我让人把他裤子扒下来,然后对人说:"把他的老二剪下来。"

赵二根一下痛哭起来,他哀求地说:"长官,您到底问什么?我知道的,我全说……"

这时我让人停住手,继续逼问他:"你在胡说,易喜楼你们枪杀日本特使,你们是怎么知道情报的,说——"

赵二根大口喘着气,他紧张地说:"是鹦鹉,就是鹦鹉传递的。"

"又是鹦鹉,这个鹦鹉是不是你编出来,骗老子的?"

赵二根好像又想起什么,他说:"我——我觉得这个鹦鹉,他——就隐藏在你们特务科里。"

"什么?"我愣了一下。

"因为有一次他给我打电话,电话里传来野台子唱戏的声音,全归绥城里就特务科有个野戏台子,我猜想他一定是这里的人。"

我吸了口凉气,我想起特务科门口不远的地方,确实有个戏台子,每逢十五,那里总是有戏班子在唱戏。唱戏的班子多是野班子,听戏的人多是周围的村民,在归绥一般有身份的,都去怀月楼听戏。我对赵二根说:"鹦鹉的事,你还跟别人说过吗?"

"没有没有。"

我想起了崔板头说的马科长，马科长被查出是军统的卧底，那么这个代号鹦鹉的一定是他。

赵二根继续说："本田麻二见日本特使的情报也是鹦鹉传递出来的，我是接到情报后，才去行动的，但枪杀日本特使的事不是我干的，我只负责拿他的皮包……"

我从赵二根嘴里知道了日本人的一个重要秘密，就是文件，至于是什么样的文件，现在还无从知晓。还有，那个日本特使死之前往嘴里塞的什么东西，那个东西一定很重要，他担心这个东西会落到别人的手上，才这么做的。我问过赵二根，他偷的那个皮包在哪里，他说就在他姘头家里的床下。

审讯完他，我警告他，关于这些话不要再对任何人讲。

看来，先找到那个皮包，才能明白一切。

从牢房里出来，当天晚上，我带着几个人去了他姘头家。

那是旧城小北街太管巷子的深处，一户不大的人家，只有夜里去，她才不容易逃脱。

巷子里黑漆漆的，偶尔传来两声狗叫，前两天刚下过雨，巷子里有点泥泞。我们举着手电，没费大劲就找到了她家的门口。我让两个人把住门口，因为上次我头受伤的事，冲锋在前的事我心有余悸，指挥着韩三从院墙上跳进去，好在院墙不高。没一会儿，韩三从里面把院门打开。

院子里同样黑乎乎的，屋子里没点灯，我估计这个时候，那女人已经睡下了。于是我抽出枪，示意他们脚步轻一点儿，一点点靠近她的房门。韩三走在最前面，他的样子很像我受伤前的样子，我当时也是这么莽撞，没想到里面会有一颗子弹飞出来……韩三轻轻地推了下那屋的门，门没锁，吱扭一声，开了。

我觉得很奇怪。

当我们冲进屋里时,屋子里弥漫着一股呛人的腥臭味,等把屋里的灯打开后,眼前的场面吓了我们一大跳。一个女人赤条条地躺在炕上。能看清楚的是,她脖子被人砍断了,头一半耷拉着,已经露出了骨头,黑乎乎的血流了一地,血在炕上地上已经凝固,两只老鼠在那里疯狂地舔舐着,因为有了响动,老鼠吱吱叫着,窜到墙角没有了踪影。

眼前的一切差点儿让我们吐出来。

我在一点点察看着现场,这一点我很自信,别看我失忆了,但以前学的本事还在身上。我从尸体的腐烂程度推断,这个女人大概死于两天前,致命的伤就是被刀或是斧头等利器所致。从女人赤裸的身体判断,女人正在熟睡中,也就是她在没有防备之下,被人杀死。

她是被谁所杀?

目前对她怨气最大的是赵二根,可赵二根人还在牢里,他就是恨,也没有机会去杀她,那还有谁?

现在我很清楚,我来这里的目的不是找凶手,而是找那个日本人丢失的手提包,我让手下到床下面找,手下爬到床下找了半天什么也没找到,家里的衣柜里,该翻的地方都翻过了,什么也没找到。

韩三举着一张明信片,递给我。

上面写着小召前街5号,还画着一只鸟。

光是这张明信片,显然满足不了我的胃口,找到那个皮包才是关键。我的额头开始出汗了,我看着屋子里的一切,脑子里想着赵二根不可能说谎,如果他没说谎,那么一定是杀死女人的凶手偷走了一切。

说实话,我有点不死心,我不想这么白白来一趟。于是我让手下的人屋里屋外,再找一圈,我相信现场一定会有东西留下,可一个小时过后，就连杀死这个女人的凶器也没找到。看来杀手是有备而来，他不愿把刀或斧头留下，担心被查出线索，于是在得手后消除了一切痕迹。

我仍不死心，举着手电筒到处转，黑暗中我感觉身后死去的那个女人似乎在动，我回头看了她一眼，她没动，可就在我转过身时，身后依然有动静。也许是幻觉。看来这个鬼地方不能久留，就在我准备鸣金收兵的时候，在院里一个洋水井边，我看到了一根烟头。那根烟头被水浸泡过有点泡发了，我把它拾起来。韩三笑着在一旁问我："捡它有什么用？"

我告诉他："这很可能是凶手留下的，他杀完人后，点着烟，在这里用洋水井的水冲洗手，无意间把烟头吐在地上。"

韩三接过那烟头，看了下，马上说："是雁牌雪茄，是老牌子。"

我知道这是条线索，对韩三说："你帮我找一下，看看哪里有卖的。"

四

这几天我脑子乱哄哄的,也许是没睡好的缘故,只要一闭眼,脑子里就会出现那个要命的女尸,她披头散发地出现在我的梦里,嘴里吐着血沫子,不断地喊:"我有冤呀,有冤呀……"就在这个时候,我满头大汗地从梦中惊醒。

睡不着的时候,我就一个人坐在院子里看夜空,今天夜里有雾,什么都看不见,月亮早早地隐藏在云层之中,天空像个巨大的黑洞,深不可测。尽管这样,一点儿不影响我看夜空的兴致。我看着黑漆漆的夜空,脑子里极力地回想着自己过去的经历,什么都想不起来了,我的脑子里就像这片黑暗的天空。如果以后的日子也什么都想不起来,自己看来真就成个废物了。

黑影是在半夜十二点以后,进了我的屋。

因为十二点时,我下地撒尿,刻意看了下座钟上的时间。

他的咳嗽声,让我从梦里惊醒。屋里的沙发上,一个黑乎乎的人,就坐在那里,他手里端着枪,枪口正对着我。

他的声音很低沉:"你睡得挺香呀,你的呼噜声我在门外就能听到。"

我揉着惺忪的眼睛,坐起来。

黑影问:"这几天救赵二根是什么情况?"

我一五一十地对他说了,就连赵二根交代的事情和我去找皮包的事,全对他说了。

"什么?皮包?"

我说:"对,据说皮包里有日本人的重要文件。"

我能感觉到黑影很兴奋,他的呼吸变重了。"这个消息太重要了,赵二根假如救不出来,先别救了,最重要的是要找到那个皮包。"他说。

我点着头说:"就是您不说我也得找。"

这段日子,我开始慢慢地减弱了对黑影的恐惧,我能感觉到黑影也渐渐对我有所放松。

黑影沉默了一会儿,对我说:"你的经历我已经查清楚了,你以前在达尔罕的蒙政会,来归绥城是为了完成一件事。"

我完全没想到,黑影会说出这么一番话,于是我声音有点颤抖:"完成什么事?"

黑影的声音在屋里来回响动着,他停下了脚步说:"看来你真的想不起来了,好吧,我来告诉你,你给本田麻二画过一张地图,就是因为这张地图,本田麻二才约见的日本特使,于是才有了易喜楼的事情……"

我有点茫然,看着黑影。

黑影笑了一下:"你是不是不信我的话,你知道不?你给本田麻二画的那张地图非常重要,重要到什么程度,我还不能跟你说,我现在的要求就是,你给我画出这张地图。"

黑影的话让我彻底愣在那里,我根本听不懂他在说什么,我看了黑影好长时间后,才一脸无奈地说,以前的事情我真的不记得了……

黑影哼了一下,他说:"你他妈的真是个废物,你知道吗,我见你第一次的时候,就想一枪崩了你,就是因为你这个汉奸,害得我们多少地下交通站被彻底破坏,你知道我们在敌人的眼皮底下,建立一个交通站是多么困难吗,可没想到让你这个狗汉奸全部给破坏了……"黑影越说越气,他站起身,走到我的面前,朝着我踹了几脚。

我说:"您别打了,会打死我的,这些都是以前的事了……以后您吩咐我做什么,我肯定帮你们做好。"

黑影见我这样,打得有点乏味,就停了拳脚。

"你想办法给我画出这张地图,你知道这张地图比你的脑袋重要,要是你画不出来,我的子弹是不会等太久的。"

"我这脑子现在什么情况,您也知道,我总不能瞎画吧?"我心里想着先安慰住他,就立即点头说,"这个我尽力去想,尽力去想。"

"还有,"黑影说,"你给我一张特别通行证,到你这里我不能总是翻墙头,给你提前说句狠话,别耍花花肠子,一旦我发现你动歪脑筋,我立刻要你的命。"

"我知道,我知道。"

和黑影结束这次"交流"后,我对自己更加陌生了,按黑影的话说,我是蒙政会的,这一点我承认。前几天我重新翻看档案,发现我果真就是蒙政会的,曾在荣主任的手下干过副官,一年前我到了归绥城,进了五师特务科。但关于地图的事,我一点儿也摸不着头脑。

一大早我准备跟崔板头聊一下过去的事情,还没来得及见他,侯忠孝就把我叫到他的办公室。

我进去的时候,侯忠孝正站在一张归绥地图面前端详着,听见我喊报告,他转过身,招呼我进去。

侯忠孝开门见山地问这几天审赵二根的情况。

我把审赵二根的事向侯忠孝讲了一遍,然后说:"他不过是街头一个小混混儿,干点偷鸡摸狗的事,没什么价值。"

侯忠孝摸了摸尖瘦的下巴,看着我,他的眼神古怪,看得我很难受，他笑了一下，从抽屉里拿出一个皮包，他说："这是今天早晨我收到的，不知道什么人寄来的。"

我拿起那个黑色的皮包，左右看了下。这时我注意到了几个字，是大和公司制造字样。我脑子里闪过赵二根的话，立刻把赵二根偷的就是这个包，包里有文件的事儿对侯忠孝说了。

"这是个日本产的皮包，"我翻看着说，"里面没东西？"

侯忠孝笑了一下："包里只有这个。"

说完他从抽屉里取出一张名片，递到我面前。

我一看名片上写的是本田麻二。

我尴尬地笑了一下，此时脑子里又是一片空白。

"本田麻二是谁？"

侯忠孝直勾勾地看着我，看了一会儿，他的声音才发出来。

"看来你的脑子真是坏了，我来告诉你本田麻二是谁。在归绥城没有人不知道这个日本人，他于民国二十四年来到了归绥城，开始时表面上以日本株式会社的名义进行皮毛生意，实际上他是日本特务，收集有关绥远的情报。日军侵华后，他成立了归绥城第一个日本特务机构——桃花公馆，为什么叫桃花公馆？据说他喜欢一个叫桃花的女人，至于这个叫桃花的女人什么样，谁也没有见过。自从七七事变后，桃花公馆成为日本特务机构，开始大肆培养特务，抓捕归绥地区的抗日人员。"

我感到纳闷："这就奇怪了，本田麻二放名片的皮包丢了，这可是归绥城的大事，按常理说，只要报告日本人，日本人自然会勃然大怒，会发动城里的大大小小的特务机构，寻找他的皮包，可奇怪的是日本人没动静，至少咱们五师的特务科就没接到任何消息，这是怎么回事？"

"这里只有一种解释，就是日本人不想声张。包里肯定还有什么重要东西。你刚才说赵二根发现里面是日本文件，那么说这个文件一定很重要，日本人不想让全社会的人知道。"

我觉得侯忠孝的推断很在理，我点着头。

侯忠孝说："这两天我一直在想，不管如何，我和你去找本田麻二一趟，看看到底怎么回事。"

"什么时候走？"我问。

"现在。"

于是，我和侯忠孝上了车，我抬头看了眼侯忠孝，没想到他也正从反光镜里看着我，我赶紧把目光转向了车外。车外正值秋日，街边长满了不同颜色的花草，一辆马车上在卖香瓜，围着不少的人，透过车窗我似乎闻到了香瓜的味道。

侯忠孝突然打断了我的思路，他说："那天你说你是山西人，我跟你说吧，我也是山西人，只不过和你不是一个地方的，我是长治人，你知道我来归绥多少年了？"

我看着他的背影没说话。

侯忠孝继续说："我是民国十八年来到这里，今年算是整整第十一年了，这里的每一条街道每一座房子我都清清楚楚。你知道吗，在这十一年里，我在暗杀别人，别人也在暗杀我，真他妈的，看来这种日子以后还要继续……"

我假装倾着身子听侯忠孝慢悠悠地讲述，可脑子里并未多在意，我在意的是日本人这个皮包，是谁寄给侯忠孝的？看来这个杀手从赵二根的姘头那里得到了包，故意把皮包寄给了特务科。

"没有别的办法，只能以不变应万变了。"侯忠孝口气幽幽地说。

我跟在侯忠孝的身后，好奇地看着眼前的一切。桃花公馆在县府街上，一座三进的院落，听侯忠孝讲，这里原先是归绥县令内宅，民国后，成了历任归绥城长官住所，日本人进城后，这里被本田麻二占有。

门口有全副武装的日本兵把守，进公馆，只要是中国人，不管你是什么级别，都要搜身，这是桃花公馆的规矩，听说有一次武师长进公馆被搜身，他有点火了，搜就搜，你们不能摸老子的裤裆吧？日本兵不听他的，差一点儿朝他开了枪。

搜完身，我和侯忠孝站在公馆的前厅等着本田麻二约见。

等了一个小时，秘书让我俩进去。我俩进去的时候，远处一个人正在浇花。

阳光落在这个日本人的脸上，看上去他一副与世无争的样子，他安静惬意，注意力全在他眼前的花花草草上。本田麻二是个小个子的中年人，一只眼瞎了，是个独眼龙，平日里戴着一个黑色的眼套，扣在他瞎了的那只眼上。有关他的瞎眼，侯忠孝路上给我讲了一些，有很多说法，一种说是被炮弹炸的，另一种说是被一个女学生用匕首扎的，各种传闻很多，他本人从来没有说过这件事，也不刻意阻拦别人的各种猜测。

侯忠孝曾对我说，你别看本田麻二一只眼瞎，另一只眼却始终保持着对世界的敏锐。他到了中国很快就成了一个中国通，尤其对西北民俗了如指掌，而且对晋剧还情有独钟，他自己没事总是唱上几句。他爱唱《秦香莲》，还爱唱《打金枝》，他唱得不能说多好，但是绝对是票友的水平，守卫他的士兵，每天清晨，总能听见本田麻二咿咿呀呀地练嗓子。同时听说他喜欢跳舞，尽管他本人不跳，为了这个喜好，他还在桃花公馆旁修建了一个新式的舞厅，每到夜晚这里霓虹闪烁燕舞莺歌，他就躲在一个隐秘角落里静静地看着跳舞的人。

侯忠孝把自己去特务科的一些情况跟本田麻二做着汇报，他在说话的时候，我不时看着本田麻二的表情，本田麻二浇完花，又用一块布子仔细地擦着叶子，叶子被他擦得碧绿碧绿的，仿佛那已经不是一株植物，更像是一件年代久远的玉器。

本田麻二一边擦花叶一边对侯忠孝赞许了几句，说他能为大日本帝国工作，非常好，这说明他目光长远。然后抬起头，看见我，他问侯忠孝，这个人是谁？侯忠孝介绍了我的情况。本田麻二好像对我很熟悉，他说你叫李明义，对对，这个年轻人工作很认真。前一段时间你还得了樱花勋章，一定不要辜负桃花公馆的期望。然后关心地问我受伤的情况。

我一脸感动，把自己的病情跟他如实说了。

"病不能拖，一定要抓紧治，我们厚和医院条件好，你明天就去那里看病，不是明天，今天，到了医院提我的名字，我跟他们一会儿打个招呼。"

我点着头说："谢谢长官关心。"

本田麻二放下手里的水壶，在一个搪瓷盆子里洗了洗手，一边擦手一边问侯忠孝，还有什么事？

侯忠孝就把皮包的事对他说了，本田麻二停止了手上的动作，他的脸色很平静。

"我的名片？嘿嘿，侯科长你看啊，我这每天见很多人，给谁不给谁名片，我怎么记得，再说也没有人跑到我这里说起这件事。"

我觉得本田麻二在说谎。

本田麻二紧接着说："你刚才说你收到了一个包，没有查出来是谁寄给的你？"

侯忠孝尴尬地说："正在查，但是归绥城邮局很多，查起来不是那么容易。"

本田麻二眼睛里闪过诡秘的笑意，他说："这件事还有什么人知道？"

侯忠孝愣了一下，看了我一眼，对本田麻二说："这件案子我负责，没人知道。"

本田麻二走到了我俩面前说："跟我来。"

我跟着他进了屋内，屋里的摆设是中式的，有紫檀的、黄花梨的，都是名贵的家具，据说这是本田麻二专门到各地王公贵族那里收的。我俩坐下后，侯忠孝把那个黑色皮包，递到了本田麻二面前。

本田麻二端详了一下，对我俩说："我也不跟你俩隐瞒了，这个包就是我的。那天我和日本特使在易喜楼吃烧卖，本来外出是要有人保护的，可我们的这个日本特使不喜欢一群人围着他，他会吃得不舒服，于是我俩便装去了易喜楼，没想到有人会暗杀。这个特使死之前，把一张地图塞进了嘴里，而我俩手上的包，因为慌乱，也不知道被什么人给偷走了。"

我看见侯忠孝愣了一下，他不安地看了我一眼。

本田麻二继续说："麻烦的是，包里有一份重要文件，这份文件关系到帝国的声誉，我们目前不能公开查找的原因，就在于此，至于文件为什么重要，我现在还不能说，它是最高级别的军事机密，我已经通知了日军守卫，出城的人要严格检查，我估计文件还在归绥城。还有，文件上全是日文，他们就是得到也得需要一段时间进行翻译，所以这件事你们特务科一定给我查下去，抓紧时间找到文件。"

侯忠孝说："那您说的那张地图呢？"

本田麻二看了我一眼，这古怪的眼神，我无法猜出他的含意来。

"地图已经被日本特使嚼烂，做了尸体解剖，发现地图已经完全消化在他的身体里，它已经不能再出现，这真是个谜呀，但愿地图在这个世上还有一份。"

我俩静静地听着本田麻二的话。

本田麻二话锋一转："不说这些了，我最近听说你们特务科抓了一个人？"

侯忠孝赶紧把抓赵二根的事情跟本田麻二做了汇报。

"审得怎么样？"

"正在审。"

"他说他的上线是鹦鹉,那么这个鹦鹉,一定就是你们特务科的一个内鬼,忠孝呀,上次你也提到这个人,这个人很神秘呀。"

我这才知道,原来侯忠孝被抓后向日本人供出的第一个情报就是,在日伪内部,有一个代号鹦鹉的人,这个人负责提供日本方面的情报,本田麻二和日本特使去易喜楼的事,就是鹦鹉提供的。

"我一定在最短的时间内,找到这个鹦鹉。"侯忠孝向本田麻二做了保证。

从桃花公馆出来,我脑子里还在回忆刚才本田麻二的眼神,每一个细节,我从头到尾过了一遍。说实话,本田麻二是我见过的城府最深的日本人,表面风平浪静实则暗藏杀机,面对这样的人,我提醒自己一定要多加小心。

到鼓楼的街口时,我说要去厚和医院做个检查。侯忠孝打算派车送我过去,我执意说不用。

侯忠孝还是不放心,他一脸关心地说:"你一个人走,最好戴上墨镜,现在想杀咱们的人很多。"

我下了车,就在我回头一瞥时,看见车窗里侯忠孝的眼神,那阴暗的眼神让我不寒而栗。

我遇到惠子完全是个偶然。

那天天气不冷不热,天上虽然被乌云笼罩,可看不到要下雨的迹象,风里有潮气,吹得身子很舒服。我端详了下天气,觉得一时半会儿雨还下不起来,于是顺着归绥大道的林荫地里慢慢往厚和医院走。没走多久乌云退去,远处的夕阳从云层里挣脱出来,把归绥大道照得金灿灿的,给人一种错觉,像是走到了一条河面之上。在过一个街口时,我正低头想事,一辆黑色的汽车疾驶过来,差一点儿把我撞倒。

我正要发火,准备破口大骂,一看车上下来一个女的,火气顿时消了一半。那女的穿着旗袍,波浪发型,一看就是个上等社会的女人,她以为汽车撞了我,一脸惊慌,连连用日语说着对不起。她见我是中国人,就立刻改用了中国话,向我赔了礼,我摆了下手,说没关系。说完后,我把墨镜摘下来,看了下自己的腿脚并未受伤,就没再说话准备转身走了,可没想这时,不远处传来一声枪响,子弹啪的一声击碎了汽车的车窗玻璃,因为突然,眼前这个女人尖叫了一声,双手捂住耳朵,蹲在地上。我警惕地赶紧掏出枪,蹲在车旁观察了一下,就在车的左后方,有两个戴着礼帽的男子举着枪,朝这里继续开着枪。

子弹不停地击打到了汽车上,发出噼噼啪啪的声响,刺耳的枪声让女人浑身发抖,我轻声地安慰她说:"不要怕,有我呢。他们是什么人?"

"我也不知道。"女人惊慌失措地说。

我伸出手,拉了她一把,女人的手很冰冷,她慌忙地躲在我的身后。我虽然记忆丧失了,可开枪这点技术还在,我屏住呼吸,此时我能感到女人在剧烈地颤抖,眼前的这些人显然不是冲着我,一定是冲着这个女人而来,这些人为什么要暗杀她呢?我已经无暇思考这个问题,我在聆听着这些人朝我靠近的脚步声,计算着他们与我的距离,当我再次站起身来,这两个人已经到了我的有效射程之内,我抬起手开了两枪,那两个人应声倒地。我看了下四周,确定没有他们的同伙后,走到那两具尸体旁,我一看,他们袖子上别着红色的袖标,这是铁血暗杀团的人。

女人的身体仍颤抖不停,我把她扶上了车,然后开上她的车,问她:"去哪儿?"

"厚和医院。"

我愣了一下,开着车朝着厚和医院的方向而去。

女人多少从刚才的恐惧中舒缓过来,她似乎想了一下,然后说:"这些人杀我,可能我是日本人吧,他们仇恨日本人,刚才那两个人,我觉得他们跟踪我好长时间了。"

我没再说话。

在前面的一个路口,女人忽然问:"你——是李明义吧?"

我愣了一下,因为我根本不认识眼前这个女人,看了她一眼说:"不好意思,您是?"

"您不认识我了,可我认识您,我叫美加惠子,您叫我惠子就行,在您的嘉奖会上我给您献过花。"

惠子看上去二十四五岁的样子,人长得有些瘦弱,让人难忘的是她的眼睛,她的眼睛很明亮。

这个名字依然没有让我想起什么,我摇了下头说:"我头受过伤,很多人和事都不记得了。"

惠子惊讶地看着我,过了一会儿她才说:"我总感觉你声音怪怪的,原来是受了伤。"

车开进了厚和医院院子里,停下车,我撩了下头发,故意对她说:"你看,伤口就在这里,我是死过一回的人了。"

"我看看。"惠子凑了过来。

她的身上很香,一种说不出名字的花香,她用手指拨开我的头发,这个举动让我感到好笑,不是吗,一个陌生女人看一个大老爷们的伤口,这不好笑吗?

"我整整昏迷了三个月,人们都以为我死了,棺材板都备好了,正准备打发,结果我一下子醒了,可醒来归醒来,以前发生的事,很多都想不起来。"

惠子看完伤口对我说:"是枪伤,子弹可能伤了你的记忆神经。"说完,她从包里掏出一张名片,递给我,我看了一下名片,原来她是厚和医院的大夫。

"我就是精神科的大夫，说不定会帮你恢复记忆。"惠子说。

这几天我一直在想，在对赵二根的审讯中，他吐露了一个代号叫鹦鹉的人。这个神秘的鹦鹉是赵二根的上级，他躲在暗处，操纵着眼前的一切。赵二根还说过，这个神秘的鹦鹉就藏在特务科里。这句话，我开始不相信，以为是赵二根在故意转移视线，可在我的种种逼问下，赵二根坚持自己的说法。这个鹦鹉到底是谁呢？

是马科长？

我脑子里希望自己回忆起和马科长的一些片段，想了半天也无济于事，现在只记得他脑门上那个用棉球挡住的枪眼。

我把审讯记录给侯忠孝看时，侯忠孝也问及这个鹦鹉，我很坚定地说："一定是马科长，日本人已经查出了他的真实身份是军统卧底，那肯定是他，他就是那个代号鹦鹉的人。"

侯忠孝沉默了半天，他说："依我看，鹦鹉不是他，我知道他，他在军统里的代号是丁香花，我在军统时，知道他已经投靠了日本人，并且他把国军在河套的军事布防图报告了日本人，军统才下令狙杀他的。"

我看着侯忠孝那张高深莫测的脸："不是他，那还有谁？"

侯忠孝一脸狐疑地说："现在的特务科快成报社了，只要发生一件事，全世界都知道，所以这件事不能让特务科的人知道一点儿风声，如果知道了，会打草惊蛇。咱们的办法就是慢慢查。"

"怎么查？"

侯忠孝低头又看了遍审讯材料，从里面取出一张明信片来，他用红蓝铅笔在上面画了一道，然后递给我，我一看，是小召前街5号。

我立刻说："我现在就去彻查。"

从侯忠孝的办公室里出来，我让韩三去查这个地方，很快韩三带回了消息。

小召前街5号就是邮局。

我隐约地觉得这是我再次立功的好时机，日本人看重的是效率，而不是关系，现在新的特务科长来了，我寸功未立，绝对不能丢掉这个好机会。尤其这件事，不能让侯忠孝小看我的办事能力。

我悄悄地把这件事跟崔板头说了，崔板头听完后，拍着我的肩说："你小子这回要抓住一条大鱼呀。"

"可我这脑子刚受了伤，抓人的事……"

"这个你放心，我抓，你把人给我引出来就行。"

有了崔板头的帮忙，事情已经成了一半。

按我的推测，这个赵二根所说的鹦鹉，一定还不知道赵二根被抓，那么他肯定会急于得到赵二根的情报，他会现身的。还有一点，小召前街5号是邮局，鹦鹉跟邮局会有什么关系呢？

我出发前以赵二根的笔迹，给鹦鹉寄信，信上内容写地图之事已查明，后天晚上六点厚和饭店详谈。信完成后，按照赵二根的说法，在信上画了一只鸟。这个举动我是瞒着侯忠孝偷偷进行的，我的想法是先看看这个鹦鹉是谁，万一是我认识的，也好有个周旋的余地，若是跟他说了，他会立刻大张旗鼓，到时候，什么事都晚了。

我看看这个神秘的人会不会上钩。

就这样，我带着两个人，蹲守在邮局对面的一家茶叶店，等待着来取赵二根信的人。

光线照在不远处的小召寺，一切显得很安静。说起眼前这个小召寺，有些历史，蒙古语称为把格召，据说由北元时期阿拉坦汗的孙子修建而成，康熙帝赐名为延寿寺，在清朝中期曾是归绥地区最大的喇嘛教寺院，最鼎盛时期有一百五十多位喇嘛，如今已经破烂不堪……

我一边看着外面的风景，一边对手下的两个人说，咱们就在这个茶叶店里喝茶，等着，这叫什么？叫守株待兔。两个手下对我佩服得五体投地，可三天过去了，没有一个人动那信，我有点着急，一度猜测，是不是赵二根被抓的事，已经让这个鹦鹉知道了？不可能吧？消息不会传得这么快。

可赵二根的信，为什么没人来取呢？

三天里，连茶叶店的老板都不耐烦了，他是福建人，说话快得有点含糊不清，后来我才听清他在说三个大爷，你们一不买货，二不看货，就在我这小店里待着，这可影响小店的生意啊。我有点恼火，掏出手枪在老板面前亮了一下，告诉他我们在这里执行公务，不想进去吃两天牢饭，就滚一边去。那老板慌忙给我们倒了茶水，仍没完没了地问，长官，你们执行什么任务？我被惹毛了，朝他踹了一脚，你是不是想死？

那老板见状，吓得舌头都吐出来了，再不敢多嘴。

过了一会儿老板悄悄地说："我有个情报，想跟几位大爷说说。"

手下的人又要踹他，被我制止了。

"好，你说吧。"

"前几天，也有两个人到我们店里待了半天，我看见他们身上也别着铁家伙。"

老板想了一下，他依稀想起什么来："好像是，一个高一个矮。"

"他们在店里干什么了？"

"好像跟你们一样，说是等人，一等就是大半天，搞得我生意都没法做。"

茶叶店老板也许说得没错，有人提前行动了，他们是谁，难道也是在找鹦鹉？

现在要做的，就是耐心地等下去。

我见手下那两个人心猿意马，有点待不住了，留着他俩也没用，我就让他俩先回，自己单独盯着。那两个都是有老婆孩子的，一听我这么说，高兴得屁颠屁颠的，也不推让，转身一溜烟儿走了。

我看过邮局里邮差的档案，只有五个人负责这一片的邮件，三天里我排除了前四个人，只剩下一个人，这个人请了假，一直没来上班，让我感到可疑。

这个人是邮局的邮差老方，我好奇这个老方的档案：无妻无子，是个老光棍，他会是鹦鹉吗？

街面上人渐渐多了起来，各种卖货的、摆摊的吆喝声此起彼伏。上午的光线照在邮筒上，那邮筒绿油油地泛着光，我举着望远镜眼睛都花了，真希望有人出现在邮筒前。

第四天下午，望远镜里真的出现了一个人，这个人穿着绿色制服，身上背着一个兜子，看样子年龄在四十岁上下，瘦脸，下巴上有胡须。我注意到他走起路来一瘸一拐，他走到邮局的信箱前，从裤兜里掏出一串钥匙，把邮筒的门打开，从里面取出信件，他把信放到身后的兜子里，然后锁上信箱。

我放下望远镜，心里一阵欢喜，一定是他，他就是老方。

几天的努力，我基本侦查出了老方一天的轨迹：他负责三条街的邮筒信件，等收集好了，他将信件送回邮局，到了邮局是中午十二点，进行分拣，下午五点时，他从邮局下班回家，他家住在北门外的西河沿。

那天傍晚，老方还是跟往常一样，五点钟的时候，从邮局里走了出来，他已经换了一身衣服，对襟小褂，虽然走起路来还是一瘸一拐，可人看上去要比穿绿制服精神多了。我躲在离他五十米左右的人群之中，这个距离不远不近，老方很难发现。

老方在前面一瘸一拐地走着。

前两次老方走到回民街时，向左拐，进了他家的那片居民区。可这次让我没想到的是，老方到了桥边，并没有上桥，而是进了回民街，左右看了看，接着叫了一辆黄包车。

这个举动让我感到意外，看来他上钩了。

很快我也喊了一辆黄包车，师傅问："大爷您上哪儿？"

"你跟着前面那辆车，不要太近了。"

"跟他干吗，抓奸呀。"

"你他妈的少废话。"我怒斥道。

黄包车师傅猜测我的来头不小，不敢再耍贫嘴了。

老方到了厚和饭店，下了车。

这家厚和饭店是归绥城里最为豪华的一家饭店，五层楼，日本人来之前，它叫绥远饭店，据说为了迎接蒋委员长到蒙地，里面装修一新，金碧辉煌如同宫殿，日本人打到归绥城，这个饭店便改了名字，上面挂满了日本膏药旗。酒店门口出入的全是归绥城有头有脸的人物，还有不少穿着和服花枝招展的日本女人。

老方下了车左右看了下，接着一瘸一拐地进了大厅。

我在厚和饭店门口等了整整一个时辰，天色开始有些发暗，灰蒙蒙的乌云从西北开始一点点向着头顶上覆盖，风里有了潮气，用不了多长时间，就会有一场大雨倾盆而至。

那个老方还是没有出来，我有点等不及了，焦急地看了下手表。我知道崔板头他们一定会在里面守着，这样正好能把老方抓住。时间在一点点地流逝，我发觉不对头，这么长时间了，怎么里面一点儿消息都没有，我决定不再等了，担心老方会从我的眼皮底下跑掉。

我快步走进厚和饭店。

里面并没有看见老方的身影，我正在疑惑，一个穿着整齐的服务员走到了我的面前："先生，您需要我服务吗？"

我问服务员："你看见一个瘸子了吗，他去哪儿了？"

"瘸子？"服务员满脸惊讶地看着我。

接下来,我描述了他的样子。

"先生,您找他有什么事?"

我有点急了,亮出了自己的证件:"我这是在执行公务,别他妈的废话!快说,人去哪儿了?"

服务员一脸惊慌地说:"好好,我想想。"

就在这时,饭店大堂里突然传来两声枪响,里面的人瞬间大乱起来,人们四下奔逃,我虽然守在门口,可早已被潮水一般的人群挤到了一边,我举着枪,也朝天上开了一枪。

没想到这一枪,让本来失控的场面更乱了,人们一边尖叫,一边四处疯跑,一会儿人群里钻出来了崔板头,他满头大汗,一边擦汗一边喘着粗气地问:"看见那个瘸子了吗?"

"我一直在门口,这么多人怎么能看得过来?"我无奈地摇了摇头。

崔板头解开领子上的扣子:"这家伙手上有枪,我们正要抓他的时候,他朝我们开了枪。"

我看着四散奔逃的人群,喃喃地说:"怎么会这样……"

崔板头接着说:"这个瘸子一进大堂里,我们就发现了,但今天酒店里人多,他已经是瓮中之鳖,估计跑不了,但这个家伙身上有枪,就在我下令抓捕时,他开了两枪,大堂里一下子乱了,他趁机跑了。"

说实在的,我心里有点埋怨崔板头,怪他坏了我的大事,本来已经到嘴的鸭子就这样飞了,可见崔板头一脸真心想帮我的表情,就把剩下的话咽回了肚子。

跑了嫌疑人,我知道所有的努力都白费了,这个瘸腿的人不会再轻易出现了,他会躲起来,至于藏在哪儿,什么时候出现,只有天知道。再说,厚和饭店经常出入的全是归绥城里有头有脸的人物,还有不少日本要员,新闻媒体会大肆宣传这件事,到时候本田麻二也会知道，他一定会给特务科施加压力，侯忠孝知道了这件事，也会责怪我，这么大的事为什么不提前向他汇报。

我把这些考虑跟崔板头说了，崔板头一脸不屑地说："怕什么怕，咱们是来抓抗日分子，又不是干别的，他知道又能怎么样？这样吧，你就说是我让你来的。"

面对一脸仗义的崔板头，我有点哭笑不得，他是个粗人，很多事情他也许不明白。就拿这个瘸腿的老方来说，这里面有很多疑点，只有抓住他，才能接近事情的真相。

"这个邮差跑了，接下来，咱们怎么办呀？"崔板头看着我。

我泰然自若地说："既然他是邮差，跑了和尚跑不了庙！走，咱们去邮局。"

我和崔板头带着特务科行动队的十几个人冲进了小召前街的邮局，小小的邮局平日里很少有人，一下冲进来十几个人，里面的邮差一片惊慌，他们面面相觑，不知道发生了什么。

一个有点谢顶的人慌慌张张地走到我面前，自我介绍说："我是这里的经理，你们是干什么的？"

我还没说话，崔板头一把揪住他的衣领，亮出了特务科的证件："干什么？抓你去坐班房！说，你们这里是不是有个叫老方的邮差？"

那个经理忙浑身颤抖，马上点着头说："有啊，不过他来我们邮局时间不长。"

我让崔板头松开了手，跟经理说："赶紧的，你把他叫过来，我们有点事要询问他。"

经理慌乱地说："他，他不……在。"

"什么，他不在？"我瞪着那个经理。

经理的表情不像撒谎："他已经下班走了。"

崔板头瞬间火了，从腰间掏出了枪，抵住了经理的头："你是不是不想活了？"

经理脸色惨白，扑通跪在地上。

"我要是骗您，您现在就把我打死。"

我吐了口气，缓慢地抬起手，示意崔板头把手里的枪插回枪套里。

"带他走。"

经理惊恐地看着我问："带我去哪儿？"

"不杀你。"我说，"带我们去他家。"

老方家在西河沿的一个大杂院里，这片房屋低矮破败，好多房子年久失修，坍塌了不少。经理进了院子，朝着最西一家指了一下。

"老方是单身，就一个人在这儿住。"

我进了屋，在屋子里转了一圈，屋子里的气息确实像个单身汉的味道，我看见炉子边有很多纸灰，就走到炉子前翻看了一下，那些纸张没有残剩，全被烧成灰烬，可以断定老方离开之前，烧掉了一些重要文件。

我告诫自己一定要安静，只有安静，才能捕捉到屋里的一切，每个角落，每个细节，眼睛和嗅觉就是无声的探测器，只要引起兴趣的地方，一定要停下来去瞧瞧。我的目光停留在了屋里的炕上，我慢慢地走到了炕边的火洞前，那里堆放着煤炭和柴火等可燃物，我蹲下身，从里面捡到一个烟头。

我看清了这是一支雁牌的雪茄。烟丝发暗，放在鼻端闻一下，还残留着雪茄味道。这个味道让我想起赵二根姘头的死亡现场，那里同样有个雪茄烟头，难道杀死赵二根相好的人，也是他？

我转过身问邮局的经理："老方平日里抽烟吗？"

经理用手绢擦了擦额头的汗说："抽，不不不……不抽烟。"

我皱着眉再一次怒问："到底抽不抽？"

"不抽，这烟是从哪儿来的？"崔板头接着问。

经理瞬间汗就流了下来，他说："我也不知道，可能是外面的人。"

我直逼经理的眼睛："你跟我说实话，这个老方到底是不是你那里的邮差？"

经理被我严厉的口气一问，顿时慌了神，他颤抖地说道："是我们的邮差呀。"

我大吼道："你说谎！"

一旁的崔板头火了，拉了下枪栓，直接将枪顶到了邮局经理的头上："不说，就崩了你。"

经理彻底崩溃了，他扑通一下跪在地上，立刻哀求道："你们饶了我吧，饶了我吧……"

我扶起了经理，让他坐在炕上："只要你说真话，我们绝对保证你的安全。"

邮局经理讲起就在前几天，两个一高一矮的人到了他家，他们身上带着枪，威胁经理必须让矮的人进去邮局当邮差，经理问为什么呀？这两个人不让他问，只能按照他俩的意思来办。矮的人就是老方，就这样没办法，经理同意了，老方成了邮局的邮差。

邮局经理说完后，崔板头在一旁听傻了，不时地看着我，他似乎在疑问我怎么知道老方是假邮差？

接下来我让邮局经理先回去，并向他交代，刚才说过的话，千万不要对外人讲。

经理走后，崔板头正要问我，我蓦地发现对面的镜子里，出现了一张阴暗的脸。

我被吓了一跳。

镜子里的人正是侯忠孝，他直勾勾地盯着我，眼里充满了诡异的神情。侯忠孝什么时候来的，我压根不知道。我赶忙转过身，诧异地问道："侯科长，您是什么时候来的？"

侯忠孝用手挡了挡鼻子，说："你们在厚和饭店开枪，全归绥城都轰动了，我办公室的电话都快被打爆了，一会儿是武师长，一会儿是日本人，还有他妈的记者，我能不知道？"

我赶紧解释说："是刚查到的线索，本来想等抓住嫌疑人后，一起向您汇报。"

"汇报？"侯忠孝冷笑了一下，"好啊，抓的人呢？"

"人跑了，我们正在查。"

侯忠孝没再跟我说话，他提着鼻子闻了闻，然后眯着眼睛四下看了看。他的样子让我想起崔板头说的三怪，他确实有点不太寻常。

"发现什么了？"

我说："还没有。"

"干咱们这一行的，需要的就是专注，只要专注了，问题很快就会发现。"

侯忠孝背着手在这个狭小的屋子里转了一圈，他冷笑了一下说："所有发生的事情，你发现没有，就是一根线，只要咱们找到头，这根线就能全部厘清……这个鹦鹉藏得很深，也许他早就知道了咱们所有的行动，他只是不动声色，在看着咱们。"

侯忠孝的话，惊出我一身冷汗。

五

我感觉自己正一步步走向深渊。

推着我往深渊走的人,正是那个无声的随时可能到访的黑影。

每到深夜,我总担心鬼魅一样的黑影出现在自己眼前,面对这个黑影,我想了各种办法,比如水里下毒,或是趁他不注意时,朝他开上一枪。可每次这个黑影一出现,都会让我脑子里的计划流产,不是不敢,而是没机会实施,这个黑影狡猾无比而且警惕性很高,很难找到机会下手。

一连几天,黑影没来,我感到一丝侥幸,我暗中在自己住所悄悄地加派了警卫,有了这些警卫,我心里踏实多了。可没想到一天夜里,黑影还是出现了,我实在想不通这个家伙是怎么进来的,前一阵虽然给他办了出入证,但我料定他不敢使用,我已经告诉过警卫,只要发现手执那张出入证的人,立刻抓捕,院前院后全是警卫,他就是插了翅膀也很难飞进来。

不知怎么搞的,他还是轻易地出现在我屋子里。

我能感觉出黑影的恼火,他用脚狠狠踢了我一下:"你他妈的是不是加了警卫?"

我的身上一阵生疼,赶紧解释说:"是新来的侯科长安排的,他是从军统叛变的,有很多人想杀他,他觉得不安全,又不好意思光给自己加保卫,就给中层人员住所都增加了保卫。"

我的话听上去无懈可击,这让黑影的火气变得轻了一些,他重新整理了脸上的面纱说:"你他妈的别耍花样,要是耍花样,你知道什么下场。"

"明白明白。"我嗫嚅道。

黑影还是老样子，无声无息不动声色，过了一会儿，可能因为屋子热，黑影摘下礼帽，用手擦了下额头的汗，这个时候我想趁机看清他的脸，那黑影有意转过身，紧接着他问我事情办得怎么样。

等了半天，见我没反应。

他就又问我："你想什么呢？我问你话呢！"

我有点走神，见黑影问我，便把审赵二根前前后后的经过对黑影说了，黑影打断了我："你刚才说侯忠孝知道了地图这件事？"

"他是特务科长，审讯记录他要审查，当然他会知道。"

"不好不好。"黑影一下子变得焦急起来，他在屋子里转了一圈，自言自语，"不能让他了解太多。"

我补充了一句："不光他知道，日本人本田麻二都知道。"

黑影搓着手，我感觉他有此刻乱如麻。

紧接着，我问："那我该怎么办？"

"你——先除掉赵二根，留着他是麻烦。"

我不解地看着黑影说："爷爷，我就想不通，你们是怎么回事？一会儿让我救他，一会儿又说弄死他。爷爷，特务科的监狱不像我们家，想来来想走走。"

黑影的枪指在我的头上："少他妈的废话，让你干，你就去干。"

我一听愣了，嘴上服了软，嗫嚅地说道："在特务科的牢里除掉一个人，太冒险了，侯忠孝会怀疑我的。"

黑影恶狠狠地说："我不管，一周之后我听不到赵二根的死讯，我就让你的脑袋搬家。"

真是一点儿办法都没有，我只好按照黑影的话去做。

可真的要在监狱里除掉一个人，很难，我若是直接去肯定就会暴露。自从侯忠孝来了，我感觉他后脑勺都长着眼睛，对付这样的人，我得十二分的小心。

那该怎么下手呢？

想来想去，我终于想到一个办法，既不会暴露我，又可以让赵二根死，就是给他下毒。

我的小老乡韩三告诉我，他能搞到一种毒药，这种毒药是从蓖麻中提取的，人若食用，三分钟之内，心脏就会停止跳动。普通药店根本买不到这样的药，这种药只有日本人那里有。韩三跟桃花公馆的一个司机很熟，他能搞到这样的药，而且使用后很安全，即便特务科或警察局去查，查来查去，假使查到桃花公馆，他们也不敢声张，谁敢得罪日本人呀。

我听说韩三能搞到这种药，心里高兴极了，对于他，我还是放心的，去年马科长在特务科政审时，查出他有个本家亲戚入了国军，特务科的人要杀他，是我求马科长保了他，我算是他的恩人吧。

在准备毒死赵二根时，我还是动了番脑筋，整个行动一定要找一个替罪羊，只有这样，侯忠孝才不会怀疑到我身上，可谁来当这个替罪羊呢？想来想去，还是觉得崔板头最合适。

是的，没有比崔板头更加合适的人选，在特务科他就是混不齐，什么都不在乎。还有，他想法简单，做事毛躁，如果我暗中做了什么手脚，他一定不会想到是我干的。

我的想法是，以赵二根私藏黄金为由，让崔板头去审赵二根，这个时候我让小老乡在赵二根饭菜里下毒，审完后赵二根中毒身亡，这样崔板头就成了最大嫌疑。说实话，我觉得有点对不起崔板头，可为了保命，只能这么做。在实施前，我不断回顾了整个过程，没有任何纰漏，可我还是担心，黑暗中侯忠孝用一双犀利的眼睛在看着我，我知道，这个家伙太厉害了，任何细节好像都逃不过他的眼睛。

夜里我梦见牢头将赵二根的尸体抬了出来，我掀开白布，赵二根直挺挺地躺着，他面色暗青，嘴唇发黑，两只手抽搐得像鸡爪子，曾经那根骄傲的阳具又黑又小，像个死蚕蛹……

就在我准备毒死赵二根时，韩三告诉我另外一个信息。他从归绥销售雁牌雪茄烟的烟店查到了一个线索。在三官庙街上有一家林记洋烟店，全归绥城里，只有这家烟店卖这个牌子的烟。这个烟店在这条街才开了不长时间，进的烟都是新货。

听完韩三的报告后，我凭直觉这家烟店一定有问题。至少有一定的联系，抽烟的人总在他这里买烟，店老板一定会对只买一种牌子的人有些印象。

于是我让韩三秘密监视这家烟店，千万别被人家发现。

很快韩三查到，这家烟店里总有一个戴礼帽中等个子的人来，每次买的都是雁牌雪茄烟，而且买完烟后，还跟烟店老板聊上一会儿，他身上有很大的嫌疑。

听到了这个消息，我有点激动，不用问，这个戴礼帽的人一定跟杀赵二根相好的人以及老方有关系。

我让韩三备车，准备亲自去三官庙那里看看，正要出门，侯忠孝的副官宋德利满头大汗地找到我，他很少这么风风火火地找我，他一边擦汗一边说："侯科长有事找你。"

想不通这个时候侯忠孝找我有什么事，为了探听虚实，我故意问了问宋德利啥事。宋德利这个家伙鬼精鬼精的，除了脸上尴尬地笑了两下，什么都没说。以前这个家伙不是这样，见了我和崔板头总像个哈巴狗一样点头哈腰，现在成了新长官的副官，人一下子变了，嘴巴紧得很。

我不再问他了，心里想：你小子等着，总有一天你会后悔。

我到了侯忠孝的办公室，看见他正举着一张《蒙疆日报》在看，秋天的阳光从外面照进来，照在他的脸上，他的脸一半在光亮中，一半在阴暗处，人显得很模糊。我进屋后，侯忠孝已经浏览完报纸，他把报纸放在桌上，对我说："这几天你辛苦了，来喝茶。"

我赶紧说："不辛苦。"

"看了工作的卷宗，你干工作很认真，能被日本人授予樱花勋章，说明你的工作能力优秀。可惜呀，你现在只是行动队队长，有点屈才了。"

我告诉他，我很知足。

侯忠孝苦笑地摇了摇头。

"人往高走，水往低流。这是老话，老话一般错不了。"说完这话，他停顿了一会儿，然后又说，"你要在我手下好好表现，我会帮着你在日本人面前弄到职位的。"

我知道，这是当长官的一贯伎俩，我装作充满感激地说："卑职也很想努力，可卑职的脑子受伤后，确实什么都想不起来了，有时候我都恨自己是个废物。"

侯忠孝面露尴尬地说："那天我当着众人的面，话说重了，我看呀，你得抓紧时间看病呀，你去过厚和医院吗？听说那里神经科来了一批帝国派来的医生，医术高明，你没事去看看。"

"卑职一定去。"

侯忠孝想起什么，问我："崔队长呢？"

我摇了下头说没看见。

侯忠孝古怪地看了我一眼，话锋一转："你觉得崔板头这个人怎么样？"

我说崔板头人不错，就是爱喝点酒，有点不着调。

"我刚来时间不长，对特务科的人先了解一下，你别多想啊。"侯忠孝说完后，便不再沿着这个话题说下去了，他晃了下手里的报纸，"看到了吗？最近归绥城抗日分子很猖狂，他们杀人放火不说，还把传单都贴到了日本宪兵队的大门上！李队长，你知道不，他们抗救会现在有多少人？"

我不敢回答，乖巧地看着他。

他把报纸递给我："看看，他们的组织已经发展到四百多人，这是在咱们眼皮底下，别说日本人了，就是咱们，说不定哪一天也会被这些人砍了脑袋。"

我接过报纸扫了一眼，然后说："属下明白，可，他们的联络方式很特殊，跟抓耗子一样，刚有点眉目，哧溜一下，就没影了。他们的身份都是普通人，查起来确实困难。"

他说："这段时间邮差老方的事，你先别管了。那个鹦鹉的事，赵二根在胡说，怎么可能就在特务科？如果在，你上次说得没错，那肯定是马科长。"

我愣住了，眼前的侯忠孝像变了一个人。我问："马科长不是代号丁香花吗，怎么会是他？"

侯忠孝笑了一下："你现在还不觉得特务科乱呀，多一事不如少一事，这马科长人死了，他也张不了口，咱们把事推到他头上，一切都能说得过去。"

"可——"

侯忠孝脸色沉了下来，提高了嗓门："让你的人别每天大街上瞎跑，安心去查抗日分子，对这些人不要心慈手软。"

从侯忠孝办公室出来，外面气温不算高，天上飘着几朵无精打采的云，可我不知道怎么了，感到一阵燥热。我一边擦着额头的汗，一边琢磨侯忠孝为什么不让我插手老方这个案子。如果不让插手这个案子，我很难接近赵二根，这样黑影交代的事情我根本就完不成。还有一个让我不解的是，通过侯忠孝刚才的口气，他似乎早已知道我在查三官庙街的情况，不然他怎么不让我插手呢？

就在思前想后之际，韩三跑到我的近前，我以为他问我到底去不去三官庙了，没想到他告诉我另外一件事，让我愣了足足有一分钟。

"你说的是真的?"我仍有点不相信韩三的话。

"千真万确,赵二根越狱跑了!"

事情顿时变得有些复杂。

我跟着侯忠孝去过监狱,查看过现场。牢房的门完好无损,赵二根的手铐和脚镣都是被打开的,没有破坏的痕迹,即便不是用钥匙,也是用小铁丝搞定。可这些工具谁给他的呢?不用问,肯定是特务科内部的人。

侯忠孝在牢房里转了一大圈,一会儿看看这儿,一会儿又瞧瞧那儿,突然,他笑了一下,笑得很不自然,笑过之后他对我说:"有意思吧,一个大活人在咱们的牢房里,就这么不明不白跑掉了,你说有没有意思?"

在这件事上,我算是清白的,一来侯忠孝不让我插手,我就袖手旁观了;二来我最近没来过牢房。

我故意对侯忠孝说:"这是属下的失职,属下现在就去查。"

我提高嗓门大叫着:"昨天谁当班?给我站出来!"

牢头们面面相觑。

一个值班的特务走了出来,他在侯忠孝面前,脸都白了,浑身颤抖地讲述着赵二根跑掉那天发生的一切。

"等等,"侯忠孝背过身子,口气幽幽地问,"你刚才说是谁来过?"

"崔队长来过。"

听到特务的话,我也愣了一下。

侯忠孝打断了牢头的话,沉默了一会儿。他转过身来对我说:"这件事我看谁也不要声张,我看呀,查也没多大用,估计什么线索都没有。"

我没想到侯忠孝会这么罢手。

那天从牢房里出来,我看见宋德利鬼鬼祟祟地去了侯忠孝的办公室,这个时候他去找侯忠孝,肯定不会给崔板头说什么好话。果真没一会儿崔板头找到了我,把宋德利和侯忠孝的谈话告诉我。

我有点吃惊,奇怪崔板头不在现场,怎么知道两个人说的话？

崔板头悄悄地告诉我,他早在侯忠孝身边安插了一个打扫卫生的,表面是打扫卫生的,实则是他的耳线,就在刚才,这个打扫卫生的听到了两个人的谈话。

宋德利到侯忠孝面前说牢里跑了犯人,是很大的事件,为什么侯科长不追查到底？侯忠孝没有回答他,而是问他李明义的情况。宋德利说,李明义呀,刚来特务科时人挺老实,后来头受了伤,脑子不太好,人就风流起来,爱喝酒,跟着崔板头天天鬼混在一起,说话也是颠三倒四的。侯忠孝说,我觉得李队长没这么简单,这个人鬼鬼祟祟的,你没事就给我盯紧了,看看他是人是鬼？

听完崔板头的讲述,我倒吸一口凉气,现在侯忠孝不仅对崔板头不放心,对我也提防起来。崔板头笑着说:"看来,赵二根的话在侯忠孝那里起了作用,他认为特务科里确实有个鹦鹉,这个鹦鹉不是我就是你,哈哈哈。"

我有点急了:"他侯忠孝敢怀疑我,我可是被授予樱花勋章的人。"

崔板头反驳道:"那也没用,马科长还得过呢！他也是个卧底,你觉得在特务科待着,谁会干净？谁都不会,不是你查我,就是我查你,这几天你没发觉有人总在跟着你？"

我一时不知道该怎么回应,只能对崔板头说:"那我们怎么办？他们是不是已经暗中跟踪咱们了？"

崔板头诡秘地笑了一下:"老子就是喜欢让人跟踪。"

崔板头果真不是善茬儿,一天他在特务科门口堵住了宋德利,一把揪住了宋德利的衣领，怒问："你他妈的是不是派人跟踪我？"

宋德利满脸赔着笑："哪儿敢哪儿敢。"

崔板头不由分说，狠狠地给了宋德利两个耳光，打得宋德利眼冒金星，鼻血直流，崔板头大骂道："跟踪我的人我全抓起来，告诉你，你他妈再跟踪我，老子下次就不是耳光伺候了。"

有关宋德利调查崔板头的事，后来成了特务科的笑料。大家都说，那天宋德利双手捂着通红的脸跑了，崔板头还在破口大骂："这次是耳光，下次老子直接枪子儿伺候。"

对于这件事，侯忠孝一直没出面。我猜测，他不傻，他知道崔板头之所以这么嚣张，是因为他的后台是武师长。

后来我听崔板头说，侯忠孝决定不再内部追查，但他并没放弃，他让宋德利查外部，看看社会上能不能找到赵二根的行踪，这件事就这么有惊无险地过去了。

我也暗自吐了口气，庆幸在特务科里有崔板头这样的盾牌，能为我阻挡一些不必要的麻烦。崔板头这个人不错，虽说身上有些痞气，但对朋友却十分真诚，讲义气。

晚上我把崔板头叫出去喝酒。

酒菜端了上来，两人你一杯我一杯地喝了几杯，崔板头酒后对日本人破口大骂，说好了这个特务科科长的位置是他崔某人的，现在居然成了侯忠孝的。

一说到这儿，他气不打一处来："侯忠孝他妈的什么东西，他有什么本事跟咱比？"

我摆了摆手，示意他小声点儿，备不住宋德利的眼线就在外面。

"老子才不怕他！他抓老子的把柄，老子还找他的茬呢。"

"来，喝酒。"

喝了几杯，崔板头又想起几天前赵二根越狱的事，怒火中烧，他满嘴白沫地骂起侯忠孝:"他姓侯的,配叫'忠孝'这个名?一会儿国军一会儿汉奸的,简直就是个三姓家奴!老子要当汉奸就当汉奸,不像他,就他妈的是个王八,查内鬼居然查到老子头上了,总有一天老子会收拾他的。"

我劝着崔板头:"别气了,听兄弟的,忍一时风平浪静。"

崔板头瞪着红眼睛:"忍?老子才不忍呢。他姓侯的,老子看他第一眼,就不是什么好东西,老子怀疑他什么他妈的投靠日本人,就是苦肉计,没准儿是军统的卧底!他查内鬼,到底安的是什么心,这不是把屎盆子扣在老子头上?老子跟赵二根有个蛋关系,会冒死救他出去?"

我也跟着附和:"这事我觉得也奇怪,按道理牢房坚如磐石,别说人了,就是一只鸟也很难飞出去,赵二根怎么能轻易地出去?"

崔板头喝了口酒:"这还用问吗?赵二根偷了日本人的皮包,这里面一定有大问题,我现在怀疑放赵二根的人,就是他妈的姓侯的。"

崔板头的话吓了我一跳,侯忠孝为什么要放了赵二根?我的脑子里突然跳出了本田麻二,我喃喃地说:"难道是——"

"难道什么?"

"赵二根的事,会不会是日本人做的文章?"

崔板头根本顾不上听我的,他继续骂着:"人家日本人马上要和傅作义的人在包头开战,哪里顾得上什么赵二根?我看呀,就是他侯忠孝贼喊捉贼。对,还有那个宋德利,这孙子,以前是老子的跟屁虫;现在呢,有了新主子,见老子居然带搭不理的,等老子哪天抓住他把柄,好好整整他。"

我举着酒杯说:"来,不管那些了,喝酒。"

崔板头显然余气未消,他说:"老子最看不惯侯忠孝飞扬跋扈的劲儿,见了日本人跟条哈巴狗似的,见了自己人就要威风,老子每天做梦都想着这个家伙被日本人给崩了。兄弟你看着吧,只要有一天我抓住他的罪证,我会第一个崩了他。现在没崩他,算他命大。"

接下来崔板头看了下门口,声音低低地对我说:"兄弟我跟你说句掏心窝子的话,你听不听?"

"你说。"

"侯忠孝拿不住我,可能拿住你,为什么?因为你这个人老实,苍蝇专叮有缝儿的蛋,你呀,得多留个心眼。"

我故意气哼哼地说:"对我不放心?我他妈的也从死人堆里爬出来的,他居然对我不放心?不放心,我现在就走人,到哪儿我也照样吃香喝辣的。"

崔板头看出来我有点恼怒,反倒笑了。"不会吧,你怎么老是想到撤呀跑呀的,你听我的,咱们得跟他姓侯的斗,斗得你死我活,不然的话以后咋在归绥城混呀?"

我摆了摆手:"太累太累,我呀,从今往后就是吃吃喝喝,跳跳舞,认识认识美女,活得逍遥自在。"

"你呀,就他妈是个风流鬼。"崔板头骂了一句。

六

一周以后，我换洗衣服的时候，翻出了惠子的名片，时间长了，我对名片上的人很陌生，想了半天，才想起是那天路上遇到的那个女人。她的模样已经有点模糊了，她说是在授奖那天认识我的，而且给我送过花，可我一点儿印象没有，她坚持说认识我并能叫出我名字，不用问这个女人没有撒谎。通过那天的表现来看，她不像是个说谎的人，可我记忆里根本不认识她，没必要和她纠缠在一起。

就在我决定撕掉这张名片时，巨大的好奇心又打消了我的念头，我准备去一趟厚和医院，看病也许只是个由头，我想去认识认识她。

到了医院一打听，我才知道，惠子大夫原来是厚和医院最好的神经科大夫，听医院的人介绍，惠子以前是日本东京医科学院的高材生，七七事变之后，她随着日本军医来到华北，随着战事发展，她又从华北来到了归绥。

她愣了一下，很显然，她没想到我会突然出现在她面前，等她认出我之后，兴奋地说："真没想到，是你。"

她的嘴里不停地说我是她的救命恩人，弄得我面带愧色，我说我只是意外帮了忙。

"什么帮忙，就是救命！那天若没你相救，我估计早被他们打死了。"

惠子大夫一直在笑，她的笑声很爽朗，听得出来她很开心，我感觉她一点儿忧愁都没有。

她给我做完头部检查后，又对我进行了一番测试，经过一通忙活，她问我最近感觉怎么样，我就把自己最近总做梦的事儿告诉了她。

惠子大夫说："这是因为你的神经受损，梦才会变得多起来，不过不要担心，梦境能帮助你恢复记忆，如果你遇到过去的人或者经历类似的事，会激活你的记忆，它会变成梦呈现出来。德国精神病学教授罗伯特发明的记忆遗失理论，就是这么说的。"

我听得好奇，就问惠子大夫："那我梦到的那些，难道就是真实发生过的？"

惠子大夫说："很有可能，最好在你梦醒之际，立刻将梦里发生的一切用卡片记下来，它们会连成一条线，这条线就是你曾经发生的一切。"

"这太费事了，我哪儿有时间记这些。"

"别急，恢复记忆需要很多因素，比如一次外力让你头部受伤，说不定就会恢复你的记忆，过几天厚和医院要引入一批进口药，据说这药是专门给天皇服用的。裕仁天皇小时候摔过一跤，记忆丧失，日本医疗机构专门为他研制药品，他服用后记忆神奇地恢复。目前这批药已经用于军方，开始大规模生产……"

谈完病情，我发现自己有点喜欢上这个女人，她说话干脆，不藏着掖着，尤其她的气息让人感到很放松，像是早春的晨光，让人身心愉悦。本来我想再跟她聊上几句，可医院里人来人往，根本不适合说话，我微笑地对惠子大夫发出邀请，想请她今晚到桃花公馆新开设的舞厅跳舞。

"跳舞？"惠子大夫显然有些意外。

我心里感到不安，顿时觉得自己有些唐突，想必她也不会答应。可让我没想到的是，随着一串明亮的笑声过后，惠子大夫答应得很痛快："好啊，正好咱们在一起好好说说话。"

我有点喜出望外，立刻跟她定了时间。"八点，不见不散。"

我和惠子的故事，就这样开始了。

晚上快八点钟的时候，我出现在桃花公馆新开设的舞厅门前，天气不冷不热，天空的西北角出现了奇幻的火烧云，非常壮观，没过多长时间，便隐没在了暮色之中。随着夜晚降临，晚风袭来，凉爽宜人，这样的天气正适合男女约会。我看了下表，时间尚早，今天时间似乎过得很慢，在缓慢的气氛中我有点紧张，总会恍惚看见惠子款款地出现在路的尽头……平日里我不是这样，可今天不知道为什么，我能感觉出身体轻微的颤抖。想想，这是我脑子受伤后第一次主动跟一个女人见面，紧张也是情理之中的。

这家舞厅很豪华，据说本田麻二曾经是个舞迷，他经常跟人说跳舞就是文明的象征，是文明人与野蛮人的区别。到了归绥城后，他发现这里没有一家像样的舞厅，这里的人低俗不堪，除了喝酒烫洋烟逛窑子，什么都不会，于是他在桃花公馆外院开设了这个新式舞厅。每到夜晚，舞厅里人流如潮，有穿和服和穿着军装的日本人，也有伪蒙军、富绅、伪蒙疆政府的官员，影影绰绰的。按道理我应该算这里的常客，可说来奇怪，在这里，我一次都没遇到过本田麻二。

夜空是深蓝色的，像深邃的大海，我抽着烟，看着天上的星星。这样的天，星星看得很清楚，看着看着，我有点入了迷……

在外面等了一会儿，人还没有来，我决定不等了。一个人进了舞厅，和几个熟人打完招呼，到吧台边要了一杯茶水。这一举动连吧台的服务员都觉得意外，以前我来的时候总是先来一杯威士忌或是其他干邑，可今天太阳从西面出来了，居然喝起茶水。

茶水是新到的雀舌，绿色的茶叶在水杯里起起伏伏，我捂着水杯在走神。

说起这喝洋酒泡舞厅，还是我到特务科以后学会的，具体说是崔板头教会我的。崔板头说我第一次喝洋酒时，差点儿吐了。我总说这酒味道古怪难以下咽，还说喝白酒习惯。崔板头笑着说，来舞厅喝洋酒，这是规矩，在这里喝白酒的全他妈的土鳖。

就这样，我学会了喝洋酒，而且洋酒里我只喝威士忌。

舞厅里响起一首日本歌曲，有很多日本人在高声唱着。

我低头看了下表，已经八点半了，估计惠子大夫不会来了。正心猿意马的时候，有人在我肩膀上拍了一下，我转身一看，是惠子大夫。

"惠子大夫。"我赶紧笑着跟她打招呼。

"在这里你就叫我惠子吧。"她浅笑道。

惠子穿着一件米黄色的风衣，发髻高高盘起，她解开围在脖子上的一根蓝色丝巾，露出她圆润的脸庞和脖颈，这个形象跟医院里那个穿着白大褂的惠子大夫简直判若两人。

我俩落了座。由于紧张，我不小心把茶水碰翻了，热水烫着了手，惠子关心地抓住我的手左看右看，我无所谓地说："没事没事，刚才在外面等了一会儿你，见没人影，就先进来了。"

惠子解释说路上有点堵。

我俩选择一个相对安静一点儿的角落坐下，惠子不喝酒，喝的梨汁，我点的仍是威士忌。

"喝酒会损伤你的记忆。"惠子说。

"我也不想喝，"我说，"可没办法，没它我睡不着。"

惠子看了下舞池里的人："你经常来这里？"

我笑了笑说："谈不上，有空了就来这里坐坐，对我来说算是一种休息吧。对了，你说是在颁奖那天认识我的，我怎么一点儿印象都没有？"

惠子沉默地看着我,过了好长一会儿,她说:"你既然想不起我,这也很好,中国古话里总爱说'过往不咎',不是吗?咱们重新开始认识,这样也很好。"

"重新开始?"我一点儿不明白她的话。

"对呀。"惠子一下笑了,眼睛真是迷人,笑起来弯弯的,明亮清澈。

我忍不住赞美她道:"你看上去是个快乐的人,我就愿意和快乐的人在一起。"

"我们不是已经在一起了吗?"惠子笑得更开心了。

惠子的小机智,让我心里有些暖。

"走,咱们跳舞去。"惠子很大方,她一只手挽住了我的手臂,我有点紧张。

到了舞池,我如实地告诉她:"我来这里从来没跳过舞,只是喜欢坐在这里看别人跳。"

"你不会跳舞?"

我尴尬地看了眼惠子。

惠子侧了头,一脸开心地说:"我上大学时学过,我教你。"

说完她抓住了我的手,滑入了舞池。在跳舞时,我感觉惠子的身体紧紧地贴着我,这让我有些不自在,惠子抬起头,眼睛里有一种柔软的东西,这种眼神我从来没经历过,但是能感觉到里面是有内容的,是幸福,是期待。我尽量不去看惠子的眼睛,我知道那眼神看久了,会融化进去。

"那次遇到危险的时候,我以为自己认错人了,但直觉告诉我那就是你,所以我叫了你一声,果真是你。要是没有那次的相遇,我可能真会被乱枪打死,我知道他们恨透了我们,可有什么办法呢?这是国家和国家的事,我们这些人无非是被时代裹挟的小人物……认识你真好,在归绥,有你这样的朋友,我会觉得安全一些。"惠子的声音像舞池里的音乐，慢悠悠的。

惠子的话说得很真诚，我心里热乎乎的。

我察觉到有一个人一直看着我。

那个人就在我的左后方的暗处，能感觉他已经盯着我看了很长时间，他的目光平静深邃，不露声色……当我转身看时，才注意到这个人个子不高，戴着一个黑色眼罩，本田麻二？

我和惠子立刻停止了舞步，快步走到了本田麻二面前。

"为什么要停下来？你们跳得非常好。"本田麻二笑着说。

"我给你们介绍一下。"我把惠子叫到身边。

"不用了，我和惠子大夫也是老朋友。"本田麻二眨着一只眼睛看着我，他说，"我很奇怪，你是我刚推荐给惠子的，没想到你俩会认识这么快。看来你很会追女孩子？"

我脸唰的一下红了，正待说话，嘴还没张开，惠子就抢先一步说："我俩以前就是老朋友，很久没见了，今天在这里能见到，真是意外。"

这句话把我也整蒙了，我看着惠子，然后附和着她的话点着头。

本田麻二说："看来你们是有缘人，有缘的人才能再相遇，不容易。好，你们就好好聊。"说完，本田麻二转身离开舞厅。

舞曲结束，我俩回到座位上。

"听说本田先生来这里很少，今天能在这里见到他真不容易。"

惠子点点头："他不习惯热闹。"

我愣了一下："他不习惯热闹？那为什么还开设舞厅，我听说他很热衷跳舞。"

"据说他喜欢的那个桃花女士喜欢跳舞，所以他以前也跳。"

"现在呢，现在为什么不跳了？"

"听说桃花女士死了。"

大厅的留声机里在放着一首日语曲子，我有点走神，惠子突然问我："好听吗？"

"什么？"

"曲子。"惠子用手在半空中环绕了一下，"嘘，你能听到有风在沙沙地吹，那是海上的风，远方的风。"

我确实什么都没听到，有点轻蔑地说："这个日本女人像夜猫子在叫春。"

惠子对我冒犯的话并没有多反感，她甚至笑了一下，说："你知道这是什么曲子？"

我摇了摇头。

"这个曲子叫《月下美人》，是长川美代子唱红的，据说她唱完这首歌，于昭和五年在东京的家中自杀。长川美代子的歌里有春天的气息，这气息很蓬勃，有种万物复苏的感觉。你听，是不是能感觉到雪在融化成水，树头的花苞在悄悄地绽放花朵，一个女人踩着一涨一落的海水，走到了月下的海边，她看着天上的月亮，等待她思念的恋人？"

"她的恋人等来了吗？"

"听着这曲子，我感觉自己等来了。"惠子说完，慢慢闭上眼，一副内心满足的样子。

我没敢接惠子的话，心里怦怦直跳。我低头举着酒喝了一口，威士忌顺着我的喉咙进去，流到我的体内，这个过程很舒服，我能感觉出酒精仿佛在滋润我的神经，希望自己的记忆在这酒精的滋润下，快一点儿恢复。

惠子继续说："她的歌声总是能让我想起在日本的生活，那时我在一个叫金泽的地方，那里很安静，每天夜里能听到鹤的叫声……"惠子说话像是在自言自语，在音乐声中，有的能听清楚，有的听不清楚，但我能感觉得到。

我被她的话感动了。不，是被惠子的情绪感动了，我本能地想伸出手握一下她的手，可我没动。

自从我到惠子那里治疗后，我总梦见一个人，一个女人，跟惠子一模一样。她的气息对于我来说，太熟悉不过了，这种气息与我几乎融为一体。

我甚至能清晰地记住梦里这个女人的名字，她叫陈娥。

陈娥？等我从梦中醒来，陈娥变成一团虚幻的晨光，若有若无。我怎么也想不起来这个叫陈娥的人，她是谁，如果她不是真实存在的，那为什么我能如此清楚地记着她名字？她一定是真实存在的，甚至跟我关系还比较密切……我捂着自己的头，希望它能早日变得清晰，所有的事情都能回忆得清清楚楚……

我努力地回想着，希望记忆深处的陈娥，从我黑暗的记忆里脱颖而出，然而一次次努力都是枉然，我什么也想不起来……

韩三跟我说："这段时间我们派去三官庙街的人，很长时间没见那个戴着礼帽的了。"

我一愣，急忙问他："是不是对方发现了什么？"

韩三说不应该呀，他派去的人业务能力很强，再说伪装得也好，被发现的可能不大。

"他们，是不是……"韩三说话有点吞吞吐吐。

我说："你有话直说。"

韩三说："我怀疑他们最近可能有什么大动作。"

韩三的话让我有点不寒而栗。大动作？假如真是按照韩三说的，我们又能做什么呢？现在对三官庙的情况一点儿都没有掌握。看来，我得亲自去那里一趟，只有近距离地感受，才有可能会找到对手一些破绽。

街道上全是落叶，这是秋天最后的日子。归绥用不了多长时间就会上冻，那将会是另一个世界。

泛黄的光线中，街道两旁还有不少乞讨者和一些奄奄一息的逃荒人。他们破衣烂衫，瘦骨嶙峋，饥寒交迫，每个人空洞的两眼死死盯着马路上来往的人。

我有点不忍心地看着他们。

我问韩三："咋，现在街上有这么多的难民？"

韩三也神情暗淡地说："到处在打仗，到处都需要钱。没钱怎么办？只能向他们盘剥，这些人在老家就种那么点儿地，我听说白天是日本人过来收租子，晚上国军的人收租子。你想想，他们不跑行吗？"

韩三的话让我陷入了沉默。

说实话，每当我看到这些无助的流民时，我的心极其难受。他们和我一样，随着战争来临，大家的命如同街上的落叶一般，或生或死，无人理睬。是谁造成的战争，是日本人？我有时候真想不通，自己为什么会跑到日本的机构里做营生，为他们卖命？

没办法，这一切只能默默承受。

三官庙街于明代末年修建而成。修建它的人是漠南的一个蒙古顺义王，他平定北方大部分的草原后，又通过几十年的战争，终于与明朝政府达成了通贡贸易。安定之后，他模仿元大都的规模，修建了这座归化城。据《归绥通志》记载：归化城周二里，砌以砖，高三丈，南北门各一，城内西北，有一条青石板街，街边有三官庙而立……

三官庙街因此得名。三官庙位于街巷的中端，一座汉式的建筑，院子三进三出，里面供奉着天官、地官和水官。相传天官为唐尧，地官为虞舜，水官为大禹。这里常年香火不断，为归绥城内繁华之地。

我和韩三在离三官庙不远的地方停下车，这里距林记洋烟店还有点远，相对安全，假如对手出现，也不会注意到我们。

街上似刮着风，那些树木上悬挂着的残叶被纷纷吹落，像饥饿的老鼠在街上疯跑。远处的夕阳把这条古老的街道照得红彤彤的。林记洋烟店一切平静，看不到有人出入。

这时一辆黑色的扁蛤蟆汽车，大摇大摆地停在林记烟店的门口。它从街的西面驶来，因为逆光，从车上下来的那个人，我和韩三都没看清是谁。

我急忙让韩三把望远镜拿来。

镜头里，那个人已经进了洋烟店。

接下来我发现了一个秘密，顿时出了一身冷汗。那辆扁蛤蟆汽车挂着的牌照竟然是特务科的，我心里怦怦直跳，这个人会是谁？

我放下手里的望远镜，告诉韩三："回吧。"

韩三对我的话感到意外，他瞪大眼睛看着我："李队长，你看这好戏说不定就在后面呢。"

"他们会很容易发现我们，撤。"我的声音不容置疑。

七

入冬以来,归绥城大雪一场接着一场下,到处都是白茫茫的,新雪压着旧雪,城市像是发酵的面团,不断地膨胀起来。时间仿佛已经停止,人们在这白雪皑皑的冬天显得心事重重。无休止的战争,如这漫长的严冬,让人根本不知道什么时候才是尽头。

立冬那天,我又被侯忠孝叫到办公室。有一段时间没见他了,隐约觉得他有点发胖,人看起来有些许疲惫。我进去的时候,他正在桌子上摆弄一盒烟,样子像是在走神。他问我最近忙什么呢,我告诉他一直在查抗救会的成员,接下来我把已经过期的案子又对侯忠孝说了一遍,事实上这些东西早就没了价值。

侯忠孝闭上眼,像是在听,又像是在养神。

地上有个炉子,里面的火烧得很旺,不时能听见里面有木材的破裂声,一个茶壶在炉子上噗嗤噗嗤地冒着白汽,我起来后,把烧开的水灌到暖壶里。

侯忠孝桌子上有盒烟,他从里面抽出一根,放在鼻子下面闻了闻。过了一会儿,他说:"我有个好消息,你想听吗?"

"当然当然。"我搓着手问,"什么好消息?"

"鹦鹉那里我有线索了。"他的声音听上去充满了自信。

我没想到侯忠孝会这么说,急切地问:"鹦鹉?他是咱们这里的人吗?"

"现在还不清楚,但很快他就会浮出水面。"眼前的侯忠孝一副胸有成竹的样子。

"有什么线索？"我看着侯忠孝。

"这个线索还是来自你。"侯忠孝说完，诡秘地笑了一下。

"我？"我呆呆地看着他。

"有人告诉我，你在找这个牌子的雪茄。"侯忠孝活动了下脖子，慢悠悠地说。

我惊慌地看着他。

"给你。"侯忠孝从那盒雁牌的雪茄中抽出一支烟递给我。

我摆了摆手，从腰间抽出一个铜烟锅："不好意思，我现在只抽这个。"

"不是让你抽，我让你闻。"

我只好接过烟，放在鼻子下面闻了一下，一股浓烈的雪茄味。"这个味道的烟，归绥城里很少有。"

侯忠孝继续说："你很细心。对，卖它的地方很少，这就是个突破口。我就是从这个烟开始查，在归绥城里哪里有卖这种叫雁牌雪茄的，我就去哪儿查。查来查去，查到了一家，这家有重大的嫌疑。"

侯忠孝的话让我不由得吸了口凉气，没想到他暗中也在进行调查。

我赶紧问："哪一家？"

"你不知道？"

我立刻站起来说："属下确实也在查，现在还没查出结果。"

"我相信你。"侯忠孝笑呵呵地站起来，走到我身边，他又变得亲热的样子拍了拍我的肩，示意我坐下，他坐在我的旁边说，"是这样，这家烟店就在三官庙街上，我派人监视了一段时间，你猜我们发现了谁？"

我有点紧张，明白了我派去的韩三已经被他发现，故作轻松地问："难道是那个老方？"

"你小子够机灵。对,就是这个人。"

"那为什么不抓他?"

侯忠孝摇了下头,说:"抓他有什么用?你知道吗,螳螂捕蝉黄雀在后。没抓,有没抓的道理。"

我故意露出一副兴奋的表情:"太好了,这个案子破了,咱们特务科在日本人那里腰杆就直了。"

"好消息还在后面呢。"侯忠孝端起茶杯,喝了一口,"我们给他们上了手段,在那里我们监听到了他和烟店老板的谈话。你知道吗,鹦鹉很快要和老方见面,见面的地点就在这三官庙街。"

"啊,鹦鹉?那看来这个老方根本不是鹦鹉?"

"他当然不是,他和赵二根一样,也只是一个送情报的小角色。"

"这回好了,我们一锅端。"我站起来,迫不及待地问,"您刚才说鹦鹉,他是什么人?"

侯忠孝眯了下眼睛,像是在思考,没多长时间,他又将眼睛睁大,口气幽幽地说:"这个鹦鹉不管是什么,他一定是条大鱼,谜一样的大鱼,抓住他,一切全都明白了。"

出了侯忠孝办公室,我像是从冰窖里出来的一样,身上透着丝丝寒气。

我怎么也想不明白,侯忠孝为什么要对我说这番话?他已经明确表示让我不要接触这个案子,今天却一反常态。跟我说这些是什么意思,他在试探我?韩三找雁牌雪茄的事,我是秘密进行的。侯忠孝如何知道的?难道他派人一直跟踪我们?我想不透,这个侯忠孝还掌握我多少秘密?现在没别的办法,只能以不变应万变。

侯忠孝跟我透露了一个重要信息,就是鹦鹉。这个人据说一直隐藏得很深,这次为什么会这么突然出现?他出现了,要干什么?假如这一切是真的话,接下来我该怎么办?这个消息该不该告诉那个神秘的黑影？这些问题在我脑海里变成了死结，使得我一筹莫展。

我正低头想事，一抬头，一个人挡在面前，一看是崔板头。不知道他什么时候站到我的面前，崔板头面色暗淡，眼睛微肿，浑身荡漾着酒气，看样子像是喝了一夜的酒。

"李队长，什么任务呀，搞得你老人家这么紧张？"

"鬼知道他侯忠孝在搞什么名堂，能不紧张吗？"我突然想起来什么，"上次咱们抄老方家，发现了一个烟头，你记得不？"

"记得，怎么了？"

我摇头叹息地说："这件事，侯忠孝不知道怎么知道了。"

崔板头撇了撇嘴："这不奇怪，全特务科都是他的眼线。对了，是不是这个家伙接下来有什么动作？"

"嘿嘿，一会儿就要开会，会上你就知道了。"

"开会开会，老子本来能睡个自然醒，全他妈的让他搅和了。"崔板头说着，深深打了个哈欠。

"你晚上又喝花酒去了？看你困的！"

"哼，我喝花酒？老子还听人说你最近跟一个女大夫打得火热。"崔板头拍了下我的肩挤对我，"什么时候喝你的喜酒？"

"你耳朵够灵的，别听他们瞎说，那只是我一个普通朋友。"

崔板头递给我根烟。

崔板头看了下天："你看看这天，雪一场场地下，没个完。哎，对了，那个赵二根后来查得怎么样，怎么一点儿消息都没了？"

我指了下侯忠孝的办公室，小声说："他不让查了。"

"他妈的，一会儿让查一会儿不让查，他侯忠孝肚里装的是什么鬼胎？"

"小点声。"我朝着崔板头嘘了一下。

"老子才不怕他，不过我提醒你，离他远点，近了迟早会倒霉。"

烟抽完了，会议室的电铃响了。

"走，开会去，听听他姓侯的又放什么屁。"崔板头边骂骂咧咧边踩灭烟蒂。

我俩进了会议室。

会议室里人坐齐了，这是侯忠孝上任以后，我第一次感到紧张的会议。每个人表情都很严肃，严肃得让人感到压抑，仿佛刻板的脸上只有五官，没有表情。

特务科科长侯忠孝站在前面，眼神永远看不出内容。突如其来地，他开始布置抓捕任务，提高了嗓音："抓捕命令是厚和日本特务机关下达的，要抓的人叫鹦鹉，有关鹦鹉的情况，目前特务科掌握他的资料，并不充分，也就是说现在只知道他的名字，这个名字不过是他的代号，至于他的真实身份和长相，还没掌握……"

特务科的人议论纷纷。

"那我们怎么抓？"

"抓错了怎么办？"

……

人们在交头接耳地谈论着。

"静一静，大家听我说。"侯忠孝摆了摆手。

会场暂时安静了下来，侯忠孝继续用他尖亮的嗓音对大家说："刚得到一个重要信息，今天这个鹦鹉会出现在三官庙街，要和人接头。他的样子我们不知道，可接头的人，我是知道的……这是抓住归绥城抗日地下组织的大好时机。"

接下来，宋德利给大家每人发了一张画像，画像上的是个中年男人，留着山羊胡子。

侯忠孝指着画像上的男人说："这个人的信息我们正在查找，暂时叫他山羊胡子吧。具体的抓捕情况，我们到了现场再布置，原因你们大家都明白，就是怕提前走漏了风声。"

会议室又嘈杂起来。

"安静一下，听我说，"侯忠孝清了清嗓子，"这个鹦鹉至关重要，为了引出他，我们费尽了心血，咱们特务科想在日本人面前露脸，就是得抓这样的人物。抓住这样的人物，咱们就露了大脸了，你们想不想露脸？"

"想。"众人一齐说道。

开完会，侯忠孝让我留下来，不知道他又要对我说什么。等到会议室没人了，侯忠孝走过来，他两只手攥紧，关节嘎巴直响，问："李队长，你来特务科多长时间了？"

"快一年了。"

侯忠孝抬起手，揉了揉发酸的颈椎，说："你好好干，这一次是立功的最好机会。若是抓住了这个鹦鹉，我一定推荐提你为特务科副科长。"

我急忙露出谦卑的笑容："谢谢科长抬举，我这脑子的伤——"

"那伤为谁得的？是为咱们特务科，这是功劳。"侯忠孝说，"你知道不，提拔你，我要顶着很大的压力。"

"为什么呀？"

"这还用问吗？虽然你得过樱花勋章，可你的资历浅，来特务科时间短，有些资历深的人不服气，会有很多闲话。"

我不知道该怎么回答，心里暗骂：来了归绥，老子论战功，差点儿把命丢了，还他妈的资历浅？这是心里话，我没敢说，故意面带羞愧地看着侯忠孝。

侯忠孝仍像往常一样，整了整我的衣领："你知道吧？机会不是每天都会降临的，这一次很不容易。记住，机会来了，一定要抓住它。"

我立刻朝着侯忠孝敬了一个礼。"请侯科长放心，这次我一定会努力。"

"李队长，记住，在特务科你是我的人。"

"记住了,我永远是您的人。"

侯忠孝朝着我笑了一下,然后走了。

看着侯忠孝的背影慢慢走远,我才长长吐了口气。回味着他刚才的话,明白了侯忠孝是在有意拉拢我,这显然不是坏事。今后一段时间里,我会成为侯忠孝和崔板头的香饽饽,接下来我要做的就是左右逢源,这样的话他们都会把我当成亲人一样对待。

出了会议室,门口停着汽车,特务们都坐在车上,我正准备上车,听见有人喊我,回头一看是崔板头,他满脸笑意地招呼我:"我这里有位置。"

于是我上了崔板头的车。崔板头扔给我一盒烟,是日本烟。

"昨天我姐夫给的,我抽不惯。"

我本来想说我也抽不惯,见崔板头好意,便说了声谢谢。

汽车启动,特务科全体出动,五辆汽车驶出了特务科的大院。我坐在车里没作声,无聊地看着车窗外的景象,我能察觉出崔板头边开车边从反光镜里打量着我。

"怎么了,侯忠孝给你压力了?"他问。

我笑了一下:"你也知道,他那个人神经兮兮的。"我继续看着车窗外,外面的风变紧了,街道两旁的房屋被吹得歪歪斜斜的,天上乌云密布,仿佛已经压在了城市的头顶之上,看样子用不了多久又是一场大雪。

崔板头还在观察着我。"他对你说什么了?你拉个苦瓜脸!"

我只好坦白说:"他嫌我来特务科的时间短,资历浅。"

"资历浅?他姓侯的,有什么资历?一个叛变过来的叛徒,他立过什么战功?无非是举报了一些他以前军统的组织,那些组织没一条大鱼,抓住的都是些没用的人,老子估计日本人现在肠子都悔青了,整个弄来一废物。"

崔板头踩了一脚油门，车一下加速起来，道路崎岖不平，雪地湿滑，车在颠簸中左右摇摆，我赶紧抓紧了车上的扶手。

我故意说："在特务科的兄弟谁都知道，有战功的是你，崔老兄。"

"你这话说对了，兄弟不是跟你吹，老子身上的伤疤有多少？去问问，每一次行动是谁冲在最前面？只要他们眼没瞎，应该看得见。可他妈的，伤疤再多也比不上他姓侯的心眼儿多。对了，他跟你说了没有？你以后就是他的人。"

我一愣，崔板头怎么会知道这句话？

崔板头哈哈大笑起来："他不光对你说，他对特务科所有新来的都这么说。"

"都这么说？"

崔板头解开领口的一道扣子，他说："不信你去问问，看看我的话是真是假？"

我想起侯忠孝的那张脸来，此时他的那张脸仿佛又隐藏在暗处，静静地看着我。

"他果真是个老狐狸。"

"老狐狸？"崔板头说，"你信不信，他就是个小人。"

我欠了下身子，说："崔老兄，我连你都信不过，我还信谁呀？对了，你说那个叫什么，对，叫鹦鹉的人会不会来？别让咱们竹篮打水一场空。"

崔板头撇了下嘴说："应该会来，至于唱的哪一出，这我就不知道了。"

"为什么呀？"我没明白崔板头的话。

崔板头用手指了指自己的头。

"直觉。"

三官庙街面上静寂无声，天空还在飘着雪花，无声的雪飘飘洒洒，让这条古老的街道变得异常安静。

我下了车，观察了下这里的环境。这时宋德利跑过来，先是看了眼崔板头，然后又一脸神秘地说："李队长，侯科长找你过去。"

我本来想说有什么事，这个家伙说完转身比兔子跑得都快，我只好朝着崔板头看了一眼，做了一个无奈的表情，崔板头则朝我一脸坏笑地挤了下眼睛。

侯忠孝在三官庙对面的一家烧卖馆里。

那家烧卖馆平日里早晨有很多吃烧卖的人，这些食客正吃得好好的，做梦也没想到会有一群人进来，掏出枪把他们赶到后屋关了起来。后屋里人们乱糟糟的，有几个特务喊着："少他妈的废话，都老实待着，不许出声。"

吃烧卖的都是些胆小怕事的市民，一见是当差的，手里有枪，一个个吓得面如死灰瑟瑟发抖，不敢再多问一句。

侯忠孝站在烧卖馆的窗子前，一只手放在鼻子下面，像是有意在遮挡什么。从他站的这个位置能清楚地看见街对面有一家林记洋烟店。那是一个屋檐低矮的青砖平房，店面不大，里面只能容纳三两个人。烟店的老板果真是个留着山羊胡子的老汉，戴着皮帽和耳套，他搓着手从店里出来，扫着门口的积雪，动作很慢。等扫完了地后，他又将一块小黑板挂在店门口，黑板上歪歪斜斜地写着几个字：雁牌香烟已到货。

我走到了侯忠孝身边，他看见我来了，就问："你看见那黑板上的字了吗？"

"看见了。"

"有什么不一样的？"

我端详了一下，似乎也没发现什么。

"这很可能就是他们接头的信号。香烟已到货，这说明什么？

说明现在一切安全，可以进行接头。"

我欣喜地说："那就是说，鹦鹉今天一定会出现？"

"不好说，等着吧。"侯忠孝平静地笑了一下，"老戏里的词叫什么？叫设下香饵钓金鳌。"

我举着望远镜朝着洋烟店看了一下，那个留山羊胡子的老汉看上去很精神，身板硬朗，他身后是香烟的货架，上面摆着十几种香烟，柜台里还有一些杂货和当日的报纸。

这时，侯忠孝手指嘎巴响了一声。

"看见没，有人来了。"

侯忠孝的脸几乎贴在了玻璃上，他为了看得清楚，用手擦了下玻璃上的雾气。不远处，确实有一个人一瘸一拐地从巷子口出现，我一眼就认出来，这个人就是邮差老方，他穿着一件厚重的白羊皮大衣，像只肥硕的绵羊，走到货架前。

在洋烟店前，他看了半天上面的香烟，后来他买了一盒雁牌烟。

"这家伙是不是你查的那个邮差？"侯忠孝看了我一眼。

我举着望远镜又端详了一下："没错，是他。"

身后的特务有人在骚动。

"别动。"侯忠孝制止了身边人的议论，"不要急，他只是鹦鹉的眼睛，他替鹦鹉在观察环境呢。"

侯忠孝确实是个老手，此时仿佛一条鱼正在游向他设下的鱼钩，并且在鱼钩边不断地徘徊着。侯忠孝瞪大眼睛，他不放过此时任何一个细节，空气仿佛凝结，一切都在等待他的命令。

老方买完烟后，一瘸一拐地离开烟店，走到洋烟店不远的大槐树下，在一个卖烤红薯的炉子前，伪装成一个烤火的路人，在与卖烤红薯的人交谈。

"看见没，他的眼睛一直不老实。"侯忠孝看着他的一举一动说。

树下老方虽在烤火，眼睛却在左右观察着一切。

"鹦鹉要是不来怎么办？"我不安地问侯忠孝。

"他肯定来。"侯忠孝一点儿不着急，他像条机敏的猎犬，瞪着眼睛，竖着耳朵，看着外面的一切。

远处的钟楼整整响了十下。钟声穿过雪雾，在潮冷的空气中回荡，有一群黑乎乎的麻雀呼啦一下飞过来，驻足在树上，没一会儿呼啦一下又飞走了。因为这钟声，我仿佛想起了什么，想起什么呢？我极力想抓住脑子里闪过的念头，可仍是一片空白。

"他来了。"侯忠孝的声音在窒闷的空气中炸了一下。

我不敢再胡思乱想，这时从巷子口走来一个人，他出现得很模糊，中等身材，戴着一顶灰色礼帽，帽檐压得很低，低到几乎看不到他的眼睛，他脸上围着一条灰色围脖，遮蔽了脸。

"是不是这个人？"有人在说。

"看不清他长得什么样。"

……

突然间，这个人停止了脚步。

他似乎看见巷子里的雪地上有不少杂乱的脚印，这些脚印上面虽然又覆盖上了薄雪，可依然清晰可辨。

不光他惊讶，连林记洋烟店那个留山羊胡子的老汉也感到气氛有点异常。我看见留山羊胡子的老汉眼神慌乱，他不停地看着街面上的人，也许他也想不通，一大早街面上呼啦来了一大群陌生人，这很不对头。特务科的人确实是一群废物，我看见这些特务神情古怪，一个个形色可疑，贼眉鼠眼的，不停地朝洋烟店这里观望。

烤火的邮差，突然跟那个卖烤红薯的人争吵起来。

外面的气氛一下子诡异起来。

"不好，这个家伙在跟他的同伙传递信号。"侯忠孝说。

我的心怦怦直跳，山羊胡子老汉动了下身子，看样子他想把摆在门口的写字的黑板拿回来。他走过去时，不远处的一个特务正瞪着眼看他，他一愣，紧接着那个特务从怀里掏出一把枪朝他比划了一下，山羊胡子老汉慌张地跑回店里。

在我眼前，特务科的人正形成一张大网，鱼正在往网里游着，只要到了合适的位置，这张大网会瞬间收紧。

巷口的那个人仍很镇定，他步伐没有慌乱，坚定地朝洋烟店走去，此时外面的空气变得越来越紧张，我仿佛能听到每个人的心跳声，山羊胡子老汉在特务的枪下，一声不敢吭，只能用眼睛狠狠地瞪着前来的那个人。那个人看到了，可并没有停下自己的脚步。

他走到洋烟店门口，在和烟店老板说话，他俩说话的声音不大，没有人能听清他俩在交谈什么。

我紧张地看着侯忠孝，希望他一声令下开始抓捕，可侯忠孝一动不动地站着。时间一分一秒地过去，我手心里全是汗，按道理，以前我也参加了不少抓捕行动，可这一次不知道怎么了，我感到异常紧张。

咣当。

外面鼓楼上又响了一声，已经十点半了。

雪开始变大了，变成了鹅毛大雪。

侯忠孝看见街上有了异样，他的声音有些颤抖地问道："那个人是谁？"

我顺着侯忠孝的声音，抬头看了一下街面，不远处崔板头在举着伞擦鞋，擦鞋的师傅也是特务科的人假扮的，这两个人拙劣的表演，让我感到好笑。大下雪天，傻瓜才会把皮鞋擦得铮明瓦亮，让人一眼就会认出这是在演戏。

"是崔队长。"

"这个蠢货，会坏了我的大事。"

"我让人去跟他说。"

侯忠孝摇了下头说:"来不及了。"

远处的人确实是崔板头,看样子他在大雪天里冻得够呛,脸颊通红,一边哈着气,一边指挥着特务给他擦鞋,他的目光还在四下张望。

就在这时,街上传来一声枪响。

烧卖馆里的所有人都愣了,以为开枪的人是崔板头。等反应过来,才看清开枪的人不是他,而是烟店的山羊胡子老汉。他的枪对准了我和侯忠孝隐藏的那家店面,冲着它开了一枪,子弹在门板上溅起火星子,随后哗啦一声,玻璃碎了一地。玻璃碎片溅了我和侯忠孝一身,我俩赶紧趴在地上,突如其来的变故,让我俩谁都没想到。

因为这一枪,本来平静的局面一下子乱了起来,那个烤火的老方从怀里掏出了枪,朝着崔板头方向开了一枪。

给崔板头擦鞋的特务刚刚站起来,正要把枪掏出来,没想到一枪命中,应声倒地,雪地里很快流了一片红红的血。

突如其来的枪声,让屋里正在监视的所有人都愣住了,大家来不及反应,随后枪声又响起,鹦鹉也掏出枪朝街面上的特务开了枪,枪声像过年的炮仗,啪啪地直响,街面上一下子大乱起来。

山羊胡子老汉大声地对老方喊道:"快走呀,再不走就来不及了。"

那个瘸腿的老方,跑到鹦鹉的身边,掩护着他。

打了几枪后,两个人转身就跑,一溜烟儿跑进了三官庙。

山羊胡子老汉在庙门口,阻挡着特务们的追赶。

咣当,烧卖馆的门被推开,我和侯忠孝从里面冲出来。眼前的一切,让侯忠孝气急败坏,他大喊着:"谁让开的枪?他妈的,不能开枪,给我抓活的。"

他的叫喊声已经无济于事，人们根本听不到他的叫声。

街上已经乱成一锅粥，关在后屋吃烧卖的人也纷纷惊慌地冲出来，有人尖叫，有人哭号，像到处乱窜的老鼠。

崔板头打中了山羊胡子老汉的前胸，老汉身子摇晃了一下，一头倒在地上。

"鹦鹉呢？"侯忠孝大声喊着，"抓鹦鹉。"

特务们搞不清鹦鹉怎么会瞬间蒸发，一转眼消失得一干二净。

我快速地跑到了崔板头的旁边，正要跟他说话，崔板头担心烟店老板没死，又朝着他的胸口补了两枪。我愣了一下，然后对崔板头说："你胆儿真肥，侯忠孝不让咱们开枪。让抓活的，你不怕他收拾你呀！"

崔板头咬了下嘴唇："他妈的侯忠孝躲在暗处，一点儿不担心枪子。咱们的命在裤带上别着，我不开枪，万一他没死，朝我开枪咋办？"

"对对对，那个鹦鹉怎么就不见了？"

"跑不了，我看见他和瘸腿进了庙里，你在这里看着，我进去看看。"

"你要小心啊。"

"老子死不了。"

说完，崔板头站起身，朝天开了两枪，大喊一声："别让鹦鹉跑了，冲呀！谁抓住要犯，老子赏五块大洋！不，十块！"

特务们争先恐后地冲进了三官庙。

侯忠孝带着人跑了过来，我用手摸了下那个山羊胡子的脖子，没有脉搏，我对侯忠孝说已经死了。

"谁开的枪？"侯忠孝叫喊着。

"啊？"

"老子问你谁开的枪？"

"崔队长。"一个特务说。

侯忠孝狠狠跺了跺脚："这个砍尿货！让他不要开枪，他偏不听！他人呢？"

"刚进庙。"

侯忠孝让我守住外面，他带着人冲进庙里，我点着根烟，看了眼地上的烟店老板，烟店老板五十多岁，头发花白，眼睛还瞪得圆溜溜的，那眼神看上去有点吓人。我忍住恐惧，在他的身上摸了半天，他身上什么都没有。

我站起来，准备到庙前看看，一辆疾驶而过的黄包车差点儿撞倒我，车夫见我手里拿着枪，吓得脸都白了。

"大爷大爷，我眼瞎，没看见……"

我摆了下手："快滚。"

车夫拉着黄包车撒丫子跑了，这时我看见车上还坐着一个女人。那女人用一条俄罗斯条形花格围脖缠裹住了脸，身影一闪而过，黄包车已经走远了。我愣了一下，这个女人的身影怎么看着那么眼熟？

八

夜里起风了，外面不时传来干枝断裂的声响，门窗在风的吹拂下，嘎吱作响，风搅着雪一直刮了半夜。我正准备上床睡觉，外面咣当一声，我身子一紧，下意识抓起放在枕头下面的枪，我竖起耳朵，又听了一会儿，原来是一只野猫碰翻了一个破花盆，我为自己的紧张感到好笑，真是敏感过度，于是我继续睡，正睡得迷迷糊糊的时候，窗户当当当地响了三声，我猜想应该是风吹的门板声响，可过了一会儿，又传来当当当三声。我一下醒了。

这三声是暗号，我知道那个神秘的黑影又来了。

果真，我打开门，黑影呼啦地带着寒气冲进屋里。

"真他妈的冷。"他边说边拍打着身上的雪花。

我把快要熄灭的炉火捅旺了。

黑影靠近炉火旁烤着火，我能听见他喘着粗气，呼哧呼哧的，像是有什么急事。

我试图借着炉火看清他的脸，可他仍遮蔽得很严。

"你是不是在想，刚才为什么不开枪打死我？"

我一愣，赶紧笑着说："没有没有。"

"你不开枪，只有一个原因，你想搞清楚接下来要发生什么，对不对？"

我挠了下头发，勉强地点点头。

"地图的事怎么样？"他说，"你还没想起来？"

我苦恼地摇着头。

黑影用古怪的眼神看着我，他说："前两天的枪声是怎么回事？"

我一听他问三官庙街的事，就把那天在三官庙前特务科已经布下天罗地网，准备抓住那个代号鹦鹉的，结果打死一个，剩下两个人都跑了的事告诉他。

黑影听着，半天没说话，过了一会儿他缓缓地说："侯忠孝要是插手查这件事，看来他的目的不是抓什么鹦鹉，肯定也是在找地图，他找地图的目的是什么，你查过这个姓侯的背景吗？"

"查过，他以前是军统的，现在叛变过来投靠了日本人。"

"这个姓侯的很有意思，看来他一定不是个简单的人。"黑影眼睛盯着炉中的火，火光在他身上一闪一闪的，他的身影在黑暗的屋子里不断放大，"看来想得到地图的，不光是咱们，还有很多人，你现在有什么想法？"

我又捅了捅炉子里的火说："我觉得秘密一定在那个叫鹦鹉的身上，他出现在三官庙街，就是想通过他们的联络员，把文件送出去，可他的行踪暴露了。我想这是个好事，如果文件落在侯忠孝手上，一切都变得麻烦了，下一步还是找到这个鹦鹉。"

"对，据说他们手上有一个比地图更重要的文件，两者是一体的，没有文件，拿到地图也没用。我看呀，他们跑不出归绥城，鹦鹉没有把文件给洋烟店老板是个好事，给了就麻烦了，那样就会落在侯忠孝的手上。"黑影看着火苗，声音幽幽地说。

"文件？"我有点不清楚地问，"他们手上的文件到底是什么？还有，这张地图是张什么地图？它到底有什么用？"

黑影正要张口说，意识到了什么，立刻摆了下手："你不要问这些了，你赶紧把脑袋里记住的画出来，这样你安全了，老子我也完成任务了。"

"好好，我不问。"我一拍脑袋，"我想起来了，桃花公馆的本田麻二也在找这张地图。"

"你怎么知道？"

我就把本田麻二怎么把地图丢的，怎么跟我谈的，以及要暗中查找地图的事跟黑影说了。

"呵呵，本田麻二不希望这件事在社会上公开。你知道吗？一旦公开就麻烦了，这张地图想要的人太多了，日本人想得到，国民党想得到，共产党也想得到，就连苏联人都蠢蠢欲动，人们一旦知道归绥城里有这样一张地图，就会招来外界的极大关注，这样所有的秘密就不是秘密了，日本人会很被动。"

"那你需要我干什么？"

黑影抬起手腕，又看了下表，他说："地图的事情，你不要管了。你的任务就是看好病，病好了，那张地图你自然会画出来。记住，这件事不能让特务科的任何人知道，尤其是不能让侯忠孝知道，这段时间我就在归绥城，有事我随时会来找你。"

黑影走了以后，我心里有点烦乱。

我的脑子里真的有张地图吗，怎么我一点儿都想不起来？

外面依旧呼呼刮着大风。风若是再大一些，我担心房子会顷刻间被刮到天上。

这时我无意间看见书架上有一本书是倒着的，看样子有一阵没动过它了，于是我走过去，拿出来一看，是本《警世恒言》。让我奇怪的是，书里夹着一张借书卡，书是在厚德书局借的，借书的日期正是在我受伤之前。我随手翻看了一下，书里什么都没有。

我实在想不起来，为什么要借这一本书呢？

很快我查出山羊胡子老汉的真实身份，他和老方一样是抗救会成员。他叫胡老先，四十八岁，山西河曲人，十六岁逃荒来绥远，一直在商号里当伙计，三年前加入了抗日组织，一年前在三官庙街开设了洋烟店，已查明他在归绥城没有任何亲戚。

有关他的消息就这么多。如今胡老先死了，鹦鹉和老方跑了，能抓住的消息，仿佛在一眨眼间，又成了断线的风筝。

我猜出此刻最难受的应该就是侯忠孝，他信心满满，结果发现一无所获，而且还把自己逼进了死胡同。三官庙街失利后，据说侯忠孝把自己关在屋子里整整一天没出来，第二天他出来后，直接到桃花公馆找本田麻二负荆请罪。

事实上，我倒没觉得侯忠孝有多沮丧，相反通过这次抓捕，让我彻底觉得侯忠孝是个不好惹的家伙。从三官庙街行动回来后，崔板头第一个跑到我屋里，他把屋门一关，笑嘻嘻地对我说："这一回他姓侯的可惨喽。"

我没明白他的话，愣愣地看着他。

"怎么个惨法？"

崔板头告诉我："三官庙街抓捕行动，他姓侯的雷声大雨点小，特务科两手空空一无所获，鹦鹉也跑了，姓侯的气坏了，他本来想到日本人面前立功请赏，可什么都没捞着，这叫什么，叫赔了夫人又折兵，听说姓侯的到了桃花公馆向本田麻二汇报，被本田麻二连抽了好几个耳光，打得姓侯的脸肿得像嘴里含俩核桃。"

"是吗？"

崔板头学着本田麻二的样子，用一条围巾蒙住自己的左眼，模仿着本田麻二的样子说："我最恨你们这些支那人，欺骗上级。"

学完本田麻二，崔板头又学侯忠孝，捂着脸点头哈腰说："太君我没欺骗，这次完全是个意外。本田麻二大喊着，我不听意外，我要效率，你的效率呢？姓侯的连个屁都不敢放，他再说，本田麻二真能把他当场枪毙，后来他点着头哈着腰对本田麻二说，哈伊，效率，在下一个月之内，一定找到他们的地下头领，将他们一网打尽。"

崔板头学完这些后，幸灾乐祸地大笑不止。

我对崔板头的话有点不相信，说："你这是胡诌，你又不在场，怎么会了解得这么详细？"

"胡诌？不信你看吧，姓侯的脸要是不肿，我给你叫爷爷。"崔板头的样子看上去开心极了。

我没有崔板头这么乐观，反倒一脸愁云地说："这下子咱们的苦日子就来了，侯忠孝若在本田少佐面前受了气，回来肯定会收拾咱们。不信，你就瞧着吧。"

崔板头一脸不在乎地说："他敢。"

正在说话，有人敲门，我开门一看是宋德利，他总是这么鬼鬼祟祟的，给人感觉他一直站在门外偷听似的。我问他什么事？他一脸谄媚地说："侯科长半个小时后要开会。"

"开会？什么内容？"崔板头问。

宋德利摇了下头说不清楚。

这下把崔板头惹火了，他用手指着宋德利："开会内容都不清楚，你他妈的跑来干什么，滚。"

让我意外的是，宋德利不仅没生气，反而笑呵呵地走了。

会议室里烟雾缭绕。

特务们一见面你敬我一支，我敬你一支，大家都在吞云吐雾，不一会儿整个会议室如香火缭绕的寺庙，到处弥漫着呛人的烟雾，外面冷，又不敢开窗，屋里快让人喘不过气来。侯忠孝进了屋，他的脸上并没有像崔板头所说的高高肿起，也许肿已经消退，他面色黑青黑青的，一进屋，他眉头就皱了起来，咳嗽了几声，让人把窗子全打开。

窗子开了，外面的寒风吹进来，人都冻得瑟瑟发抖，这么冷的情况下，居然还有人在抽烟，侯忠孝一下火了，他狠狠地拍了桌子，巨大的声响，让整个屋子瞬间安静下来。侯忠孝高声地骂道：

"你们他妈的就懂得抽,老子这有洋烟,你们抽不抽?连眼皮底下的人都没抓住,还有脸抽,都给我掐了。"

崔板头的烟刚从烟盒里抽出来,正要点着,见侯忠孝怒火冲天,就用舌头舔了下嘴唇,然后吧嗒了下嘴,把烟又放在桌上。

侯忠孝说:"今天开会的目的,就是说说鹦鹉为什么会跑了?咱们布下天罗地网,可这个人居然就跑了,你们给我说说怎么回事?"

会议室的人低头不语,面面相觑。

侯忠孝等了一会儿,见一个说话的都没有,他清了下嗓子说:"你们不说是吧,好,你们不说,我说,那天咱们埋伏好了以后,这个过程,我拍胸脯说没问题,问题是什么时候出的,就是在鹦鹉出现之后,大家注意——"

侯忠孝站起身来,走到会议室中央,那里放着一块小黑板,他拿起一截粉笔,很像教员一样,在黑板上潦草地画了一下,他用手指了一下说:"这是三官庙街,看见了吗?"紧接着他又画了一个小人:"这个人就是鹦鹉,他在十点半整的时候,出现在街口,并迅速地接近这个林记洋烟店……"

说着侯忠孝放下粉笔,背着手在桌边走了几步。

"这个林记洋烟店的胡老先是他们的情报员,每次他发送情报就是用烟店门口的那个小黑板,上面写着'雁牌烟已到货'字样,让接头的老方看到情况是太平的,我们发现了这个细节,控制了这个胡老先和老方,按道理说这次抓捕成功率是百分百,即便抓不到另一个接头的人,抓鹦鹉应该是没问题。可他妈的,就在这么重要的节骨眼上,有人开了枪,开枪你们知道不知道,就是因为枪声,这个警惕的鹦鹉跑了。"

侯忠孝的眼睛在会议室中每一个人的脸上看了一下。

"这次布控,我们花了多大的精力,你们知道吗?"

屋子里的空气彻底凝结了。

"说，这一枪是谁开的？"

会议室里静悄悄的，没有人说话。

"这一枪是谁开的，我很容易就能查到。"

侯忠孝坐到自己的位置，跷起了二郎腿，他说："我查出来，大家都不好看，还是你们自己说吧。"

让谁也没想到，崔板头突然站起身来说："我知道谁开的第一枪。"

我紧张地看着崔板头，有心拽他，已经来不及了，心里想这个时候侯忠孝正在火头上，你崔板头疯了，出什么风头？眼前的崔板头一脸满不在乎，他头扬得很高，一脸无所谓。

"谁呀？"侯忠孝看着他。

"林记洋烟店的胡老先，是他打了第一枪。"崔板头说。

侯忠孝的脸色有点不自在，他清了清嗓子，用手指在桌子上拍了一下，说："我现在问的不是林记洋烟店的那一枪，我是问的咱们自己人是谁开的第一枪？"

"好，你既然这么问，我就告诉你，是我。"

崔板头的声音把会议室里的人吓了一跳，大家都不敢作声地看着他。

我想让崔板头冷静下来，故意咳嗽了一下，可崔板头根本不在乎。

侯忠孝面色瞬间暗了下来："你好大的胆子，谁下令让你开枪的？"

崔板头用眼睛直直地看着侯忠孝，他说："林记洋烟店的胡老先把我身边的弟兄打死，我他妈的能无动于衷吗？弟兄们跟着我出生入死，哪个人不是一条人命？老子不是木头，老子是人，老子要再不开枪，会有第二个弟兄躺下。"

会议室的人瞬间被崔板头的话感染，都在议论着，乱成一片，他们觉得崔板头说得一点儿没错，议论声逐渐变大，像开锅的水。

"是呀，咱们的命也是命……"

"不开枪……咱们都得死……"

"……"

侯忠孝脸上有点挂不住了，他似乎嗅出来这些人中传达出的某种情绪，这些情绪如果继续高涨下去，他会控制不住。他的脸不再紧绷绷的，他笑着对身边的一个人说："给我根烟，有什么话，咱们慢慢说。"

抽烟显然是侯忠孝在找台阶下，他第一口抽得有点过猛，一下子咳嗽起来，他边咳嗽边说："这他妈的是什么破烟！谁，谁有好烟给我来一根。"

崔板头笑眯眯地走到侯忠孝面前，递给侯忠孝一根烟。

"这烟好，是日本烟，侯科长你抽这个。"

接下来，崔板头帮着侯忠孝点着。

"这烟好抽。"侯忠孝抽了一口，评价道。

崔板头说："好抽吧，我给我刚死去的那个弟兄上的就是这个烟。"

侯忠孝愣了一下，然后勃然大怒："你——你他妈的——王八蛋！"

侯忠孝的话没说完，又是一阵剧烈的咳嗽，他把手里的烟狠狠摔在地上。

夜里，我做了个梦。梦见那个黑影又来了，他举着枪对准我，他说，你是不是一直想看看我的真实面容？好，我让你看。说着，他把脸上的黑纱摘掉，我一看他竟然是侯忠孝，随后他一脸狞笑，对我说，没想到吧。他再次举着枪对准我，这个时候我一下吓醒了，醒来以后我全身出了不少的汗，而且惊魂未定，仿佛侯忠孝仍在我的面前。此时外面天还没亮，我再无睡意，干脆就不睡了，点着烟胡乱地想心事，意念中的侯忠孝在微笑地看着我，我一直觉得这个人不真实，从我一来到特务科，就觉得他不真实。换句话说，他更像一团迷雾，飘忽不定难以捉摸……

好不容易熬到天亮，我便起身准备去特务科。

在出门前我翻了下日历，好久没动过它了，就在翻动中，我突然发现在日历的小雪那天下面用钢笔打了一个对钩，这个发现让我愣了一下，可以看出这个对钩已经打了有一段时间了，我为什么要在这一天下面打对钩，这一天对于我有什么意义？我想了半天也没想起来，自己的脑子真是坏掉了，虽然吃了惠子配的药，有一些好转，可关键的事情总是想不起来。

离小雪还有十天，我告诉自己慢慢想。

一路上我的右眼皮总在跳，这个征兆让我感到不妙。一进特务科的大门，我看见特务们交头接耳地议论着，我就猜测出要发生什么事，一问，果然特务科发生了一件大事。

崔板头被日本人抓走了。

这件事不光是我没想到，特务科的其他所有人也没想到。

他们说昨天半夜，特务科来了一车全副武装的日本兵，到了崔板头面前，直接戴上了手铐。特务科有人想上前阻拦，那日本兵用不太流畅的中国话说，"八格牙路，我们是宪兵队的，有什么事直接到宪兵队去说"。说完用力推了一把阻拦的人，然后子弹上了膛。没有人再敢上前阻拦日本人，日本人真的会开枪，大家只得眼睁睁地看着崔板头被他们带走了。

人们七嘴八舌地议论着，有人说抓崔队长的命令是本田麻二下达的，罪名是他涉嫌通敌。这个罪名比顶撞上司罪名重得多，谁都知道这是要掉脑袋的罪。大伙议论道，看来这次崔队长凶多吉少了……

我脑子嗡的一声，崔板头被抓一定跟侯忠孝有关，我直接去了侯忠孝的办公室，想问个究竟，他不在。这几日特务科里已经看不到侯忠孝的身影，他不知道去哪儿了，总之没了人影。特务科空气凝重，凝重得像块铁板一般，让人感到压抑和窒息，日本人来抓人，而且抓的是武师长的小舅子，这让大家心里不寒而栗。

　　这个时候不能见死不救，换句话说，救崔板头就是救我自己。崔板头在，他就是我和侯忠孝之间最好的屏障，现在这道屏障没了，我会随时处于危险之地。

　　怎么办？我脑子想着各种解救崔板头的方案，人是日本人抓的，这一定是日本人点头让抓的，现在能救崔板头的只有他的姐夫——武师长了。

　　我不敢怠慢，又担心有人发现，我偷偷跑到了武师长的院子，进门时，守卫的士兵都认识我，我说我有急事要见武师长。他们没检查我，就让我直接进去。进了屋，武师长正在睡觉，炕上放着烟枪和洋烟屹蛋，看来他是刚刚抽完大烟，屋子里到处是酥酥的洋烟味。

　　我叫了三声武师长，武师长才从炕上坐了起来。

　　我扑通一下跪在地上，号啕大哭起来，边哭边说："出大事了，武师长，出大事了。"

　　武师长一骨碌下了炕，然后趿拉着鞋说："号什么号，有屁快放。"

　　我就把侯忠孝开会，崔板头和侯忠孝争吵及崔板头被日本人抓走的事，对武师长讲了。说的过程中，我故意添油加醋，把侯忠孝说得很坏，把崔板头说得很可怜。武师长本来举着茶杯要喝茶，一听我说的这些，他把茶杯狠狠摔在地上："妈个蛋，这个侯忠孝敢反了天。"

他怒气冲冲地在屋里走了两圈，又冲着我问道："你看清是日本宪兵队的人抓走的？"

我点点头，还说听说是本田麻二下的命令。

武师长冷笑了一下："好啊，你个独眼龙，当年铁血暗杀团的人要杀他，是老子救了他。如今，他跟着侯忠孝两人穿一条裤子，居然他妈的跟老子玩阴的，老子也不是吃素的。"武师长还说："打狗你还得看看主人，现在居然欺负到了老子头上。"

我带着哭腔说："武师长，您赶紧想想办法，日本人的监狱比阎王殿都怕人，崔队长的身子骨，估计熬不了多长时间。"

武师长让我先回去，见了人千万不要提到过他这里，至于崔板头的事情，他自然会想办法。

我从武师长的屋子出来，武师长已经上了他的汽车，汽车一冒烟，驶出了师部，看来武师长自己是不会找本田麻二的，他一定会再想其他的办法，崔板头你小子有救了。

黄昏时分，武师长的王副官找到了我，拉着我到了没人的角落，他对我说："李队长，我们武师长现在正在找日本人活动，所以想让你去日本监狱里看看崔队长怎么样了。"

"日本人的监狱把守森严，我怎么进去？"

"武师长早就找好了人，你把这个带进去给了崔队长即可。"王副官给了我一张纸，"崔队长直性子，说话没深浅，这是武师长给他的，让他按上面的话说，日本人自然会放人。"

我看了下纸，上面写了几句话，日本人问什么问题，都说不知道云云。

关押崔板头的监狱是在城西。

我按照王副官的话换上便装，趁着天黑去了监狱。一路上，我隐约察觉出身后有"尾巴"，我先到戏园子里，又从戏园子的后门转了出来，出来后，确认自己是安全的之后，才进了监狱。

这所监狱建在一座天主教堂的下面，日本人占领了归绥后，将这座教堂的地下室改建成了监狱。到了以后，果真狱卒已事先打过招呼，没有人阻拦，我很顺利地进了监狱。监狱里弥漫着潮湿、阴冷和绝望的气味，这座监狱里不知道死过多少人，我看见斑驳的墙壁上还有很多带着血的指痕，划得一道道的，很容易想象这些犯人生前痛苦的模样。

崔板头受了不少皮肉之苦，如今他蓬头垢面，蜷缩在墙角的破草席上睡觉，样子如同乞丐。我进去的时候，他没有认出我，等我轻声叫着他，他才缓慢地抬起头，当他看见我的一刹那，眼睛瞬间放大，他激动地说"我不是做梦吧，我不是做梦"，说着他的眼泪哗哗地直流。他一把抱住了我，两只手的指甲几乎嵌进我的肉里。

"兄弟呀，真没想到你能来看我。"

我一边安抚崔板头，一边把前后的事情对他讲了，告诉他不要急，目前武师长正在外面积极活动。说完，把武师长给他的那张纸递给了崔板头。

崔板头平静下来，看完了纸条后，直接塞进了嘴里，嚼了几下，咽了，愤愤地对我说："老子这一关要是能过去，一定不会轻饶了那个姓侯的。"说完，他用拳头捶着地。

我忧心忡忡地说："他这个人很阴，总感觉他对别人了如指掌，别人若想了解他，那真是难上加难。"

崔板头打开我给他带的烧鸡，扯下一个鸡大腿，边吃边问："你知道这次他为什么这么明着害老子吗？"

"我也想不通这件事，按道理，三官庙的开枪罪责根本够不上坐牢呀？"

"我查到了侯忠孝的一些秘密，他想通过日本人的手害死我。"

"什么秘密?"我问。

崔板头抹了下嘴上的油,看了牢外一眼,然后说:"兄弟,我把你当亲兄弟才告诉你,他——假叛变,他跟马科长一样,是军统的卧底!他故意出卖了军统的几个不重要的交通站,得到日本人信任,打入进来……你不相信吧,我也不相信,你说这侯忠孝隐藏得多深?"

"什么?这怎么可能?你有证据吗?"我瞪大眼睛看着他。

"我还告诉你,我已经查到他近期和军统秘密见面的交通站。"

"真的?"

对于崔板头的话,我大感意外,于是把身子凑近他问:"是怎么回事呢?"

"侯忠孝的交通站就在大青山脚下。"

"你怎么知道的?"

崔板头把剩下的鸡肉吃完,又把鸡骨头舔了半天说:"是宋德利,这个家伙以前是我手下,是个见风使舵的小人。有一次我逼着他请我喝酒,结果我把他灌醉了,在他的皮包里发现了一封信,信封上写着永兴昌皮货栈,我看了信的内容,是徐老板要和侯忠孝谈羊皮生意的内容。这个姓侯的狗屁不懂,他怎么会做起买卖,当时我就觉得这个皮货栈有问题。"

"那你查到什么了?"我激动地问道。

"查?老子还没开始查,就被日本人关进了牢房,还查个屁。"说着,崔板头凑近了我说:"现在就看你的本事了。"

我紧张地看着他问:"我该怎么办?"

"你这个人真变了,以前是条汉子,现在咋成娘儿们了。你去盯紧这个交通站,看看侯忠孝在干什么,到底在干什么勾当,收集他的罪证,这是整垮侯忠孝的关键一着。等我出了监狱,他们见面的交通站早就秘密转移了。"

"要是真的查出侯忠孝是军统卧底，怎么办？"

崔板头笑了一下："嘿嘿，如果真是那样，咱们就安全了。他的把柄攥在咱们的手上，他就是个孙子，咱们让他干什么他就得干什么。"

九

我决定去冒这个险。

天上乌云密集,一团团的破棉絮般的云朵从北面弥漫过来,用不了多长时间又一场暴雪将要来临,西北的大青山看上去黑乎乎的,像头睡着的猛兽。果然,不一会儿天上就飘起了雪花,一片一片的,一眨眼间,天地全白了。雪越下越急,后来起了风,雪抽到脸上,像砂砾一般,一阵生疼。

临出门前,我从箱底翻出一件羊皮大衣和羊皮帽子,这件衣服我想不起来是什么时候购买的,好像进了特务科之后就再也没穿过。穿着它,站在镜子前,我依稀想起了什么,对,是我在后山蒙政会时期的片段记忆,这些衣服一定是那个时候买的。出城前,我在城里闲转了几圈,担心侯忠孝的人在身后安插了尾巴,我绕了一大圈,确定身后没有可疑的人,才按照崔板头说的地址,到了山脚下。

雪还在下,地上的雪已经快没脚脖子了。崔板头提到的那个皮货栈,是在一个叫骆驼营子的地方。听人说,这里经营骆驼营生的多,久而久之,骆驼营子这个名字就传了出去。

那里开设的皮货栈有十多家,旅蒙的商人们从草地深处的库伦、恰克图等地收了皮货带回来,先在归绥城的皮货栈歇脚,然后再到隆盛庄、张家口与口里等地进行交易。

因为看不清路,我走得异常艰难,雪越下越大,雪雾中,已经看不清大青山的轮廓,天色开始发暗,一切都变得灰蒙蒙的。走着走着,我听见前面有驼铃的声响,猜测前面的大院应该就是永兴昌皮货栈了。

在一棵枯树前,我停下脚步,举着望远镜观察着,不远处隐约看到一个普通的四合院,院墙坍塌了一半,院里有几峰正在吃干草的骆驼,看上面房顶上的商号旗,果真是永兴昌皮货栈。就在这时,从屋里摇晃地走出一个人,一瘸一拐的,走起路来歪歪斜斜,他边走边左右看了一下,然后来到一个荒草滩撒尿,我一眼认出来这个人是邮差老方。

怎么会是他?我以为自己看错了,又端详了半天,确实是他,我心里有点乱,他是三官庙街缉拿的要犯,侯忠孝天天喊着要抓的人,他怎么会藏在这里?

老方撒完尿后,走到屋子前,一边活动活动腰身,一边看着眼前的雪景,看样子他在屋子憋了很久,好不容易能出来透透气。他在外面站了十几分钟,我能察觉出他在警惕地看着四周。

我看到老方第一眼时,内心就激动起来,要知道如果老方在的话,那个叫鹦鹉的人一定也会在。果真,没多久,屋里走出了一个中等个子的人,他戴着礼帽,看样子正是三官庙那天跑掉的鹦鹉。他站在院子里,看了看外面的天,又低头看了下手表,然后悄声跟老方说了些什么,两人回了屋。

我决定靠近看一看,我从一道土梁子上爬了过去,那里有一片树林,我先是进了树林,然后把羊皮大衣反穿在身上,这样我身上的羊皮与地上的雪颜色一致,他们很难发现。为了听清屋里说话,我又跑到了皮货栈的屋外,这时我的心咚咚咚直跳,若他们发现,肯定会开枪,我一个人单枪匹马,一定会吃亏。好在没人发现,我躲在窗下悄悄地朝里面看着,屋里只有两个人,一个坐在板凳上,一个躺在炕上,坐在板凳上的是老方,躺着的人是鹦鹉,他俩正在说话。

因为生炉子倒烟,屋里全是烟,里面有人咳嗽着,现在窗户大开着，里面说话声我听得一清二楚。老方咳嗽了一阵子说："今天这炉火有点邪门，一点就倒烟。"

"木材都被雪打湿了，能不倒烟吗！"

老方一边捅了炉中的火，一边说："你说姓侯的他还来不来？"

鹦鹉说："再等等。"

老方说："他要是变了心，徐老板，你也知道，现在全城都在搜查咱们，到时候，咱们连个躲的地方都没有。"

看来这个鹦鹉姓徐，徐老板沉默了一会儿，然后说："他一定来，他明白投敌被制裁的后果。"

两人正在说话，山道上传来了汽车的声音，我一惊，躲在墙角看了一下，远处一辆黑色的蛤蟆汽车拖着一股青烟朝着皮货栈驶来。很快汽车停到门口，从车上下来一个人，头上戴着礼帽，脸被围脖裹得很严实，无法看清他的脸。他下了车，双手背在身后，两只手相互压了关节，这个动作我再熟悉不过了。

侯忠孝？

屋里的老方对徐老板说人来了。徐老板抽出手枪，平静地说："你去接待他一下。"

老方出了屋，跟车上下来的人打着招呼，那个人几乎没在屋外停留，直接走进了屋子。

跟在他身后的老方机警地看了下四周，随后也进了屋子。

我将身子紧紧靠在窗户前，竖着耳朵听着里面的说话声。里面的人传来一个让我熟悉的声音，是侯忠孝，原来他们是一伙的，他人进了屋，便摘下帽子，露出了那张瘦弱的脸。

老方把徐老板介绍给侯忠孝。

侯忠孝好像是第一次见徐老板，上前握了下他的手："徐老板，咱们终于见面了。"

"见面？"那个叫徐老板的有点愠怒，"三官庙街，你他妈的是怎么安排的，老方跟我说，只是演演戏，把鹦鹉吸引出来，可没想到，你他妈的真的把老子当了抗救会的，鹦鹉没来，你们往死里打，不是我和老方跑得快，我俩的小命早就没了。"

原来这个徐老板根本不是鹦鹉，现在我才明白，他们和侯忠孝在三官庙街上演了一出苦肉计，目的就是引出代号鹦鹉的人，那么鹦鹉又是谁呢？

"我也是没办法，这全是上峰的意思，我们只能照办。徐老板你知道吗，为了这次行动成功，我费了多大的力气说服日本人，在日本人眼皮底下演戏，你说咱们能不把戏演得真一点儿吗？"

"真？真得差一点儿把我们几个人老命搭进去。"

"我们的命都是党国的，胡老先的第一枪不是也差点儿打中我吗？"侯忠孝说。

徐老板没有再接侯忠孝的话，他说："我看呀，这个鹦鹉手上根本没有地图，咱们是白忙活。老胡是我们中统的得力干将，抗战的时候也没擦破块皮，没想到这次把他赔进去了，你说你他妈的干什么呀，用得着付出这么大的代价？"

"这不是全是为了获取野罂粟计划嘛！你消消气，一切都会好的。"

我这才明白，徐老板和老方是中统的人。

侯忠孝赔着笑，跟这两个人解释着，我听了半天，也渐渐明白这伙人都是为了地图而来，他们手上已经掌握了日军的核心文件，但这只是野罂粟计划的一部分，另一部分就是地图。为了这张地图，他们这次军统中统一起上，目的就是找到潜伏的鹦鹉，然后掌握地图……就这样，他们煞费苦心地设计了三官庙街的这场戏，等着真正的鹦鹉来钻圈套。

侯忠孝说："也该着咱们倒霉，我也没想到，半路杀出了程咬金，让崔板头整个给搅和了，现在他已经被日本人抓起来了。实在抱歉，实在抱歉。"

"你说那个崔板头，他又是开枪又是抓捕的，他不会是鹦鹉吧？"

侯忠孝苦笑了一下，然后肯定地说："他不会。"

"为什么？"

侯忠孝补充道："这个人没什么城府，他开枪是针对我，我抢了他的位置，他心生不满。他要是鹦鹉，你们把我眼睛抠了……"

屋子里一阵沉默。过了一会儿，徐老板问："对了，那个赵二根有消息吗？"

"没有，我现在都想不通，这家伙不知道怎么从牢房跑出去的。"

侯忠孝的这一句话，我这才明白原来赵二根不是侯忠孝放跑的，不是他，那又是谁呢？

徐老板说："现在只有赵二根知道那个鹦鹉在哪儿，找到鹦鹉才能知道地图的下落，你想办法一定要找到他，不然的话咱们都是白忙活。对了，你刚才提到的崔板头，这个人查了吗，是哪一路的？"

侯忠孝冷笑了一下。"现在还不知道，现在他人在日本人的监狱，估计能活着出来的可能性不大。"

我浑身颤抖，眼前这个侯忠孝真是个老狐狸。好在有个不要命的崔板头，破坏了他的计划。

徐老板有点急躁了，他不耐烦地问："这个鹦鹉到底是谁？人海茫茫，咱们去哪儿找他？"

"现在我们有一个好消息，这几天我手下的宋德利得到了一个可靠消息，义和堂里他们知道鹦鹉的情况，不过他们想让咱们出高价买他们的情报。"侯忠孝回答道。

老方惊恐地说："义和堂的人以前他妈的全是一帮土匪，现在在城里假惺惺地做起了生意，骨子还是匪，跟他们打交道，一定要小心呀。"

徐老板也看着侯忠孝说："这土匪怎么会知道鹦鹉的，不会是个圈套吧？"

侯忠孝接着说："有关地图的具体情报，咱们什么都不知道，我们截获日本的情报里，只是只言片语地提到野罂粟计划，可他妈的什么是野罂粟计划？现在看一定是两个版本，一个地图一个计划。现在我们要干的事情，只能是找到鹦鹉，找到鹦鹉后，然后才能找到地图。义和堂掌柜说他见过鹦鹉，鹦鹉曾经找过他，只要咱们能出得起钱，他就会告诉咱们。"

徐老板沉默了半天，他担忧地说："老侯呀，这不会是个陷阱吧？"

"应该不会。"侯忠孝说，"我已经跟他定了交易地点，就在城里的美人桥，时间是三天后晚上八点，见面的人手里拿着火镰子，腰上别着铜烟袋，见面的暗号是他说'有山货'，想出手。我们说'是天上飞还是地上跑的'，他会说'是草窠里蹦的'。然后他们会把情报给我们。"

"美人桥？"老方说，"那他妈的是一片窑子铺。"

徐老板没在意老方的话，他继续问："要是有埋伏怎么办？"

侯忠孝冷笑了一下："徐老板，这饿死胆小撑死胆大的道理，你不会不懂？"

老方说："忠孝兄，你能不能跟我们说说这破地图有什么用，用得着咱们花这么大力气？"

侯忠孝一脸诡秘地说："我知道的全对你们说了，剩下的是我不知道的，在上峰那里一定是高度机密，影响巨大。不然的话，上峰不会让咱们中统军统联合在一起。"

他这么一说，屋里再没人作声了。

回家的路上，我的脑子里想着侯忠孝提到的野罂粟计划，这个计划跟日本特使在易喜楼被杀有没有联系？如果有联系，是什么呢？不管是什么，一定是重要的情报，不然的话，侯忠孝不可能上演苦肉计变成军统叛徒……

我正在胡思乱想，忽然感觉身后有一个人跟着我。

这段时间，我们特务科又有两个人横尸街头，并且头颅被生生地割了下来，尸体悬挂在电线杆上，在那两个特务的身上，贴着一张纸，上面写着"汉奸的下场"字样。现在抗日分子恨透了我们这样的汉奸，不知道什么时候会从背后给我们一刀。

身后这个人跟了我有一段路，在一个拐弯的路口，我故意躲在一棵树后，等身后那个人快走近时，我一把抓住了他。

我认出他是崔板头提到的那个打扫卫生的。

我问他："什么事跟着我？"

那人满头大汗一脸惊慌地说："吓死我了，李队长，是之前崔队长吩咐过我，有什么急事可以直接找你，我担心你的安危，特务科里眼线多，我只好跟你出来说。"

我问："出什么事了？"

他说："侯忠孝开始查你了。"

他说自从崔队长被抓以后，宋德利到侯忠孝的面前，向侯忠孝汇报，说你李明义去了一趟武师长那里，宋德利一直跟着，他说你在武师长那里待了很长时间。然后，你还去了一趟日本人的监狱，见到了崔队长。至于你见崔队长说了什么，宋德利不知道，反正他觉得你鬼鬼祟祟的，很可疑，担心你和崔队长穿一条裤子。

我问然后呢？

"侯忠孝让宋德利把你的档案拿到了他面前。侯忠孝翻看了一下你入职的简介，简介上写得很简单，什么时间入学，什么时间参加了部队，时间基本吻合，看不出什么毛病，可他边看边对宋德利说，这个人怎么来得这么突兀，像个影子一样无声无息地出现在了特务科队伍之中。后来他看到你上过归绥师范学校，就立刻指示宋德利去这个学校查查你的真实情况。"

"他们去师范学校了？"

崔板头眼线说："宋德利不敢怠慢，立刻去你上过学的归绥师范学校，没多久宋德利就回来了，将你的档案给了侯忠孝，档案上你的照片很模糊，那时你十六七岁，跟现在有很大的差距。侯忠孝看了半天，他还是不确定是你，问宋德利，宋德利说没错，还说你那时是学校里的活跃分子，经常参加一些游行，还带领学生罢课什么的。侯忠孝就问你进特务科是谁的关系。宋德利说，是武师长。对了，他听人说你跟本田麻二也认识，认为你的背景不简单。说完这些，宋德利还从怀里掏出一张照片，递给了侯忠孝。"

崔板头眼线从怀里掏出张照片，递给了我："这是我偷偷从他办公桌上拿的，一会儿我还得放回去。"

我看了下照片，那时毕业合影只能看到一张小小的脸，我看了半天才找到自己。这张照片上没什么秘密，我又把它还给了崔板头的眼线。

眼线说："宋德利还说，目前你和一个叫惠子的日本女人走得很近，她是神经科的大夫，说你每周要到医院找她看病。可最近你们表现得有点亲密，一点儿不像医患关系，有一次你和那个大夫居然去跳舞。"

"侯科长就说这个事，我知道。"

"后来呢？"我问。

"后来，侯忠孝紧接着让宋德利备车，宋德利问他去哪儿，侯忠孝说我还能去哪儿，去见见武师长，想了解下你的情况。"

听完崔板头眼线的话，我心里有点不安，思考着侯忠孝去武师长那里会查出我什么。我先让崔板头眼线回去，然后自己找了一部电话，把武师长的王副官约了出来。

王副官一见我，就说："侯忠孝确实到过武师长那里。"

王副官把侯忠孝去见武师长的情景对我讲述了一番。

"武师长见侯忠孝来了，就招呼他喝茶，两人喝了一会儿茶，侯忠孝看了看武师长的表情，一副欲言又止的样子，武师长有点不耐地说，你有什么话就说吧，别吞吞吐吐的。

"侯忠孝就把崔队长被抓的事向武师长解释一番，他的话还没说完，武师长立刻打断了他，还解释什么，人都关起来了。侯忠孝说武师长，您看，在特务科我大小也是头儿，这次抓捕崔队长不听命令，擅自开枪，逃犯跑了，我这也是没办法。武师长没搭理他这一套，就说关得对，我这小舅子无法无天，我交给你，我很放心，来，喝茶。

"两人又喝了一会儿茶，侯忠孝拐弯抹角地提到你。"

"他提到了我？说什么了？"我急切地问。

"他说武师长您推荐的这个李明义，小伙子挺能干的、很懂事之类。他说完，武师长就说这个人不是我推荐的，是日本人推荐的。侯忠孝说这个年轻人很有意思，做事没问题，就是他身份鉴别有点模糊，我想派人去查查他的底细，这样以后工作起来，咱们都放心。武师长说，你觉得这个人不放心？侯忠孝摇摇头，他说，放心倒是放心，只是他身份有点模糊，对他的底细一点儿不了解。我是担心别是山上的共匪安插进来的人，那样咱们的损失就大了。这个时候武师长火了，大骂着，那就崩了他。侯忠孝急忙说，师长，我不是这个意思，不是这个意思，师长，您看我只是担心，担心而已。这时武师长给侯忠孝的茶杯续上水，然后声调很慢地说，人是日本人推荐的，我也核实过，再说和本田先生打过招呼，才进了特务科，你若怀疑有问题的话，你就问问本田麻二，看看他怎么说？侯忠孝脑门子生出黄豆大的热汗，他紧张地说，卑职不敢，卑职不敢……"

王副官跟我说完这些时,我长长吁了口气。

王副官说:"你别多想,有武师长这棵大树保护你呢,他侯忠孝不会把你怎么样。"

"我明白。"

说完,我给王副官塞了一些钱,感谢了他一番,送走了王副官,我心里还在想着侯忠孝,这个家伙就是一条毒蛇,咬住了就不松口,接下来,只能祈求崔板头早一点儿出狱,这样我会安全一些。

这几天,特务科的人一直吵吵说,侯忠孝要查特务科的内鬼。起因是特务科前一阵子(那阵子我头部受伤,在医院里),他们突然端掉了归绥城里中共的交通站,在交通站的档案中,他们发现特务科里确实有一个中共卧底的人,他才是真正的鹦鹉。

听到这个风声,我很快辨别出,这是侯忠孝故意放出风,人们传言侯忠孝已经掌握了这个鹦鹉的详细情况,希望鹦鹉早点出来自首。

这个节骨眼儿上,侯忠孝居然要见我,他把一份上面印有"绝密"字样的档案递给我,我打开一看,里面是一封手写的信,上面内容写着"鹦鹉已经失联,存在叛变的可能,如果鹦鹉真的叛变,可以按照叛徒论处"的字样。

侯忠孝看着我说:"这封信就是从那个中共的交通站里搜到的,他们当时忙于抵抗,没来得及烧掉它,你帮我分析分析。"

我不知道侯忠孝葫芦里卖的什么药,故意说:"那段时间我受了伤,什么情况?我一点儿都不知道呀。"

侯忠孝笑眯眯地看着我,此时我感到他眼神里流露出来的却是阵阵寒意。他说:"你看咱们特务科里谁最像那个鹦鹉?"

我一脸尴尬地说:"科长,这个怎么能知道,鹦鹉头上也没写着字,没有证据,我们不能随便猜测。"

"不会是马科长吧?"侯忠孝看着我。

"马科长姓共还是姓国,他死了,谁能知道?"

侯忠孝眯着眼睛说:"你看崔板头怎么样?"

我的身子颤抖了一下,立刻斩钉截铁地说:"他不可能。"

"为什么?"

"崔板头是武师长的内弟,人虽然吊儿郎当,可充当卧底的事,他应该干不了。"

侯忠孝笑了一下:"你不知道中共的人很狡猾,他们的情报人员都是一副普通人的样子,你越觉得不可能,他就越有可能。"

我说:"崔板头有没有可能,他人已经在牢里,日本人正审着呢,是不是鹦鹉,肯定会有个结果。"

侯忠孝不说话了,他脸上似是而非地笑着。

黄昏时分,我联系了王副官,说要见崔板头,他犹豫了一下,还是安排了。

这次我一定要见到崔板头,说实话,没有他,光凭我的力量很难对付老奸巨猾的侯忠孝。就在我准备动身去监狱时,发现自己身后又有一个影子,这个影子不用问我也知道是侯忠孝安排的。果真在一个杂货摊前,我转身看见了身后是宋德利,他鬼鬼祟祟地故意和我保持一段距离,可眼睛始终在盯着我。

我走了好几条街,这个家伙就是甩不掉,一直紧随在我的身后。路过《蒙疆日报》报社时,这家报社我以前来过,门口的人认识我,熟门熟道,像宋德利这样的人是跟不进来的,我快速进了报社的厕所,然后从厕所的窗子溜掉,这才甩掉这个尾巴。

见崔板头后,我把到永兴昌皮货栈的事跟他说了一遍。

崔板头点着头说:"老子早觉得蹊跷,原来他们真是一伙的,他们嘴上喊着抓鹦鹉,我看呀他侯忠孝就是鹦鹉。"

我又把晚上他们要到美人桥的事说了。

崔板头拍了下大腿说:"这是好机会,这次再委屈下你,一定要抓住侯忠孝的把柄,等我出去,咱们整垮他。"

我低头看下表,时间已经七点,我急忙跟崔板头告了别,他摆摆手:"你快去呀,别误了事……"

我赶到美人桥正好是八点。

出于安全考虑,我在污水沟里把脸涂得乱七八糟,又将破棉长衫翻过来穿,手里拿着一个破碗,蹲在树下,一副叫花子模样,我相信这副样子,就是崔板头也认不出来。

美人桥是归绥城里出了名的窑子铺,一座临街大院,一到夜晚,这里灯火通明,门口有不少身材妖娆的妓女,来回招呼着过往的行人,院子里时不时传来喝酒欢笑和唱小曲的声音。

就在这时,我看见黄包车上下来了两个人,尽管他俩缠裹得很严,但从身影上还是能辨认出是徐老板和老方,他们手里拎着一个皮箱子,看上去沉甸甸的。他们走到门口,这时一个人出现了,站在他俩的面前,此人的装束跟侯忠孝说的一样,手里拿着火镰子,腰上别着一个烟锅,徐老板迎了上去,两人交谈了几句,看样子像是对了暗号,紧接着进了一个屋子。

老方没进屋,他站在门外警惕地看着四周。

我很焦急,因为有老方守在那里,我无法去接近他们,更不知道他们谈话的内容,没办法,我只能这么等着。大约半个小时后,接头的人拎着徐老板的箱子,走到屋外,他四下看了一眼,然后上了辆黄包车离开了,徐老板也从房子里走了出来,他和老方到了附近一个电话亭,打了一个电话后,两人一起上了黄包车迅速离开。

不知道发生了什么事,我站在原地有点傻了,跟踪的人都离开了美人桥,看来他们交易已经达成,不然的话,徐老板不会把箱子给这个人,那箱子里面是什么?肯定是钱呀。

就在我决定要走的时候，远处传来了警笛声，三辆汽车从远处驶来，停到了美人桥的大院门口，从上面下来很多军警，其中一辆汽车是特务科的，最后一个下车的人，我以为是侯忠孝，没想到是宋德利。

我暗自骂道，这个小人胆子太大了，这么大的行动，居然没人通知我这个行动队队长。

我躲在暗处继续看着他们要干什么。

军警包围了整个大院，没一会儿特务科的人从大院里牵出十几匹骆驼，原来这个院子后面还隐藏着一个大院，要不然怎么会有这么多的骆驼。

一个驼夫模样的人慌慌张张地跑到宋德利面前说："这些骆驼动不得，动不得，这可是天顺义的骆驼。"

宋德利抬起脚踹倒了驼夫，破口大骂着："什么他妈的天顺义地顺义的，老子是特务科的，今天老子想抓谁抓谁，谁再敢阻拦老子执行公务，老子崩了他。"

一个小个子出现在宋德利面前，他恶狠狠地说："我就阻拦了，你崩了我？"

宋德利轻蔑地看着眼前这个人："你是个什么东西，是不是不想活了？"

我所在的位置很难看清这个小个子的面貌，但能感觉出来，此人临危不惧，他缓慢地点着一根烟，朝着宋德利的脸上吐了一口烟，然后说："今天不想活的不是我吧，应该是你。"

"你——"说着宋德利准备从腰里掏枪。

就在这时，不远处又传来了一阵军哨声，一辆挂着太阳旗的军车急速地开了过来，让我大吃一惊的是，上面下来的全是荷枪实弹的日本兵。宋德利有点傻了，他根本没想到会出现这样的局面，不光他傻了，身后的那些军警都傻了，呆呆地看宋德利。

他们谁都没想到,这会儿日本人竟然会出现。

宋德利立刻换了副笑容,他朝着面前的小个子鞠了一躬,他一脸谄媚地道:"小人有眼不识泰山,小人现在就撤。"

小个子说:"撤,有这么容易吗?来人,把他绑了,回去喂狼狗。"

宋德利一听,浑身瘫软,扑通一下跪倒在地,朝着小个子一通磕头,他痛哭流涕地说:"我以后再也不敢了,我也是在执行公务……"

小个子怒气未消,他说:"执行公务,好,我让你执行公务。"说完他把身边日本兵的枪拿了过来,砰砰砰朝地上开了三枪,其中一枪打中了宋德利的手,疼得宋德利满地打滚,哭爹喊娘。

眼前发生的一切,我看呆了,这个小个子果真来头不小,如果没猜错的话,他的真正身份是日本人。

小个子哈哈大笑起来:"今天我的狗吃饱了,下次见你,就说不定了。"

有人扶起宋德利,宋德利捂着流血的手臂,狼狈地跑了。

中

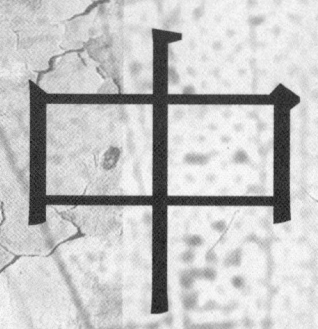

破 茧

我没有别的选择,只要我流露出一点儿心软的意思,本田麻二会毫不犹豫地掏枪打死我。我只能杀了陈娥,也就在我抬起刀犹豫之际,陈娥突然站了起来,用胸口抵住了刀尖,狠狠地迎了上去。

我的心跳在那一刻仿佛骤然停止。

特务科的人也禁不住叫了几声。

陈娥倒在我的怀里,刀已经刺透她的胸膛……

十

当夜色渐渐黑下来，我的心又开始不安了，黑夜像没有尽头的海水，在这暗海之中，我如同一叶孤舟，看不到生的希望，也看不到光的来临。真的，这他妈的是什么日子，有时候我甚至感到绝望，这种绝望的气息越来越强烈，用不了多久，我相信，这要命的海水会一点点将我淹没……

闭上眼睛，我的脑海里浮现出一个场景：一个黑影躲在角落里，他的脸我无法看清，但能看清的是，他从怀里慢慢地掏出一把枪，慢慢地朝着我举了起来，然后扣动扳机，一颗无声的子弹从枪膛里飞了出来，正好打中我的头部……

说实话，我去过那个大院，仔细看过那天我受伤的现场，找到了当时受伤的位置，我脑子里努力回忆着那天发生的一切，隐约地想起来我走到门口的一刹那，一颗子弹不是从前方打来的，而是从我的左侧打来……左侧？我往左侧查找痕迹，左侧有一个屋子，推开门，门后是一个灶台，坐在灶台这个位置看去，清清楚楚，我想象着一个人举起枪，瞄准了我。还有，这个屋子的北墙有一扇窗，这扇窗直接通到外面的打谷场，过了打谷场就是一片茂密的灌木林。

朝我打黑枪的人真的存在吗？

如果存在，他又是谁？

我记得，等我苏醒过来，洋大夫举着一粒子弹给我看，我对着子弹端详了半天，在一旁的崔板头已经查看过，他告诉我，这子弹是一把苏联式手枪打出来的，这种枪市面上很少见，特务科配备的基本是王八盒子，少数人用的是勃朗宁，而抗日分子一般用的是毛瑟手枪或是火铳子。后来我想查被打死的那个枪手使用的手枪时，特务科的人告诉我，手枪已经被侯科长销毁了。

他为什么要销毁呢？这里面有什么问题？这些问题一旦出现在我脑海之中，就让我不寒而栗。

被打死的刘庆又是谁？

夜一点点变深了，我还是睡不着，只要一闭眼，就会看到黑影朝着我阴冷地笑，然后举着一把黑乎乎的手枪……

刘庆死后留下的日记本，我悄悄地把它放在了保险柜里，一天晚上我把它拿出来，那是个破旧的本子，封面有些破损，看得出来它经常被手摩挲，甚至一些地方被磨得锃亮。这是用枪打我的人留下的唯一一个物件，我小心翼翼地打开。

日记本里全是一些奇怪的文字，这些文字看上去既眼熟又陌生，一会儿是横线，一会儿是标点，端详了半天我也看不出记载的是什么。可以想象，刘庆在生前某一段时间，他打开笔记本，用钢笔在上面一笔一画地记录着什么。

这上面的文字显然是个谜。

有关刘庆的身世，特务科做过一些调查，以为他和侯忠孝一样是军统的人，但得到的结果恰恰相反。侯忠孝投靠日本人后，关于刘庆这个人的情况，他只对日本人说了，具体说了些什么无人可知。后来特务科传出有关刘庆的说法有点模糊，一种说法说他是中共的，来归绥与军统共谈联合抗日的事；还有一种说法，他是中共派到归绥秘密锄奸的，正好遇到特务科围剿交通站，等等。

直到现在，有关刘庆的话题，仍然是个谜。

我又小心翼翼地将日记本放回床头的保险柜，在那里，我突然发现了另一本日记，那是本绸缎面的日记。我打开一看，上面竟然是我的字迹，更让我吃惊的是，里面记载的也是一样古怪的文字。

怎么回事？

我呆呆地看着手里的日记，努力地回想着往事，可脑子里什么都想不起来，到底发生了什么事？

说起归绥师范学校的这段经历，对我同样也是陌生的，我已经把它忘得一干二净。为了搞清真实情况，我决定专门去一趟。

那所归绥师范学校的地点就在城北，是由以前清朝的一个下嫁来的格格府邸改建而成。学校面积不是很大，教室便是格格府的房间。走进校园，我看见了一座古老的钟楼，那里正响彻着钟声，让我依稀想起自己的梦境。

那天阳光充足，走进学校时，光影之中我有点恍惚，过去发生的片段不断地闪现在我的脑海里。学校的一草一木，和我记忆中的没什么区别，有区别的是我，我对眼前的世界一会儿熟悉一会儿陌生……我找到了校长，校长一看就是有进步思想的文化人，我告诉他，我是特务科的，想找一下我入学的档案。校长一听特务科的，面露鄙夷之色，我知道他们这些人恨透了汉奸，所以没有在意他的情绪，他说："奇怪，前两天也有一个你们特务科的人查你的资料。"

我说："我知道，他是不是叫宋德利？"

校长想了一下，然后点点头。

于是他把我领到了档案室，找到我的档案。

表格上贴的照片就是我，那个时候，我才十七八岁，模样清秀单纯，目光坚毅。我一边看着自己的资料，一边回忆着在这所学校的经历，档案上写我是民国十六年入学，在这里读了三年书，在第三年的下半学期，我的档案记载是空白，我问校长：

"怎么回事?"

校长看了一下,又查了下校志,说:"哦,这半年你坐过牢。"

"坐牢?"他的话让我愣了一下,我怎么会坐过牢?再问他,具体情况他也不太清楚,校志上记载那一年归绥师范学生抗锅厘税游行,部分学生被抓……通过这些,他猜测我所在的班级里大多数人都坐过牢。

我让他把班里同学的名单拿出来,名单上的名字完全是陌生的,可以说我一个都不认识,就在我准备把这个名单还给校长时,突然看到了一个熟悉的名字——陈娥。

于是我让他找出陈娥的档案,档案上照片里的陈娥看上去也是十七八岁,一脸稚气,完全是个孩子,她梳着齐耳的短发,穿着一件碎花的褂子,她的眼睛水灵灵的,是对花花眼,给人感觉她总是笑眯眯的,我看了半天,没认出她是谁。

看来每次在我梦里出现的这个陈娥,确有其人。

她竟然跟我是同学?

我问校长,陈娥毕业之后去了哪里?

校长说:"不知道,真不知道,本来计划要搞校庆,按道理已毕业的同学都要回来,但因为战乱,校庆的事后来也就不了了之。"

从师范学校出来,我的头昏沉沉的,我想不起来我和这个陈娥到底是什么关系,仅仅是同学?如果是这样,她为什么频频出现在我的脑海里?回到家里,我浑身疲惫。这次查找自己的身世仿佛成了一次长途跋涉,我累极了。

那天我昏睡到天黑之后才醒来,我发了会儿呆,过去的时光像飘荡的烟雾,正在一点点地变轻变薄,我觉得自己很不真实,每一次从梦里醒来,我都觉得这一切是不真实的,这个总在我记忆里出现的陈娥,到底跟我是什么关系?

我看见手边的那本《警世恒言》，是民国十二年大光书社印制的，我慢慢地打开它，里面除了借书卡之外，什么都没有，看来我必须去一趟厚德书局，才会明白这一切。

第二天，多日来的阴天终于放了晴，阳光照到雪地上泛着刺眼的光。我查过厚德书局，它在吕祖庙街一带，据说是清末山西一个举人开设的书局，书局是三间青砖瓦房。我进去的时候，里面没什么人，屋子中央有一个半人多高的炉子，正烧得通红。

一个伙计模样的人，走到我的面前："先生，你买什么书？"

我摇了下头说："我是还书的。"

说着，我从包里掏出了那本《警世恒言》，递给了伙计。

伙计拿着书看了一下，又瞧了借书卡，说："这本书，您借了有一段时间了。"

我告诉他我出了趟远门，时间有点长。

伙计似乎想起什么，说："前一阵子，有一个女士也要借这本书，但这本书在我们这里是孤本，她来了好几次。对对对，她还说能喜欢上这本书的人，应该都是有缘人。她嘱咐我，她要送一个东西留给借走书的人。"

我笑了一下，心里想着这个女士可能才子佳人小说看多了，随口问了下这个女士是谁。

伙计摇着头说不知道。

我正想走掉，那伙计从柜台跑了过来。

他递给我一张书签。

那张书签安静地放在我的眼前。

书签应该是这位女士刻意设计过的，我在下面的空白处发现了一行小字，是王昌龄的《出塞》，字是用蝇头小楷写的，落款处写着一个字：娥。

我脑子里仿佛照射进了一道光，娥？陈娥？依稀想起毕业照片上那个十七八岁的女孩子，她仿佛就站在我的面前，静静地看着我……

我重新审视这个书签，它让我想起这个叫陈娥的人曾跟我联系过，我俩联系的方式是什么？应该就是借书，自从我脑子受伤后，我俩便中断了联系。她一定很着急，想办法找我又找不到，只好在书店留下这个书签。

很显然，这个书签是安全的。

可仅仅一张书签，我怎么才能找到她呢？

我脑子里乱哄哄的，不知道抽了多少支烟，也想不起来和陈娥见面的具体场景。其间我给厚德书局打过电话，又详细问了送书签的女士的模样或是留没留下联系方式，伙计说时间长了，记不清了，他们书局，只要留够押金，不需要留顾客的电话。

她在哪儿？

我着急地在屋子里来回转着，一边走，一边用手捶打着自己的头。真是成了一个废物，这么重要的事情，我竟然忘得一干二净。我劝自己一定要冷静下来，只有冷静，才会发现察觉不到的意外。

我把目光盯在书签上。制作书签的纸，不是一般的纸，也许这张纸就是线索，我立刻把韩三叫来，让他查一下书签上的纸，没多久，韩三查完了。

他说："这纸不是普通纸，是照相馆冲洗用的相纸。"

"相纸？"

韩三说："对，这种纸叫明胶银盐相纸，只有照相馆有。"

韩三走后，我又凑近了仔细辨认，原来真是洗相片的相纸。既然她能用相纸做书签，那么这个叫陈娥的人，一定跟照相馆有关。

我立刻拿出地图查看了一下，离着厚德书局最近的照相馆，只有百花照相馆。

她一定在百花照相馆。

百花照相馆的位置就在吕祖庙街口，这家照相馆到厚德书局，不过几百米，在照相馆的门楣上还有四句广告：资格老、出品好、交件速、价格巧。据说，归绥城的很多达官贵人都在这里拍照留念。

我实在想不清楚，陈娥为什么要用这样的方式约我见面？要不是我有心发现，我怎么能找到她？她是什么人？

我的脑海里顿时电闪雷鸣，火光四溅，尘封的历史逐渐在我的脑海里闪现。

这时，我又想到门口日历上24日（小雪）下面的对钩，我终于想明白了所有的事情，受伤之前，已经约好了跟陈娥要在小雪那天见面，可我突然受伤失忆，陈娥一点儿都不知道。

我按捺着激动，一切到了那一天，什么事都会明白的。

十一

美人桥事件过去之后,特务科谁都没在我面前提及过,按道理它影响很大,加之宋德利受伤,可一切都是静悄悄的,我猜想,这都是侯忠孝隐瞒了一切。一天,我见过侯忠孝,他对这件事只字未提,我打探地问,这几天怎么看不到宋德利了?侯忠孝回答他的手被狗咬伤了,这几天在家养病呢。

我已经明白了,原来日本人有一个秘密商号就隐藏在美人桥的窑子铺里,那里很难被发现。让人奇怪的是,为什么要这么神秘呢?他们在做什么生意?他们手上是不是真的有那张地图?这个商号要这张地图有什么用呢?

这一系列问题像乱麻一样,一时很难理出一个清晰的头绪。

那天我从特务科出来,去了趟医院,检查了一下,惠子告诉我情况非常好,劝我少喝酒,用不了多长时间记忆就会恢复。我知道这是惠子在安慰我,什么情况我自己很清楚。

从医院出来,天色尚早,正好特务科司机的老婆快要生产,我让他先回去,自己准备步行回家,没想到这个时候出事了。

快到家有一条林荫小道,因为行人少,每次走到这里时,我都会提高警惕,那天我没走多远,眼前突然出现三个蒙面人,挡住我的去路。

我以为他们是劫财的。

我的手摸向腰间,正要掏枪,没想到身后又出现一个人,他用刀抵住了我的腰,然后下了我的枪。几个人的脸都蒙着布,我无法看清他们的面容，此时天快黑了，这几人是干什么的呢？是抗救会的？是锄奸团的？还是些热血的学生？

身后的人问我："你是李明义？"

我见他们人多，立刻嬉皮笑脸地说："是是，兄弟们有话好说。"

"少他妈的废话，跟我们走一趟。"身后的人说完，用一块黑色的布子蒙住了我的脸。

我什么都看不清，只能跟着他们走，我能听见这些人的喘息声，走了有几里地，他们不走了，我眼前依稀有了光亮，他们摘下我脸上的黑布，我感觉好像被带进了一个客栈。缓了一会儿，我才看清眼前几个人的面孔，他们一共五个人，从打扮看，他们不像是城里人，其中一个年轻人面容清瘦，看上去像个头儿，此时正低头点着一根烟。他神情深沉，不露声色，眼睛一动不动地盯着我，我从来没见过这样的眼神，那眼神里充满了戾气。

"这是我们义和堂大当家。"一个瘦子说道。

大当家看样子岁数不大，浓浓的烟从他鼻子里喷出来，他看着我，声音慢悠悠地说："你想知道我们为什么会绑你？"

我没说话，看着他摇了下头。

大当家说："我也不跟你隐瞒了，我叫刘魁，本来没这件事的话，咱们俩可能一辈子都不会见面。可有了这回事，咱们得见见面，不光见面，我还要好好问问你。"

我看着刘魁一脸痛苦地说："问什么？我脑子受过伤，什么都想不起来了。"

刘魁从桌子上拿起一把刀，这把刀刀薄刃尖，他把它放在我的脸上，我脸上瞬间一阵冰凉，如果手上稍微来点力气，我的脸即刻会划开一道口子。

"你真的什么都想不起来了？好吧，你想不起来就算了，我现在告诉你为什么要找你。"

"您说。"

"我有个弟弟叫刘庆，前几天被你们特务科杀了，这件事你应该知道吧？杀人偿命，这个道理你不会不懂。"说完，刘魁把那刀狠狠扎到桌子上，扎进了足有一寸深，刀把颤巍巍地抖动着。

我完全不懂他的话，哆嗦地说："我没杀人，我是被杀的，不信你看我头上的伤。"

刘魁看了下我头上的伤，轻蔑地笑了一下："是枪伤，可这跟我弟弟的死有什么关系？我问你谁杀了我弟弟。"

我看见刘魁眼睛红红的，里面充满了杀气，我相信如果惹怒了他，这个人真的会把刀子捅进我的身体，然后把心从肚子里掏出来。我必须拖住他们，于是我装作想起什么的样子说："是侯忠孝，是他……我说的全是真的。"

刘魁愣了一下："你说的是那个刚刚叛变的军统。"

"对，对。"我立刻说。

刘魁朝着我狠狠踢了一脚，这一脚很重，踢得我差一点儿岔了气。"你要是骗我，我立刻要了你的小命。"

我突然想起什么："真的，你弟弟有本日记就在我家里，日记本上你弟弟写得很明白。"

刘魁睁大了眼睛看着我："日记？好，哪天我去你那儿把日记取上，若真是那个姓侯的害的，我想尽办法也要割了他的脑袋。"

现在暂时是安全了，我把杀刘庆的名头安到了侯忠孝的头上，这一招保了我一命。

看来，他们的目的很简单，就是替刘庆报仇。

到了夜里，他们要睡觉，担心睡着后我逃跑，就把我手脚捆了起来，又担心我喊叫，往我嘴里塞了一块布头，做完这一切，几个人才去睡觉了。我观察了一下，刘魁和另外两个人在里屋，屋外还有两个守门的，看来今晚必须逃出去，不出去的话，他们随时会对我下手。

到了三更天,我将手凑在青石条的门槛上磨了一会儿,一炷香的时间,手上打十字结的绳子磨断了,我轻轻地推开门,门口不远处果真站着两个人,一边打着哈欠一边抽着烟。

我高抬脚轻落步地出了屋,本来已经快出巷口,不想脚下碰到一个破瓶子。当啷一声,清脆刺耳。

那两个人霍地站起来,警惕地叫了一声:"站住。"

我知道这里是日占区,即便他们手里有枪也不敢开,于是我撒开腿往前狂奔,身后那两个人穷追不舍,跑了一会儿,我见还没甩掉他们,正在着急,见前面有一片松树林,那片松树林很茂密,像一道黑色的屏障。

身后那两个人丝毫没有要放弃的意思。

我钻进松树林的时候,呼啦啦的,惊起一群已经栖息的鸟,我躲在一棵比较粗的松树后面,从地上捡了一根粗点的树棍,放在胸前做防身之用,我屏住呼吸,等着这两个人的到来。

那两个人拿着一尺长的砍刀,站在外面观察着松树林里的情况,外面亮里面黑,他俩看不到我,可我看他们却清清楚楚。

高个子似乎不甘心目标就这样消失,他对矮个子说:"怕个蛋,他一个人,咱们俩人,不会吃亏的。"

矮个子还是犹犹豫豫,高个子有点不耐烦了,他踢了一脚矮个子。"你他妈的胆小鬼,这么点事都干不成。"

矮个子说:"不是不敢,我担心对方有枪,子弹不长眼,万一他开了火,我一家老小怎么活?"

高个子不想再听矮个子这么啰唆,他摆着手。

"少他妈的念叨,以前大当家对你多好,没想到你现在这么尿!你在这里看着,我进去。"

说完,高个子提着刀进了密林,他刚进来的时候,挥舞着手里的刀一通乱砍，可能是给自己壮胆，也可能因为枝丫茂密挡了路。砍了一会儿，他觉得有点累了，一边擦着汗，一边在林子里寻找着能走的路。这时他看见了我，大叫了一声："他在这里。"然后举着刀朝我冲了过来。

也就是这时，他的身体一下不动了，我看见一个黑影出现在高个子的身后。

"最好别动，我的枪容易走火。"

他的声音让我很熟悉，这个黑影就是总在我屋子里出现的那个人。

高个子的身子立刻颤抖起来，手上的刀瞬间滑落在地："大爷别开枪，有什么话好说。"

"把刀捡起来。"

高个子乖乖地把刀捡了起来，然后递给了身后的黑影。

矮个子没等多长时间，见高个子双手架在头上从松树林里出来，他正要问人找到没有，看见高个子身后还有个黑影，手里居然拿着枪。

"把刀扔过来。"黑影喊道。

矮个子一听，吓得软作一团，慌忙将手里的刀扔了过来。

我做梦也没想到会是这个神秘黑影救了我，这个黑影怎么会跟着我？我一时想不明白。

黑影把两把刀递给了我，什么也没说，然后又像个影子一般，消失在树林里……

两个人战战兢兢地看着我。

现在情形相反了，换我在审讯他俩。我说："只要你们老实说为什么要杀我，我不会为难你们的。"

两个人诺诺地点着头："只要不杀我们，我们全说。"

原来他俩都是义和堂的手下，他们当家的叫刘魁，也就是审我的那个年轻人。说起刘魁的身世，他和弟弟从小没父母，两个人相依为命，有一天他弟弟被人贩子抱走了，刘魁满世界地找，先是城里城外，然后是黄河两岸，后来人也没找到，他就上山当了土匪，认识了山上原来大当家的，两个人结拜成兄弟。后来原来的大当家被日本人杀了，刘魁就成了新的当家人，他恨透了日本人，并把义和堂转移到了城里。也就是这个时候，一个救国会的人，看过刘魁找弟弟的画像，说这个人很像他们那里的刘庆，本来兄弟俩要见面，却没想到弟弟被特务科的打死了，从此他心里更加恨透日本人，想尽一切办法伺机报复日本人。

"前段时间他在美人桥是怎么回事？"

高个子说："我们查到归绥有一家驼队很可疑，他们一次长途时，正准备下手劫他们，可让人奇怪的是，他们一不是去大库伦拉皮子，二不是送茶叶，而是要去一个偏僻的地方。他们要去的具体位置不清楚，我们就在美人桥住下，观察他们的动静。说来也巧，正好一天，有个自称是特务科的人，找到我们大掌柜，问有个买卖做不做，过几天军统的人来买情报。这个自称特务科的人说，事成之后，大家一人一半，然后这个人把一份假情报给了我们大当家。大当家当然知道他是在黑吃黑，可考虑到能得到一笔钱，壮大义和堂，于是就答应了。没想到这下捅了马蜂窝，特务科的这个家伙根本不是要一人一半，而是要独吞，带着人想截住我们大当家，更没想到的是惊动了美人桥里的商队，谁也没想到商队里全是日本人……"

我渐渐明白了那天美人桥发生的一切，看来这一切都是侯忠孝所为，他和中统根本是两条心，只想两头通吃，故意指使宋德利出去找义和堂的人。

我接着问："你们怎么找到我的？"

"我们大当家绑架了一个特务科的人，打听特务科那天到什拉门更执行任务的,其中有你,于是就找到你。我们跟踪了你好几天,知道你防备心重,所以想先绑了你,再跟你谈条件,整个经过就是这样……"

原来他们早就跟踪上我,而我却一点儿感觉都没有。

我突然头疼得要命。

躺在床上,我痛苦地捂着头,脑袋里仿佛有无数只虫子在撕咬着我的神经。就在这个时候,惠子的电话来了,听到她的声音,我的头疼减轻了不少。

惠子笑吟吟地说:"我刚才在写你的病例,写着写着,脑子里闪过你的样子,于是就打电话给你。你怎么样,有预感吗?"

这话听上去像编出来的。

"有啊,我眼跳得厉害。"我边开玩笑,边看着窗外,此时窗外阳光明媚,有几只鸟啁啾着。

"你眼跳可能跟你的病情有关。"紧接着她笑着说,"你来我医院吧,有件大好事。"

我一点儿猜不出惠子说的大好事是什么,但从她的声音里,我能感知到她的欢喜。

就这样,我到了厚和医院。

说实话,每次见到惠子,我都喜欢看她的眼睛,她明亮的眼睛里似乎隐藏着我的过去和未来,就是那双眼睛深深地吸引着我。

到了医院,惠子那双明亮的眼睛再次出现在我的面前,面对这样的目光我已经丝毫感觉不到头疼。

她问我:"最近做梦做得多吗?"

我点点头,然后问她:"什么大好事?"

惠子递给我一瓶药,药瓶不大,她对我说:"这是刚从日本运来的一种新型精神药品,叫回魂丹,这个药名还是我们裕仁天皇起的。这药是日本刚刚生产出来的，首批运到中国，上面有说明，每天一粒，它也有副作用，就是你服用后，你的梦会变得更多，这些梦会不连贯，片段式的，不过你别担心，这些梦会一点点刺激你，恢复你以前的记忆。"

"真的这么神奇？"我看着这药，又看了看惠子。

"怎么你不相信我？"

"不是不相信你，这世上怎么会有这么神奇的药？"

"你试试看，一定会好的，相信我。"惠子微笑着说。

从厚和医院出来的时候，天很晴朗，路上积雪在阳光的照耀下反射着刺眼的光，我一边走一边在飞舞的光线中回味着惠子的话。说实话，有惠子这样关心自己的朋友，真的是件好事，她是我在紧张环境之下的唯一慰藉。

也就是在那天，我开始服药了。

【记忆片段之一】我捧着一块乌黑的奇石递给荣主任，他举着放大镜在上面端详着，我对他说这是我一个朋友在戈壁上捡回来的……荣主任一边看着奇石一边对我说，这块石头是很珍贵的奇石，我想把它送给我的日本老师，在日本留学时，我的老师江口教授对我非常照顾……

【记忆片段之二】草原上到处是彩旗，江口正川教授带着三十几个人的考察团来了……迎接的队伍里，这个日本人就站在王爷的身边，江口正川中等个子，小分头，一条腿有点跛，走起路来，一跳一跳的。江口正川抓住荣主任的手，眼睛里颇含爱惜地说，你不应该在这里搞政治，浪费你的才华，你应该跟我去考察，这个黑蜘蛛矿物一旦找到，整个世界都会被你踩在脚下……荣主任说，让李明义去吧，石头是他发现的，他当向导最合适……在一个蒙古包里，荣主任对我说，这次你给考察团当向导，是高度机密，谁都不知道，你一定要记得你去的每一个地方，把黑蜘蛛的具体位置带回来……

【记忆片段之三】到处是枪声，到处是血，三十几具尸体躺在旷野上，一群饿狼围着这些尸体，一边闻，一边大口地撕咬着……

【记忆片段之四】我看见天是暗黄色的，巨大的风暴从西北部刮起，天地顿时昏暗，风里有可怕的哀嚎声，听不出是风声还是野兽的叫声，没一会儿工夫，整个草原像一张毯子飘浮起来，一会儿被刮到天上，一会儿又被重重摔到地上。我在风里艰难地迈着脚步，脚步很飘，像是随时会被风吹到天上，我很疲惫，当我用尽身上最后一丝力气到达一个羊圈前，我看见了水，身子摇晃了一下，然后咣当摔倒在地上。

我嘴唇干裂，声音嘶哑。

水……

【记忆片段之五】王爷府里灯火通明，一个人的影子在一点点地放大。我努力地睁开眼，一个戴着金丝边眼镜的人正盯着我，身边有人说荣主任，他醒了……荣主任焦急地伏在我身边问，你能说话吗？

我想动下嘴，发现嘴粘在了一起。然后什么也不知道了……等我再次醒来，渐渐能说话了。荣主任问我考察团江口教授他们怎么样，我说全死了，他们在发现黑蜘蛛矿的地方，发现了金矿，日本人开始抢夺金矿，相互残杀，最后全死了。荣主任问，江口教授呢？我说也死了。荣主任又问，那黑蜘蛛呢？我说，我只带回了地图。说着，我从身上取出一张两个火柴盒大小的羔羊皮，地图就画在上面。荣主任也戴上了手套，从抽屉里取出一个放大镜，他认真地端详了半天。好，这件事谁都不能知道，我现在就跟王爷汇报……不知道又过了多长时间。我看见荣主任点着烟，烟雾中，他兴奋地再次拿起了桌子上的地图，就着灯光，他看了一遍又一遍……

【记忆片段之六】夜空深邃幽静，如同一汪深蓝色的湖。我看见荣主任站在空荡荡的草原上，抬头看了下夜空，夜空的星星亮极了，他看着看着，口气幽幽地说，太可怕了，这个地图是个定时炸弹，日本人假如知道考察团全部被杀，他们一定会追查的，不光是你，我也一样，日本人不希望第二人知道地图的事，就是把地图给了他们，他们也会杀人灭口的。然后他又说，据我们现在掌握的资料，日本人搞的根本不是考察，而是在执行一个叫野罂粟的计划，这个地图是子本，还有一个母本，就是计划的详细内容……那该怎么办？我眼睛紧紧地盯着荣主任。

【记忆片段之七】安静的夜晚，突然传来一声枪响，我冲进了荣主任的住处，他的胳膊上方中了一枪，红红的血迹已经把半个身子的衣服染红，荣主任喘着气，断断续续地说，刚才一个黑影冲进他的住所，抢走了地图，开枪并打伤了他……我正要去追，荣主任摆了摆手制止了，然后问我，你还能记住地图上的位置吗？我点点头。

荣主任说，地图要在你的脑子里记得，丢了就丢了，关键是要得到日本人的母本计划……他说你最好立刻去归绥城，找到归绥城的武师长，你就说我是你的舅舅，你就能留在那里，随时听他指挥，你潜伏下来，立刻着手寻找野罂粟计划的母本，一定要找到……接下来荣主任说，我还死不了，你，明天，不，今晚你就启程，不要耽误，赶紧去……

我换了便装，骑着一匹快马出发了……夜色漆黑，风开始变大，呜呜地响，寂静的草原上，只有飞快的马蹄声……

没想到惠子的药这么神奇，记忆之门在我睡梦中徐徐打开，每一个场景每一个细节，带着旧时的温度和色彩，像胶片一般在我脑海不断地呈现出来，一切仿佛就像昨天发生的一样……有关这些记忆，我只能回忆，不敢用笔把它们记录下来，担心自己的任何小纰漏，都会惹来杀身之祸。

记忆之河汹涌地在我脑海中奔流着……

我的经历大概是：我收了一块奇石，作为礼物，我把它送给了我的上司荣主任，荣主任又把这块奇石送给他的日本老师江口正川教授，没想到江口教授发现这块奇石里有他们需要的矿，于是他们带着考察团进入西北。这一次行动我作为向导跟随他们一起走的，他们意外找到了金矿，开始相互残杀，最后是我一个人带着地图回到了蒙政会……

后来我做的梦竟然跟我推测的一模一样……

【记忆片段之八】我去了归绥城，在那里待了两天，找到了武师长……我记得武师长是绥西五原人，油坛肚，是个低下头看不到自己脚的大胖子。这个肥胖的武师长经历复杂，听荣主任说他以前是阎锡山的部队，后来跟了李守信，七七事变后，他曾是抗日英雄，在长城会战中打落过日本人的飞机，因为李守信投靠了日本人，他也被整编成了日伪军。以前他的身材是标准的军人身材，后来呢，他意志消沉，每天喝酒寻欢，麻痹自己，身体渐渐地肥胖起来，走起路来，像胖鸭子那样左右摇摆……我把荣主任的推荐信递给了他，他看了一会儿，把信放下，又端详着我，荣主任是你舅舅？我点头说，是的，长官。武师长一边看着手上的信，一边拿起电话……没一会儿，电话接通了，我笑眯眯地看着武师长，武师长也在笑眯眯地看着我。电话里武师长与荣主任看样子非常熟，两人在交谈时，不时地发出大笑声。武师长挂了电话，人变得更加和蔼了，他说，你舅舅很关心你，说你很能干，人也机灵，反正好话说了一大堆……武师长点着一根烟，一副感慨的样子说，当年我跟你舅舅在张北一起当的兵，是拜把子兄弟。你舅舅是个仗义的人，有一次打仗我受了伤，是你舅舅从死人坑里愣把我背回来的，没有你舅舅，我这条命早没了。我说，我舅舅也经常提到您，这次就是他让我出来见见大世面，跟着您，留在归绥城想为您干点事。说完，我把准备好的烟土和大洋，递给了武师长。我说这是我从老家收的，上等好东西。武师长是个大烟鬼，见了大烟，眼睛就笑成一条缝……武师长说，你既然是荣老弟的外甥，也就是我的外甥，你就去特务科跟着马科长干吧……就这样，我留在了归绥城……

【记忆片段之九】后来我才知道，武师长说是师长，其实是个团的建制……我到了特务科,特务科不在师部,而是在三里地外的一个大院里办公,我进去的时候,马科长不在,接着我到军需那里领了铺盖,那里说有人已经替你收拾停当,我找到我住的房子,进去一看,里面确实收拾得干干净净。正在疑惑,有人敲门,我赶紧过去开门,见门外站着一个大个子,长头扁脸,笑眯眯地看着我。我以为他就是马科长,立刻敬了一个礼说,马科长好。那人笑着摆了摆手说,我不是马科长,我叫崔志,名字不好记,你看我哪儿好认?我端详了一下,来的人头有点板,可这话又不好张口。老子头板呀。来人哈哈哈地大笑起来,他说,你就叫我崔板头,这是没人的时候,人多的时候,叫官名,老子怎么说也是个队长吧。我赶紧说,崔队长好。崔板头说兄弟别这么正经,你这么正经老子有点受不了。说着,他递给我一根烟,我一见是哈德门,接过来点着一支,烟味很柔软,比烟锅好抽。崔板头眯着眼睛,看着我说,屋子还满意吧。我说,是崔队长安顿的吧,太谢谢了。崔板头说,小事一桩,刚才我听我姐夫说了,咱们还是一个地方的人。我问谁是你姐夫?崔板头脸红了一下说,我是武师长的小舅子。我立刻从床上坐起来,又要行军礼,崔板头用手按住了我,行行,别来那套虚的。我不再像刚才那么紧张。崔板头说,我姐夫说,你是他救命恩人的外甥,这个好,以后咱们就是兄弟,在这里有人敢欺负你,你就告诉老子,老子收拾他。我感激地看着眼前这个人,崔队长,不,崔兄弟,你看我这初来乍到,什么规矩都不懂,有你这么照应我,我怎么感谢你呢,这样吧,哪天我请你去喝酒。崔板头吐了口烟说,不急不急,以后慢慢来。说着他起身看了看门外,他把声音压低了说，在这师部特务科人不多，全他妈的是鬼，对了，你得防一个人。我问谁呀？崔板头又朝外面看了一眼，宋德利。他一脸诡秘地说，这个家伙阴得很，你得提防他，以前他是我的部下，跟条哈巴狗差不多；现在呢，我也得提防他，这家伙如果抓住你一点儿把柄，真会跑到日本人那里告状，那样你的小命就不保了……

十二

崔板头从牢房里出来，正值中午时分。

据说日本人放崔板头的原因是这个家伙脑子有问题，在监狱里他经常把自己拉的屎抹在脸上，有时候还喝自己的尿，整个监狱被他搞得臭气熏天……我知道这一切都是武师长给出的主意，只有这样，日本人才觉得没有关押他的必要。还有人说，武师长自从得知小舅子被抓进去，到日本人那里找了各种关系，最后找到了伪蒙疆政府最高军事顾问，是他给本田麻二打了电话，才放出来。

特务科的人还说，崔板头出来的时候，正是阳光猛烈日头十足的中午，只见崔板头披着一件外套，摇摇晃晃地走到特务科院中的井边，先是从井里揪出皮桶，咕咚咕咚地喝了半天，然后在众目睽睽之下，将衣服脱得精光，赤条条站在当院，指挥着一个小特务，用皮桶里的水浇在自己身上，一桶，两桶……有人给他递过洋胰子，他洗得更痛快了，他一边洗还一边扯开破锣嗓子唱起爬山调：三十里的明沙二十里的水，五十里的路上，哥哥呀来眊妹妹你……

他洗得痛快，唱得也痛快，唱腔能传出三里地，特务科的人都知道，能从日本人的牢房走出来几乎不可能，但崔板头能，谁都知道，崔板头有个当师长的姐夫。听说崔板头出来，侯忠孝亲自开着车满脸堆笑地去接他，大家明白这是侯忠孝在给自己找台阶，可让侯忠孝没想到的是，崔板头根本没上他的车，崔板头说老子我有腿，走路自己更踏实。

洗涮完毕，崔板头换了件干净的制服找到我，一见我，先是深深作了个揖，他的样子把我吓了一跳。我说："兄弟，你这是干甚？"

崔板头一脸感激地说："这次要不是兄弟你出手相救，我的小命估计早没了，你是个好人，我姐夫已经告诉我，我被抓后，你第一时间跑去告诉了我姐夫，我姐夫这才到日本人那里说情。"

我摆了下手："咱们是兄弟，我能看我兄弟受难吗？这一切都是应该的。"

紧接着，崔板头问交通站的事，我就把去交通站见到了老方，还有侯忠孝和徐老板的事，对崔板头说了。他们确实是一伙的，三官庙街的事不过是苦肉计，他们都是军统和中统的人，目的就是找到地图，那个三官庙接头的人根本不是鹦鹉，鹦鹉是他们故意放出的烟雾弹。

"那赵二根不是他们救的？"

我摇了下头说："不是，赵二根的失踪跟他们没关系，现在他们也在找赵二根。"

崔板头搓着手，在屋里来回转圈，边走边骂："姓侯的，他妈的坏得流脓，两头黑，还差一点儿要了老子的命，你想想什拉门更的事，全是这个家伙干的，他拿咱们兄弟的命，来换日本人的信任，他姓侯的现在又想整我，老子先给他喝一壶烧心酒。"

我说："这帮人很狡猾，要做宜早不宜迟。"

崔板头看着我，很兴奋的样子："对，咱们今晚就连夜端了他们的交通站，抓了他们的人一审就明白了，有了证据，姓侯的再说什么都晚了。"

我再次服用了回魂丹，吃了这药真的跟回了魂一般，往事像退潮后的礁石，清晰地呈现在我的脑海里，但随着药劲过后，清晰的往事顿时又会变得混沌起来，很多事情，我又想不起来了。

【记忆片段之十】我隐约地记得一个小个子走到我面前,他告诉我他的名字,我没听清,正要问他,他却突然叫了我一声,我记得很清楚,他叫我鹦鹉,我愣住了。这时他对我说,接下来的行动,他是我的上线,我的任务就是找到野罂粟计划的子母版本。现在这两个版本都在桃花公馆,无论如何,让我必须查到它们的下落……于是他把一个交通员的电话给了我,并说你俩暂时不能见面,电话里你一说代号,他立刻会跟你接上头,他作为你的下线,你俩重新启用新的联系方式,新的联系方式是通过邮局信件,信封上画上一只鸟……

【记忆片段之十一】我和特务科的马科长在喝酒,马科长喝得有点醉了,不停地说一些骂日本人的话,我担心纠察队的人听见,就凑近他,不让他高声说话。让我没想到的是,他说,都他妈的是汉奸,有什么可怕的,告诉你,日本人的什么秘密我全知道……马科长把他在桃花公馆里听到本田麻二要和特使在易喜楼见面的消息告诉了我,说完后,马科长呼呼大睡起来……

【记忆片段之十二】在一个公用电话亭里,我目光紧张地观察了四周,然后拨通了交通员的电话。当我说出我是鹦鹉时,对方立刻说他就是赵二根,我把本田麻二和日本特使见面的具体时间和地点告诉了他,他说明白明白,然后他说你在哪儿,怎么这么吵。我说这些不要问了,你给我一个地址,下次咱们通过信件联系,于是赵二根告诉我小召前街5号……

等我醒来后，我沿着梦境中的脉络，画出一张图，很快我明白了一些事情，原来我和赵二根果真是上下级关系，这个人以前一直跟我有所联系，易喜楼的事情，就是我通过喝醉酒的马科长得到的信息，然后告诉他的。

想明白这些后，我把纸立刻烧掉了。

可有一点我想不明白，那个自称我上线的小个子男人，他是谁？我脑子里怎么也想不起来。

崔板头出狱的第二天，就干了一件让侯忠孝傻眼的大事。

当夜十二点，崔板头秘密带着十几个人到了永兴昌皮货栈，进院的时候，没想到有狗（上次我来时还没有），狗一叫，双方开了火。经过十几分钟的交战，徐老板跑了，老方胳膊上中弹，被特务抓住，抓他的时候，他正把枪伸进自己的嘴里准备自杀，扣了几下扳机，才发现枪里已经没有子弹。

回来以后，崔板头一脸喜悦地对我说："这次抓住了瘸腿的老方，这是个重要证人，只要撬开他的嘴，什么都好说，审人我不在行，火一上来，我就想掏枪杀人，人还是你审吧。"

我说："我审没问题，可是——我担心让侯忠孝知道，会对我——"

"你怕什么？人是我抓的，他要恨也是恨我。再说，这次抓捕就是要整垮他，他还来不及恨，我就先把他抓了。"

我进了牢房，开始审老方。坐下来后，我的脑子不知道为什么想起了第一次到这里的情景，侯忠孝就坐在我现在的位置，一个上了岁数的牢警殷勤地给我递了根烟，我摆了摆手，说这里不需要太多人，让他出去。

不一会儿审讯室外面有丁零当啷的脚铐声，两个手下将一瘸一拐的老方推进了屋里。老方的样子看上去有点疲惫，一条胳膊在抓捕中受了伤，用纱布吊着，他没有看我，而是低着头，坐在那里一声不吭，他一只手抠着桌子的表面，那张榆木桌子乌黑锃亮，他的指甲在上面划出一道道印痕。

我咳嗽了一下，说："我是特务科的李明义，估计你没见过我，可我见过你。"

老方像是什么都没听见一样，低着头。

我紧接着说："今天我不想为难你，但你也不要为难我，好吧？咱们痛快点。"

老方头也没抬，手指继续划着桌面。

"你要让我说什么？"

我单刀直入："告诉我你们的任务。"

"我什么都不知道。"他仍耷拉着头说。

第一天审讯很失败，老方一副死猪不怕开水烫的样子，他说他已经是死过一次的人，什么都不怕，怎么拿他都没办法。我让特务科再去查一下他的档案，看看归绥城里有没有他亲戚，查来查去，我们查到他有个姐姐。

再次面对老方时，他还是不说话。我让人递给他根烟，他犹豫了一下，还是点着了。烟雾很快遮蔽了他的脸，不难察觉出在烟雾背后，他在小心翼翼地观察我。

我说："这样吧，咱们不说案子，先攀下关系。"

老方吐了口烟，直视着我。

"我在清泉街79号，有一个亲戚，是个老太太，今天六十三岁，她叫方改莲，归绥城不大，不知道你认识不认识？"

我看见老方手里的烟吧嗒掉在地上，他紧张地看着我，突然大喊起来："你们不能动我姐姐啊……"

我苦笑了一下："我们也不想用这么卑鄙的手段。可，可你什么都不说，你好好想想，你姐姐还需要你照顾她。"

老方情绪很激动，破口大骂，骂我狼心狗肺什么的，我装作没听见。

下午的时候，老方有了动摇的迹象，伸手又管我要了根烟，面色沉重地点着后，慢慢地交代着，他说："我是救国会的，现在全国都在抗日，作为中国人，我不能不抗日，我就是个邮局的小职员，什么都不知道呀……"

我冷笑了一下："你根本不是邮局的人，你只是冒名顶替而已。"

老方愣了一下，然后低着头，不再和我对视了。

我不想再跟老方绕圈子，就问他："三官庙街死了的那个留山羊胡子的烟店老板，跟你们是一伙的？"

过了一会儿，老方才点点头说："那天本来也没什么，你们特务科行动声势太大，吓着了我们，于是才开了枪……"

我盯着老方："你们接头是要干什么？"

老方说："现在全国都在抗日，无非是传递一些抗日传单之类的，也没别的……"

我狠狠地拍了桌子。

"你很不老实，我问你地图是怎么回事？"

"什么地图，我不知道呀——"

"够了，方文杰，你不用再表演了。"我继续大声地说，"你是什么人，还用我跟你说吗？你本名叫方文杰，山西朔州人，你是民国二十年张家口特务青训班毕业，你的身份隶属归绥中统站，一个月前你到小召前街邮局工作，顶替别人成了邮差，还有，你的上线是徐老板，对不对？"

老方的脸一下变得惨白，他的眼睛不敢再看我，我注意到他的手很不安地抓着椅子。

"你胡说，我根本不是你说的什么军统中统特务，我就是个邮差。"

"你是邮差不假,但你是中统安插到邮局的邮差,自从我们抓了赵二根,你知道小召前街这里有线索,于是你到了邮局,就是等待给赵二根寄信的那个人出现,可你等来等去,什么都没等到,还差一点儿被我们抓了,对不对?"

"我听不懂你在说什么。"

我继续说:"还不想承认?好吧,我再跟你说说侯忠孝布置给你们的任务。"

"什么?"

老方瞪大了眼睛:"你们抓了侯忠孝?"

"他比你聪明,什么都说了,希望你也不要再嘴硬了——"

牢里有一个水龙头坏了,不时地滴着水。

滴答,滴答……

我知道这里的刑具对老方没有一点儿用,他是个受过训练的军人,任何刑具对于他而言,都能轻易熬过去,可时间不等人,时间拖得越长,侯忠孝知道的可能性就越大,必须快速让他张口。我知道他的软肋是他的姐姐,于是从口袋里取出一张照片,递给他。

"只要你交代,我保证不会动她一下。"

老方的头在水滴声中颓然地低了下来,他两只手相互交叉着,一只手的大拇指狠狠地捏着另一只手的虎口,屋里很静,只有滴水之声。过了好长时间,他叹了口气:"好吧,我慢慢跟你说,前不久我们截获了日本军方电文,因为讯号不好,我们只截获了片段,只知道日本人在搞野罂粟计划,但具体内容不详,后来——后来是一个姓罗的人,卖给我们的一个情报。"

"姓罗的是谁?"

"他说他是中共交通员,这个人只认钱,只要给钱,他什么情报都出卖,他说他手里有张地图已经卖给了日本人,这个野罂粟计划是子母版,现在全在日本人手里。"

"他是怎么知道的?"

老方咽了口唾沫继续说:"我们也不相信,他说情报是特务科内部的人传递出来的,这个人代号鹦鹉,不会有错。情报上说日本特使要在易喜楼出现,那天我们得到了他的情报后,立刻行动,希望也能得到那份野罂粟计划,可没想到这个时候出事了。有一个人在我们之前就行动了,这个人就是你们抓的赵二根,后来我们才知道,地图已经被日本特使吃进了肚子,赵二根被你们抓住了……"

"这些情况我们已经掌握了,我问你,赵二根有一个日本人的皮包,里面有一份文件,是不是在你们手上?"

老方点点头:"行动失败,上峰很生气,让我们必须找到野罂粟的材料,于是提前去了赵二根的那个婊子家,杀了她,然后拿到了文件,这些文件确实与野罂粟计划有关,军统和中统都想得到,如今地图已经被日本特使毁掉,据说只有鹦鹉有。为了查清鹦鹉是谁,上峰决定让侯忠孝叛变,打入日本人内部,打探更多的有关地图背后的消息。"

我冷笑了一下:"那鹦鹉怎么回事?"

老方眼睛里像有只不安的麻雀,他说:"据中共交通员老罗说,这个卧底是中共安插到特务科的,后来侯忠孝证实了这一点,日本人最近端掉一个中共交通站,同样发现了这个卧底的代号。"

"老罗这个人你见过吗?"

"见过,是个见利忘义的小人,自从他出卖了情报后,担心中共的人会追杀他,他很谨慎,平日里我们见面,他总是蒙着黑纱巾……"

我想起出没在我家里的那个黑影，难道就是叛徒老罗？

这个念头只是一闪，我继续问老方："什么中共的卧底？这个卧底跟地图有什么关系？"

"据我们所知，他的任务也是在查找野罂粟计划。"

我说："那么你再说说，与义和堂交易的事？"

老方愣了一下，他有点纳闷这件事我是怎么知道的。过了一会儿，他才喘了喘气说："义和堂的人都是些土匪，前段日子他们要高价卖给我们一份有关地图去向的情报，于是我们跟义和堂在美人桥交易，这一切都是宋德利安排的。说起这件事差点儿气死我们，全是假的，这个叫宋德利的家伙想两头通吃，他一头联系土匪卖给我们假情报，一头骗走了我们的钱。"老方捂着脸痛哭起来："我跟你谈了这么多，军统中统的人会杀我的，你要保护我呀，不然的话，我会死我姐姐也会死，你知道吗，我姐姐是个瞎子，全凭我照顾，我要是死了，她估计也……"

我对老方说："你保证今天说的全是真话吧，我保证你能安全走出监狱的大门。"

老方一脸真诚地说："我全是实话，真的。"

审完了，我把门外的牢警叫过来说："你找个好医生看看他的伤，对了，再给他弄点好吃的。"

我点着桌子上的烟，吐了一口，烟雾在我的眼前慢慢散开，我感到烟雾中有一个缥缈的人，那个人就是老罗，他在哪儿？怎么才能抓到他？

我想了一下，还是得想办法给老方一条生路，他在这个牢里肯定不安全，如果侯忠孝知道了，一定会对他下死手。说不定现在，牢房外面正有一双眼睛，不动声色地盯着我呢。

晚上，我找到崔板头，把审讯内容告诉了他，崔板头灵机一动，他说："你怕什么？你没想过，现在正是一个让姓侯的现原形的好机会。"

我一时没反应过来，愣怔地看着崔板头。

崔板头摇头晃脑地说："现在我要做的就是到处放风说，老方已经咬出特务科的一个内鬼。"

我没想到平日里看上去傻乎乎的崔板头，竟然能想出这个办法。"这样，他会上钩吗？"

"肯定会上钩。"崔板头嘿嘿地笑了几声，接下来他给我讲了一个办法，就用这个办法让侯忠孝现原形。他说："这次我倒看看这个姓侯的是人是鬼。"

我说："你这是现学现用啊，人家玩苦肉计，你玩的是守株待兔。"

崔板头说："什么计呀谋的，老子不懂，老子想的就是怎么扳倒他侯忠孝。"

果真，几天以后，特务科里的人都知道了，抓住的老方已经供出特务科有内鬼，消息像一场瘟疫，越传越烈。

我和崔板头一直在暗中，观察着侯忠孝的一举一动。

我做了一个梦。

梦见崔板头让我假装成老方，待在牢房里，他带着人暗中监视着，只要有人要对老方动手，他会立刻冲出来。

我一点儿都不想这么干，怎么说呢，这么做有点不正大光明，可看着崔板头执意的眼神，没办法，我作为他的兄弟，也只能听他的。

我说要是侯忠孝真的派杀手来，我该怎么办？

崔板头笑着说，那你就跟他打，你的身手—两个人还是能轻易对付的。

我有点不快，这他妈的是什么主意，本来当诱饵，再把老子命搭进去。

崔板头似乎看出我的不快，他赶紧安慰我，你看你，怎么是个小孩儿脸，说不高兴就不高兴，就算你在牢里，我也都安排好了，在干草里我早就安了一个电铃，只要侯忠孝的人对你有企图，你按响电铃，我带着人会立刻出现。

有了他的话，我多少放心了些。于是我真的穿上又脏又臭的牢服，脸上涂抹了污渍，装成老方的样子，坐在一堆干草上。我看着自己这个样子，心里怪怨崔板头，他这是想的什么办法，侯忠孝真的会派来人暗杀老方吗？

说实话，从小到大，我还是头一次蹲大牢。一盏昏暗的油灯，把牢房里照得如同冥府，牢房之外不时传来凄厉的哭喊声，听得人头皮发麻，这里简直就是个魍魉世界。

到了夜里，突然有人踢醒了我。

我揉着惺忪的眼睛醒了过来，怔怔地看着他们，不知道发生了什么。

一个牢头说，你这屋又安排进了一个犯人。

说着，牢头身后跟着一个体格健壮的人，那个人不说话，进了屋就坐在屋子的一角，双手抱膝，一言不发。虽然他不说话，但是能感到他一双眼睛一直在紧盯着我。

我猜到了，这个家伙一定是侯忠孝派来的杀手，他怕老方在牢里乱咬，派杀手来解决老方的。

我装作什么都不知道的样子，背对着他，故意打起了响鼾，可我的耳朵是竖着的，听着身后这个人的一举一动。

这个人始终在那里坐着，看得出来，他是在等待合适的时机。

后来是我大意了，在自己的响鼾中，我竟然睡着了，突然感到呼吸有些困难，我猛地睁开眼，看着身后的那个壮汉，用一根绳子正套在我的脖子上。我赶紧将手伸进了绳套中，他动作利索，人一转身，双手用力拽着绳子，我顿时手脚没有了一点儿力气。

我的声音就卡在喉咙里，我想大声地喊叫，可根本就发不出声，绳套在我的脖子上越勒越紧，我的手几乎快要勒断了，那个人大口喘着气，仍在不断地用力，我的脸憋得又红又涨，用不了多久，他就会勒断我的脖子。

就在这个时候，我用脚够到电铃，瞬间牢里的电铃响了，因为这一个响动，那个壮汉也吓了一跳，但很快他调整了情绪，继续用力拽着绳子，企图瞬间将我勒死。也就是这时，牢门开了，崔板头带着人冲了进来，他举着警棍，照着壮汉的头上就是一棍子。

勒在我脖子上的绳套瞬间松了下来，我顾不上他们如何按倒那个壮汉，我一个人趴在地上呕吐起来，吐完之后，我一头栽倒在地上。

等我醒来，看着崔板头笑嘻嘻地出现在我面前。

你立了大功了，这个人正是侯忠孝派的，你回家休息，剩下的由我审他……

我一下醒来了。

我的梦境断断续续，忽明忽暗，有的我能记住，有的我根本记不住，当我把记忆中的片段联系在一起，彻底搞清楚了自己的来龙去脉……我发现自己置身于一个巨大的迷宫，而记忆是让我走出迷宫的唯一之路。

让我没想到的是，本田麻二打电话让我到桃花公馆。本田麻二很少直接打电话找我，他这么突然，一定是出事了。

我见到本田麻二时，他正闭着眼听着留声机，留声机里传来九岁红的晋剧，我看见他的手指在桌子上轻轻地敲打着节奏，嘴里随着留声机的声音，咿咿呀呀的。

我没打扰他，静静地站在他面前。

这时他睁开眼，人没动，他就这么看着我。这古怪的眼神让我浑身不舒服。

他问："你还记得你们的马科长吗？"

我点点头说："记得。"

"那天他就跟你一样，这么站在我面前，这个时候电话响了，是日本特使的电话，我俩约好第二天易喜楼见面。你说奇怪不奇怪，第二天易喜楼就有人暗杀我们。"

我鬓角流汗，不知道本田麻二要说什么。

本田麻二直起身子，他走到我面前："不说这些了，你最近脑子恢复得怎么样？我听惠子说你已经开始服用回魂丹，它会让你很快恢复记忆的。"

我说："是很管用。"

本田麻二问我："最近特务科是不是抓了一个中统的人？"

我不知道本田麻二是怎么知道的，就立刻点点头说："哦，您也听说了？这个人正在审，他嘴很硬。"

本田麻二说："好好审，一定要审出个结果来。"

"一定一定。"

"好啦，不说这些了。"本田麻二微笑着对我说，"今天，我把你叫来，是想帮你恢复一下记忆，你是荣主任的人，对吧？"

我愣了一下，不知道他要问什么，于是点点头："卑职曾在蒙政会干过。"

"你还记不记得大日本西北考察团的事？"

我说："有的能想起来，有的想不起来。"

本田麻二并没有接着我的话，而是像在自言自语。他说："我听说那个考察团的人全死了，可有一个人回来了，你知道这件事吗？"

我摇着头说："不知道。"

"不知道，好，我给你讲讲，就是在易喜楼那天，赵二根接到了我们内部的一个电话，告诉他我和日本特使要在易喜楼见面。"

"有这事？"

我不安地看着本田麻二。

他继续说："这张地图就是那个人从考察团里九死一生带回来的。可让我们没想到的是，这张地图是带着灾难来的，暗杀我们的人也同时出现，于是特使把地图吃进了嘴里，这张地图在这个世界上彻底消失了，赵二根趁乱拿走了特使的皮包，皮包里有一个详细的计划。"

"什么计划？"

"这个你不要问了，我想让你给我分析一下，这张地图是不是真的在这个世界消失了？"

我惶恐地说："照您说的，应该是吧。"

本田麻二走到留声机旁，关掉了音乐。他走到一张书案前："李队长，听说你的书法写得不错，你给我留点墨宝呗。"

我急忙摆着手说："我的字是胡乱涂鸦，岂敢岂敢。"

本田麻二脸上有点发沉："你这样是看不起我？"

他的话让我心里发毛，于是我拿起毛笔，写了"云在青天水在瓶"几个字。

"好好好。"本田麻二说，"李队长，我听说你双手都会写字，你再用你的左手写一遍。"

我压根儿不知道本田麻二的用意，又用左手写了一遍。

本田麻二笑着说："这首李翱的诗，我喜欢的也是这一句，我要把它裱好，挂在墙上。"

我立刻说："您见笑见笑。"

屋子里顿时安静了下来，本田麻二一边看着书案上的字，一边缓慢地说："其实要找它也很容易。"

我说："这事，你不如去问问荣主任，考察团是他亲手安排的，他什么都知道。"

本田麻二叹了口气说："这个荣主任很狡猾，他现在跟我们玩捉迷藏。蒙政会的事，我们是合作，很多时候，不能把脸面撕破。"

我挠了下头皮说："我脑子什么都想不起来了，就是吃了药，也时而清晰时而模糊，这件事我真的想帮您，可一点儿办法没有。"

本田麻二走过来拍着我的肩膀："不急不急，你慢慢想。"

十三

在日历上，我曾经标注的日子，它终于到了。

不管怎样，我要亲自去百花照相馆看看是什么情况。

出了门，外面的天气还说得过去，日头躲在云层里时隐时现，虽然有风，但已经不像前几日那么凛冽，街面上有些冰甚至出现了融化的迹象，我坐着黄包车到吕祖庙街口下了车。这家百花照相馆据说在归绥城里很有名，沿着街面占有三间房，照相馆里显眼的位置，玻璃橱窗里摆放着一些像白光、周璇、胡蝶等上海女明星的照片，我进去之后，一个伙计模样的人问："照单人的还是全家福？"我对那个伙计说："我想见你们老板，你把这个给他。"

说完，我把书签交给了伙计。

伙计接过书签，进了里屋。

照相馆的墙上挂着很多相片，这时无意间看见了一张照片，照片上是一个女人，二十七八岁的样子，那双笑眯眯的眼睛让我想到了一个人，陈娥？可她是不是陈娥，我还是不敢确定。

伙计出来了。

我问："这张照片上的人是谁？"

伙计还未张口，门开了，从侧屋走出一个女人，说："是我。"

我一下愣住了，眼前的女人虽然跟照片上的有些区别，可她的眼睛没变，跟我在归绥师范学校档案里看到的一模一样。我正要说些什么，她伸出手，说："你是李明义吧？你的照片早洗好了，我们一直在等你,你终于来了。"

面前的这个女人就是一扇门,我隐约地记起,有这么一个场景,她热情地伸出手,和我握手……

陈娥把我让进了屋内,屋里的光线有点暗,很像是冲洗照片的暗室。我落座后,她给我倒了一杯茶,然后问:"你是怎么找到我们的?"

我把经过说了一遍。

"你很聪明,现在敌人查得很严,我也只能用这样的方式跟你联系,也不知道你能不能发现相纸这个细节,这么长时间,我们已经不抱什么希望了,没想到——"

她说话的方式让我依稀想起些什么。

她问我:"这段时间,你去哪儿了,为什么消失了?"

我赶紧说:"我头部受伤了,很严重,我几乎失忆了。怎么,之前我一直跟你有联系吗?"

说完,我把头部的伤给她看了一下。

她看得很仔细,看完后,我发现她的眼睛红了,过了一会儿,她情绪稳定下来,才慢慢地说:"你是我们安插在敌人内部的卧底,你的代号是鹦鹉。"

"什么?"我愣了一下,"我真的是鹦鹉?"

接下来陈娥告诉了我一切,尽管说话的内容于我完全是陌生的,可它确实是真实存在的。

我终于明白了一切,原来我是中共的卧底,代号鹦鹉。一年前,我受命潜伏到武师长的部队特务科,秘密查找野罂粟计划,可突然受伤失忆,与组织失去了联系,于是他们派人到处找我,没有一点儿消息。前段日子我得了樱花勋章的事登在报纸上,他们才知道我还活着,于是派了一个姓罗的同志去找我。

"姓罗的同志?"

"他叫罗海，已经叛变了。"陈娥说，"自从罗海叛变后，我们立刻更换了联系地点。好在，他和我没见过面，他主要跟以前交通站的刘庆站长联系。"

"刘庆？他是我们的人？"

陈娥叹了口气说："当然是我们的人，刘庆同志是以前的老站长，都是因为罗海，让他和军统侯忠孝在什拉门更村见面，没想到是个圈套，刘庆同志被暗害了。"

我的嘴有点哆嗦，内心里五味杂陈。

"那罗海呢，他在哪儿？"

"这个叛徒在日本人毁掉交通站后，就再没有出现过。"

"我知道他在哪儿。"我说。

陈娥惊奇地看着我。

我把黑影每天来找我的事告诉了陈娥。陈娥听完后，用手拍了桌子："这个叛徒给我们地下工作带来很大损失，一定不能轻饶他。"

过了一会儿，陈娥微笑着问我："你不是脑子受伤了，怎么还记得我的名字？"

我就把我梦中总出现这个名字的事告诉了她，并且我依据记忆还去了趟归绥师范学校，查到了她的档案。

接下来，我对自己怎么加入共产党，怎么到归绥城执行卧底的经过，依然有点茫然，我向陈娥坦白了我的状况。

陈娥默默地看着我，她说："别着急，恢复记忆需要时间，我慢慢地讲给你。"

陈娥缓慢地讲述着，原来我和陈娥是师范的同学，过去一起在这座城市里上学。那时日本人还没来，这座城市叫归绥，日本人来了，成立伪蒙疆政府，归绥城改了名叫厚和市，大街小巷都插满了膏药旗。陈娥告诉我:"在学校里,我们俩的关系最好。在学校里,你还是个大才子,没事的时候,还爱写文章,你写的东西,同学都爱看,还经常在咱们学校的《塞外诗草》上发表诗歌。那时候我受了你的不少影响,思想也很进步,我们经常探讨《新青年》《新女性》上面的文章和俄国的《铁流》等一些文学作品。那会儿真的很好,我们有着坚定的理想,目标纯粹,浑身充满朝气,面对生死坦然无畏。"

陈娥说得慢悠悠的,她的声音像天上的云,一切都是慢悠悠的,一切都是云淡风轻。我顺着她的话,想象着当年的某一时刻,两个年轻人快乐的情景。

我看着她的眼睛泛着点点的泪光。

我问:"那我是怎么参加的共产党?"

陈娥回答道:"你毕业前,我和你一起秘密加入了中国共产党,后来因为不同的任务分开了,我去了北平,你回到了老家秘密发展农会,游击队来到大青山,你跟了杨政委搞革命,再后来蒙政会投靠日本,杨政委秘密派你到荣主任手下卧底,掌握他们的动态。你得到了日本人的地图,已经安全交给组织,可日本人搞的野罂粟计划到底是什么,我们还无从得知……"

陈娥说话的时候,我的眼泪开始一串一串往下流,不知道是在为自己流,还是在为过去那段历史而流,总之我的眼泪流得一塌糊涂,我一边擦眼泪,一边按照她说话的顺序回忆着自己的经历。当我知道,我从蒙政会离开去了山上,亲手把地图交给了杨政委时,心里无比喜悦。

"现在地图虽然给了组织,可还有一个备份。"

我急着问:"在哪儿?"

陈娥说:"就在你脑子里。"

陈娥的话让我吓了一跳,我的脑子里很多往事或明或暗,我想起黑影的话。

"原来我根本不是荣主任的人,我早就加入了共产党。"说完这话,我的内心无比明亮,仿佛眼前冲破黑暗,看到了黎明的曙光。

我想起什么:"我恢复的梦境是,我把地图给了荣主任,而荣主任的地图被一个黑影给抢走了。"

陈娥说:"这件事我知道,你在从考察团回来的路上,故意绘制了一张假地图,交给了荣主任,真正的地图在你脑子里,你见到杨政委时,依照自己的记忆,将考察团考察的全部具体位置画了出来,这个你放心。"

日本特使吃进肚子里的地图是假的,我心里一下子坦然不少。

陈娥继续说着:"一年前你与杨政委见面,确定了你的代号是鹦鹉。到了归绥,你表现得非常好,可自从你受伤之后,一点儿音讯都没有,当时组织上判断你可能牺牲了,让我没想到的是你还活着……"

陈娥激动地哭了起来,我知道她这是喜极而泣,我又何尝不是呢?

"我是杨政委派到归绥组建交通站的,从山下来时,杨政委让我一定要找到你,我突然想到咱们上学时,用过一次信封里装着香,来传递咱们将在庙里见面的游戏……没想到你领悟得挺快。"说完,陈娥一下子破涕为笑。

事情发展到现在,我彻底了解了自己的身份,很多在我脑海中解不开的难题,到今天全部豁然开朗。

我想起家里刘庆的笔记本和我的笔记本上的特殊字迹,问:"这里面用的字符是什么意思?"

"刘庆是留学过苏联的人,他在那里学习了一套拉斯普速记法,回来后,他将这个方法教给了你,这个速记法只有你和刘庆能看懂。"

我依稀想起了什么,对对对,那些符号在我脑子里渐渐地清晰起来。

陈娥此时静静地注视着我，我能感受她目光背后的温柔，我的脸红了起来，不敢直视她的目光。

过了一会儿，我问："那罗海的叛变，会不会影响咱们的工作？"

陈娥擦了下脸上的泪珠，她说："这个叛徒，他已经知道你曾参与日本考察团的事，但他还不知道你是鹦鹉，不过这次罗海的叛变，我最担心的是杨政委的安危。他知道游击队的驻扎位置，很有可能把这个情报告诉侯忠孝，然后侯忠孝再把这个情报出卖给日本人……"

"我去除掉这个叛徒。"我说。

陈娥说："我们已经在到处抓他……"

我想起一件事，把侯忠孝的情况向她做了汇报。

陈娥听完后，哼了一声，她看着我说："你绝对不能相信国民党的那些人，他们是两张皮，一方面喊着抗战，一方面在跟日本人做着生意……"

如今我已经明确了自己的身份，曾经混沌的记忆变得清晰起来，接下来，我把我面临的困境跟陈娥说了："既然罗海叛变了，有一天本田麻二肯定也会知道我就是鹦鹉，他们会逼着我画地图，我该怎么办？"

陈娥想了一下，她说："你就按照自己的记忆画，如果你提供的是假的，日本人一定会发现。现在你的任务就是找出他们野罂粟计划的另一个母本，也就是他们实施的具体计划，得到野罂粟子母本后，我们会向全世界公布，那样的话，日本人得到地图也没任何用处……这个计划所有的人都想知道，可地图就你知道，这是你的优势，也是你保护自己的最好办法。"

我点点头。

这时陈娥提出要再看看我的伤口，我把头伸了过去，陈娥看了一下，又失声哭起来……

她说："真是委屈你了。"

深夜，我反复想着白天里陈娥对我说的话，内心有掩饰不住的激动，在我深陷黑暗之中时，是老天派陈娥来拯救我的，她宛如一道光，照亮了我晦暗的人生。就在我正胡思乱想的时候，突然听见门外有动静。

常年的警惕，让我霍地从床上坐了起来，我以为那个鬼魅一样的黑影又来了。

说实话，我正要铲除这个叛徒，没想到他自己上门了。

我故意装作懒洋洋地趿拉着鞋走到门前，打开门一看，外面没有一个人。明亮的月光照在地上如同下了一层雪，银白一片，我觉得这是自己精神高度紧张造成的幻听，我苦笑了一下，然后关住门。就在准备上床睡觉时，我看见门缝有个黑影晃动了一下，这个时候我意识到外面一定有人，急忙把枪从枕头下面拿了出来，子弹上了膛，轻轻地靠在门口的位置。

我到门口，屏住了呼吸，将耳朵贴在门上听了一会儿，然后猛地将门打开，跳到了屋外。门口确实有个黑影，我用枪把子狠狠朝着那黑影打去，打着打着，只听黑影"哎哟哎哟"地叫唤着。

"哎哟，李队长，别打了，是我。"

这个声音很熟悉，我停止了动作，掏出手电筒照着地上那人，一见竟然是宋德利，他的鼻子被打得血流不止，人狼狈地躺在地上。

我也愣住了："怎么是你？"

"是我是我，宋德利。"

"你他妈深更半夜跑到我门口干吗？老子差一点儿崩了你。"说着，我把枪别回了腰上。

宋德利一边擦着鼻子下面的血，一边结结巴巴地说："我，我晚上睡不着觉，就出来溜达溜达，这几天，我没见你，想跟你聊几句，走到近前，正犹豫着进不进去，没想到你就——"

我见宋德利说得真诚，就上去搀扶他起来。

"你呀，在特务科时间长了，干什么都疑神疑鬼的，我这一个单身汉，大半夜哪里有人，不信，你进来看看。"

宋德利尴尬地摆着手："不是这个意思，我，我就是想找你聊聊。"

说着，宋德利不等我让他，他便自己进了屋内，这时我心里一惊，看来这个家伙并非是找我聊话，而是在查我。他进屋后手疾眼快地将屋里的灯打开，顿时，屋里亮堂堂的。

我有点愠怒道："你看你看，什么都没有。"

宋德利瞬间愣在那里，这间小小的屋子，别说人了，就是只苍蝇，也能看得清清楚楚，可确实什么都没有。

我笑呵呵地说："我说你当特务时间长，神经过敏你还不信，你看，哪儿有人？"

宋德利看见我床头的《警世恒言》，笑嘻嘻地说："李队长也爱看冯梦龙的书？"说完他伸手要去拿。

我拿枪托砸了一下他的手："我有个毛病，书就是我的女人，只能我碰。"

宋德利立刻把手收了回来。

我问他："对了，大半夜的，你要找我聊什么？说吧。"

宋德利尴尬地笑了："没事，就是瞎聊。"

他的身子故意摇晃了一下，说了句自己头昏之类的话，然后就仓皇地跑了。

等宋德利走了以后，我才意识到这本书放在床头很不安全，于是锁在了保险柜里。

早晨起来，我的眼皮总是跳个不停，隐约担心会发生什么事。

出了门，外面已经进入隆冬时节，归绥城随着几场大雪后，天地仿佛冻得结结实实，大街上的人不多，无声无息，冷冷清清。如今兵荒马乱，归绥城早已不像以前那样繁华……我在往特务科的路上走着，因为有冰雪，需要格外小心，我一步一滑地走着，身后有人叫住我，我一看是头上缠着纱布的宋德利，他跑得气喘吁吁，头发上感觉还在冒着白汽。

我故意问他："你的头怎么了？"

宋德利捂着头尴尬地笑了一下："没事，我自己碰的。"然后又问："李队长，侯科长找你有事。"

我有点奇怪，侯忠孝找我有事，还用得着追到大街上告诉我？

宋德利似乎看出我的疑惑，他说："李队长别误会，侯科长请你吃早点，就在那——"说着宋德利指了指街边的一家烧卖馆。

今天果真有点不一样，侯忠孝会请我吃烧卖？有点意思，我感觉太阳从西面升起，看来他们不知道又要唱什么戏，于是就跟着宋德利到了那家烧卖馆。进了屋里，侯忠孝果真坐在一个偏僻的角落，正慢条斯理地喝着砖茶。

宋德利转身离开了。

我走到侯忠孝面前，他招呼我坐下来，然后给我要了一两烧卖，他说他已经吃过了，就是在这里说说话。

我说："您在特务科里吩咐就是，不用您破费。"

侯忠孝微笑了一下，这样的笑容自从他来以后，我是第一次看到，怎么说呢？带着点温暖的笑。转瞬这笑容就消失了，他喝了一口茶，然后对我说："听说老方已经被抓住了。"

我点点头。这件事已经在特务科传得风风火火，侯忠孝自然是知道的。

我说："这是武师长和崔板头秘密抓捕的，没经过特务科，所以目前这件事还在保密阶段。"

侯忠孝嘴角往上翘了一下,看不出是苦笑还是自嘲,他说:"他们有意不让我这个特务科科长知道,一定有他们的想法。"

一笼热腾腾的烧卖上来了,我也不再客气,开始吃着烧卖。

侯忠孝说:"我现在问你,你们审老方的情况,一定不会对我说,是吧?"

我慢慢地把最后一个烧卖送进嘴里,喝了口茶,故意左右看了一下,对侯忠孝说:"我当然能说,您是科长,我不跟您说,跟谁说?老方已经全部交代了,他是军统,他们的任务就是查找野罂粟计划,不过还有一件事——"

"还有什么?"侯忠孝目光变得有些急切。

我有意放慢了腔调,不慌不忙地点着根烟,我把头凑到了侯忠孝的面前,压低声音说:"还有……他准备供出军统在日本人卧底的名单。"

侯忠孝的脸瞬间变得阴沉下来,这个变化是我之前能预料到的,不过侯忠孝很快情绪变得平静下来。他说:"这件事不是已经有了定论,马科长就是卧底,他还能提供什么?"

我左右看了一下,故意卖关子说:"不是过去,是现在的卧底。"

他把我的烟拿了过去,抽了一根,点着后看着我,他的目光很古怪,看得我心里发毛。

过了一会儿,他才慢慢说:"不说这事了,我跟你说件事。今天我找你有一件小事,昨天夜里我在你的住所抓到一个人,我猜想这个人对你一定有威胁。"说完,他从包里掏出一张照片,递到我的面前。"你看看你认识他不?"

我一看照片上的人,感觉他很像每天如鬼魂一样的黑影。我故作镇静地把照片还给了侯忠孝说:"我不认识。"

"我给你讲一下他的情况,他叫罗海,是归绥工委的,一年前他还在大青山游击队当过队长，在大青山上他见过你，他知道你的很多情况，可能这些事你都忘了……"侯忠孝把照片在手上摆弄了一下，他继续说，"我们抓住他后，这个家伙是个软骨头，没几下，他就招了，先是把赵二根招了，然后他还招了一个人。"

"谁？"我紧张地问道。

"你。他说你是共产党。"

"我？共产党？"我气得脸上的肉都在颤抖，"他胡说八道血口喷人，在特务科谁不知道我是蒙政会荣主任的人，我怎么可能是共产党呢？"

侯忠孝把手伸过来，在我的手背上拍了几下，他说："你不要激动，我也不相信他的话。这样，你看啊，你希望这家伙消失还是留下来继续胡说八道，这家伙要是跑到日本人那里胡说八道，麻烦可就大了。"

我不安地看着侯忠孝，眼前的侯忠孝眼神变得很慈祥，口气中充满了人情味。

"当然该杀。"我说。

"好。"侯忠孝一下笑了，"不光他该杀，你不觉得那个胡说八道的老方也该杀吗？我觉得都该杀。这样吧，咱们能不能达成一个共识？我杀掉罗海，你帮我除掉老方，这样即使日本人查下来，也死无对证，咱们俩还能在特务科继续安全地待下去。"

侯忠孝今天把我叫来，目的是在交易，我看着他："我要是不这样做呢？"

侯忠孝一下子笑了起来，笑完之后，他对我说："你是个聪明人，聪明人只会干聪明事。"

眼前这个阴险的家伙，不是在跟我谈共识，而是在要挟我。罗海是个什么人？我从陈娥那里已经知道他是叛徒，而且在我受伤后，他总出现在我的房间里，威胁我各种事。这个人如果不除掉，对我肯定是个大麻烦,不光是他,还有侯忠孝,他一定会利用罗海不断地威胁我。

我无奈地说:"现在关押老方的监狱是武师长和崔板头专门找的,我要是想进去除掉老方,一定会被他们发现。"

"这些事我管不着,我要的是结果。时间是今晚,我要老方必须死。"侯忠孝的口气不容置疑,"这关乎着咱俩的生死存亡,干吧。"

说完,侯忠孝狠狠地握住我的手。

我被侯忠孝带入了深渊。

我回忆了昨晚发生的一切。如果没猜错,罗海已经被侯忠孝抓获,不然的话,侯忠孝怎么会了解得这么详细?还有昨晚宋德利的出现,看来这一切都是他们精心安排好的,为什么要这么做?就是用我的把柄,来威胁我去除掉老方……

没有别的办法,既然罗海把我的情况跟侯忠孝说了,如今我已身在悬崖,如果不按照侯忠孝的办法去做,我知道后果。他一定会把罗海交给日本人,日本人会很快将我抓起来……这只是我的想象,我不断告诫自己,还没到这一步,一是罗海说在山上见过我,这只是他的一面之词,二是我鹦鹉的身份还没彻底暴露。现在我手里还抓着侯忠孝的把柄,大不了我跟他鱼死网破,我相信他暂时不会对我怎么样。

但他逼我害死老方,这件事一刻也不能等了。

怎么办?我脑子在设想着各种对付侯忠孝的办法。

事实上,在审讯完老方后,武师长和崔板头已经秘密将老方转移了地方,他们这样做就是担心侯忠孝会下手。那个地方我去过多次,很隐秘,是在一座破败的召庙里。门口的看守全换了穿着喇嘛服饰的人,但我一眼就能看出来,这些喇嘛全是假的,他们是特务们伪装的。这样的环境要想进去杀老方,难度非常大而且还容易暴露。如果我暴露了，今后得不到武师长和崔板头的信任是小，完成不了陈娥交给我的任务是大。

我想来想去，要想进去杀老方，最好的办法，就是下毒。

毒药是现成的，是我上次准备毒死赵二根时预备好的。只有下毒，才会不留任何痕迹。

我再次站到老方面前，说实话，我觉得眼前的老方也是一个可怜人，他不过是中统的一粒棋子而已。

我把眼前发生的一切如实地告诉了他。我说："有人要杀你。"

老方绝望地看着我："是谁？是不是侯忠孝？"

我没回答他的话，只是告诉他："是谁杀你已经不重要了，重要的是你现在很危险。"我还告诉他："目前也只有我可以帮你逃过这一劫。"

"怎么帮我？"老方眼神里流露着求生的渴望。

"只要你把那份绝密文件告诉我，我会保住你的命。"

老方怔怔地看着我，过了一会儿，他说："我横竖都是个死，我相信你这个人，可以把文件给你，这个文件我确实是从赵二根相好那里得到的……"

晚上我故意把崔板头叫出去喝酒，以营造老方死时我并不在场的证据。

崔板头一见我，满满敬了一大杯的酒，喝完以后，他拍着我的肩膀说："这次审讯太好了，一定能让侯忠孝原形毕露。"接着他又说："你不知道老子在牢里受刑的时候，脑子里想着，迟早有一天老子非得把姓侯的整垮，所以什么刑法对老子来说一点儿不起作用，老子身上感觉不到一点儿疼。"崔板头一副踌躇满志的样子。

说心里话，这次我有点对不住崔板头，如果不是侯忠孝用罗海要挟我的话，我也绝对干不出这么下三滥的事情。人在江湖走，保命就是最当紧的事情。

我和崔板头左一杯右一杯地喝，崔板头人爽快，很多事情都替我抱打不平，加之我和武师长的这层关系，他一直把我当兄弟看。

喝到快十点的时候，我俩都有点醉了。

突然有人喊报告，一个特务跑了进来，趴在崔板头的耳边低语了几句。

崔板头一下子酒就醒了，他霍地站了起来，然后把酒杯狠狠地摔在地上。

"他妈的，居然会发生这样的事——"

我赶紧问崔板头："发生了什么？"

崔板头愣怔了一会儿，才慢慢说："老方被人毒死了。"

我和崔板头进了老方房间，只见老方面色黑青地躺在一块木板上，让人感到可怕的是，老方的脸被自己挖得血肉模糊，半截舌头吐在外面，像截乌黑的木炭……

崔板头问："怎么会这样？"

军医说："这是剧毒，发作之后，他会全身奇痒，仿佛有上百条虫子在撕咬他的神经，他不断地挖挠自己，才变成现在这个样子。"

崔板头说："你他妈的，说明白点，是什么毒，这么厉害？"

军医说："这种毒品很先进，现在还尚未查明……"

崔板头不信，就把当差的特务叫了进来，他大叫着："这到底是怎么回事？"看牢房的特务吓坏了，舌头颤抖地说了经过，老方是在吃完晚饭时突然呕吐，然后人就倒在地上抽搐，他确实先用手挖破了自己的脸，没过多久就咽了气。

这个特务话还没说完，就被崔板头一脚踹倒在地上，他从腰里拔枪，我上前一把按住了他的手，劝解道："一切还在调查中，崔队长没必要动这么大的肝火。"

崔板头的火气还在，他把头上的帽子狠狠摔在地上，大吼着："妈的，给我查，查送米送菜的，查做饭的，总之跟这件事有关的人，都给老子查！老子不信了，这一个大活人就这么无缘无故地死了？一定有内鬼，给老子查，查出老子亲手毙了他。"

崔板头的声音几乎要震破屋顶，牢房里的特务一个个都被吓傻了。

自从我和陈娥见过面后，我仿佛一下子从黑暗中挣脱出来，以前所有困惑，如今都有了明晰的答案：我的任务就是找到文件。这是陈娥，不，是组织交给我的任务。

按照老方的话，在清泉街他姐姐家的屋顶仰层里，我找到了那份文件，文件用牛皮纸包裹着，我终于找到了这份秘密文件。当天我就将文件交给了陈娥，她激动地看着文件说："真没想到，你这么快就得到了文件，这个太好了，上面全是日文，我连夜就会把它交给上级组织进行翻译。"

我说："这全是侯忠孝逼的，如果他不杀老方，老方还不会这么轻易把文件交出来。"

陈娥说："那个老方呢？要怎么妥善处理他？"

我就把我想出的移花接木的办法告诉了陈娥，先把老方秘密转移，然后在牢里找了一个死刑犯将他毒死，这个人跟老方长得相似，现在五官都破损了，他们很难辨别出他不是老方。

陈娥担心起我的处境，她说："这次因为罗海的叛变，你的处境会很危险。"

我不假思索地说："我已经习惯了这样的生活。"

陈娥说："你的任务已经完成，你现在可以随时撤走了。"

我说："我能成功在特务科潜伏下来，组织上花了很多心血，我想日本人还有很多情报我们没有掌握，还有那个叛逃的罗海，我还没抓住，我想继续潜伏下来……"

"你不撤走，日本人迟早会查到你就是鹦鹉。"

"我脑子里有他们需要的地图，就是查到我，他们也不会对我怎么样的。"

陈娥拉了下我的手，含着泪看着我，她的手越攥越紧，我能感觉到她似乎想阻拦我，她颤抖的嘴唇，最后只说出了几个字："这个我的预感……总之你要多保重啊……"

老方被毒死后，侯忠孝见过我一面，见我的时候，他同样把处死罗海的照片给我看了，那照片上黑乎乎的，有一个人五花大绑着被枪打死，身下一摊血迹。照片上的人看着像是黑影，但是我没见过罗海的真实面容，很难断定就是罗海。我把照片还给了侯忠孝，他看了我一眼说："怎么不相信我？"

我笑了一下，没再说话。

怎么说呢，我和侯忠孝的关系通过这件事变得微妙起来，以前他是我的上级，现在呢，我俩心照不宣，井水不犯河水。

十四

年关将至,往年的归绥城此时应格外热闹,集市林立,杀猪宰羊,购买年货者络绎不绝,可如今街道上冷冷清清,挂满了膏药旗,商户早早关门歇业,街道上没有一点儿生气。这几天街上能看见的,是一辆辆载满日本兵的军车呼啸而过,军车上全是荷枪实弹的军人。听特务科的人说,日本在华北打了胜仗,并且下一步要继续西进,攻打包头,不难看出归绥城守卫的日军一下子明显增多了。

我和崔板头有几天没见了,自从老方死后,这家伙好像被霜打了一样,人没一点儿精神,一天到晚不知道躲在哪儿,连人影都见不着。有一天他突然跑到我屋子里,我以为他又要叫我出去喝酒,结果他满脸欣喜地抓住我的手说:"找见了,找见了。"

"找见什么了?"我问他。

"找见那个赵二根了。"

我高兴地从椅子上坐起来,急切地问:"在哪儿?"

"天顺义商号里,"崔板头说,"是我的一个线人发现的。"

"天顺义商号?"我想了一下,看着崔板头,"那可是日本人开设的商号,难道上次他逃出牢房是日本人放的?"

"这还用问吗?"崔板头笑了一下,他说,"没有日本人,他插上翅膀也飞不出那座监狱。"

"你想怎么办?"

"当然是抓住他,所以我才跑来和你商量一下。"

"要智取，"我果断地说，"不能让日本人知道。"

我俩行动前专门找武师长汇报了一下，武师长叮嘱这家天顺义商号后台很硬，表面是商号，实则是在做军火生意，据说他们曾和国军的汤恩伯做过买卖。最后武师长说如果贸然进商号，会打草惊蛇，不如先在外围观察，找机会秘密抓捕赵二根。

于是我俩打算乔装成货郎的模样，崔板头见我从头到脚地认真装扮起来，他在一旁忍不住笑出声。

"怎么了？"

"他妈的，咱们俩怎么穿得像个娘儿们？"

我倒不在乎穿成什么样，脑子里全想着赵二根，如果抓住他，日本人查找鹦鹉的线索就会断掉。

三天过后，天顺义商号里出来一列驼队，从驼夫的装扮看，他们像是要走一趟远道。在众驼夫之中，我一眼看到了赵二根，如今赵二根脸晒得很黑，头戴驼毡帽，身体看上去也比过去魁梧了不少，他沉默地跟在众驼夫之中，手里举着一根驼鞭，很不起眼。我实在想不通，这个家伙怎么会被日本人所救，而且还得到了重用？看来只有抓住他，才能明了。

崔板头看着我："怎么办呀？"

我说："能怎么办，为了抓住他，跟住他们，找机会下手。"

我和崔板头跟着驼队往山上走，刚到山脚，起了大风，天变成了米黄色，风变得紧了，没一会儿，一场沙尘暴从西北刮来，如同一堵巨大的黑墙竖立起来，这堵墙慢慢推移，顿时天地变得一片昏黄。我和崔板头担心这么大风会把我俩刮到天上，于是找到山坳里的一块大石下，我俩快速钻了进去。

这场沙暴刮得很猛，风声呼啸，刮得地动山摇，风里有杀猪时的嚎叫声。这场沙暴足足刮了三个时辰，等风过后，天气渐晴，我俩这才从山坳里像个土人一样爬出来。

我的嘴里眼睛里耳朵里全是土，就连唾沫里也是土腥味，崔板头一边拍着身上的浮土，一边对我说："听说当地老乡对隆冬时节刮沙暴有句老话，你说叫什么？叫见龙头。"

"见龙头？嘿嘿，那一定还有见龙尾吧？"我开着玩笑说。

"当然有，只不过叫摆龙尾，十天之后，也就是大雪那天，会有场更大的沙暴，那就叫摆龙尾。"

我无心跟他探讨龙头龙尾的事，就催促着崔板头快些上山。我俩跟着驼队整整走了一天，到黄昏时分，终于进入了大青山的腹地，前面的山势变得有些奇峻，层峦叠嶂，已经没有路了。我俩只能顺着山羊踩踏出来的小道，一脚深一脚浅地走着，就在这时，突然一声枪响。子弹仿佛紧贴着我的头皮飞过去，这一声把我吓坏了。

紧接着又传来一声枪响。

我俩不知道子弹是从哪个方向飞来，枪手在哪儿？我和崔板头赶紧趴在地上，四下观察着，远处树林里传来了声响，不一会儿出现了三四十个黑影，从他们的穿着看像是土匪。这些人举着长短不一的枪，高声叫喊着从树林里冲了出来，我和崔板头开始以为这些人是冲着我俩而来的。

"这些土匪是不是发现了咱们，怎么办？"崔板头紧张地问。

我观察了一下，后来发现不是，我俩的位置很隐蔽，他们根本就发现不了，看来他们的目的一定是打劫天顺义商号。

我猜得没错，土匪们并没有注意到山岭里的我和崔板头，而是直接朝着天顺义商号的驼队而去。让我们没想到的是，天顺义商号的人并没显得有多慌张，他们从骆驼上取下枪支，从面对土匪的态度看上去，他们一点儿不像商人，简直就是训练有素的军人。

双方很快就交上火，山林里冲下来的土匪没打几枪，就死了四五个人，土匪慌了，再打下去人都会死光，于是林子里传来一阵铜锣声，这些人很快钻回林子，人影不见了。

天顺义的人并没有去追，而是查看着地上那几具尸体。这时不远处有一个镜片样的东西，在我左前方闪了一下，我仔细一看，原来是一个掌柜模样的人正举着望远镜在观察，他看到了我和崔板头，随即大喊了一声："那里还有人。"

这一声把我和崔板头吓坏了，我对崔板头说："赶紧跑。"我俩连滚带爬地往山坡跑。

身后又响起了枪声。

现在只有进了树林里，有树枝的掩护，才会安全一些。崔板头边跑边骂道："他妈的，没让土匪发现，竟让这帮人发现了。"前面的那片树林是一片原始白桦林，就在快进树林的时候，一颗子弹打中了我的胳膊，我先是感觉一热，然后钻心地疼，疼得浑身颤抖，我靠在一棵树后，朝着追在前面的一个人开了枪。

那个人应声倒地。

追赶的人惊慌地喊叫着："他身上有枪。"

那些人不敢再追下去，伏在不远的草丛里张望着。

崔板头帮着我看了伤口，他说："还好，子弹没有伤及骨头，就擦破了皮。"说着，他用水壶里的水清洗了我的伤口，又担心我失血过多，身上没力气，他就扯烂衣服，用布条勒紧了伤口处。

"感觉怎么样？"

"应该没问题。"

树林里光线很暗，这片林子里的树估计有上百年树龄，树冠相互交叠，抬头看不到天空，现在看来暂时安全，我知道那些人就在不远的地方等待时机，我俩得赶紧离开这里。想到这儿，我往树林更茂密的地方走。

没一会儿，我身后又传来了噼噼啪啪的枪声。

"他们跑了,快抓呀。"

"在那儿,在那儿……"

身后不断有人高喊着。

我开始觉得有点惊慌,后来听着身后的声音渐渐地远了,知道那些人不过是在为自己壮胆,他们根本不知道我俩躲在什么位置。出了树林,我有点傻了,前面一片平坦之地,这是过去的一条通往后山的官道,因为两边山石如同狼牙一般,又称狼牙道。

身后人喊叫的声音陡然增多,听声音,他们不是三四个人,而是三四十个人。

如果我俩贸然上了狼牙道,没有遮蔽,肯定成了他们案板上的肉。

"怎么办?"我看着崔板头。

崔板头也一脸焦急:"要么咱们跟他们拼了?"

我想了想,确实没有更好的办法,只有奋力一搏。

就在我俩准备跟他们硬拼时,谁也没想到,呼啦一下从山石后面出现了三四十号人,他们举着枪对准了我们。走在前面的人,看样子三十多岁,留着小胡子,刚才就是他举着望远镜发现了我俩。他举起手,示意手下不要开枪。

我和崔板头不敢跟他们顶撞,只好举起双手。

那个小胡子举着枪对准了我:"鬼鬼祟祟的,一看你就不像好人,说干什么的?不说,老子崩了你。"

我举着手说:"大爷大爷,我不动,我是个赶道的,刚才以为遇到土匪吓坏了,你们救救我吧。"

"赶道的?"小胡子走到我近前,看样子一点儿不相信我的话,他一只手在我身上胡乱地摸着,摸着摸着,手就不动了,他摸到了我腰里的一把手枪。

"妈的,什么赶道的,赶道的咋会有手枪?"

我还没来得及回应，头上被狠狠地打了一下，这一下打得很重，我感到一阵生疼，我咧了下嘴，急忙说："大爷，那枪是我俩路上防身的。"

小胡子大喝一声："来人，把他俩捆上。"

我和崔板头被五花大绑地捆住了，这帮人用两根粗麻绳和一个木棍把我俩捆了起来，像吊着两头待宰的猪。

我和崔板头手脚被捆住，嘴里填了一团驼毛，人讲不出话，就不再挣扎了。

我观察了一下，好在赵二根一直没有出现，我估计他就是在跟前，也很难认出我俩来，此时我俩脸上全是灰土，衣服也被树枝刮破，根本不像特务科的两个王牌人物。

跟着这些人走了十多里地，前面有一个大院，这个大院落以前是山里大地主的，兵荒马乱的，大地主带着一家老小逃到了西北的河套地区，现在这个空旷院落成了山里行脚们夜宿的地方。大院里正房是五间大瓦房，门口高挂着两盏灯笼，门楣上有剥落的"福禄寿喜"等字样，看得出当年这户人家的显贵。

驼队安顿下来，小胡子让人把我和崔板头带上来，我俩嘴里堵着驼毛，憋得气都喘不过来，不断地朝他点头，他示意手下把我俩嘴里的驼毛揪出来，然后问道："你俩到底是什么人？"

"你们到底是什么人？"崔板头不满地问道。

一个伙计模样的人，上去给了崔板头一个耳光。

我赶紧说："我俩是后山做小买卖的，前天从归绥城交了货，准备回去，结果在山上遇到了你们，以为是遇到土匪，担心身上的钱被抢……"

"会这么巧？"

"真的这么巧呀。"我委屈地说道，"这兵荒马乱的，遇到土匪，我俩还能有个活命？"

那小胡子沉默了一下，他说："我是天顺义商号的掌柜，我姓郎，你们先委屈一下，明天早晨交了货，再放你们走。"

我想跟郎掌柜解释一下，没等我把话说出来，两个伙计又在我俩嘴里填了驼毛，我嘴嘟囔着发不出声音，就摆动着身体，两个伙计边推边骂："老实点。"我俩被推搡着，关到了院子后面的一个柴房，门从外面锁上了。崔板头费了半天的劲才把嘴里的驼毛吐出来，他大口喘着气，缓了一会儿，又将我嘴里的驼毛揪出。

崔板头对我说："那个姓郎的怎么这么面熟？"

我气喘吁吁地在一块石头上磨着捆手腕的绳子。我问他："你见过他？"

崔板头皱着眉头，一副苦思冥想的样子，可想来想去还是什么都没想起来。

我说："我觉得这倒是个机会，咱俩等夜深了，就出去找赵二根。"

我俩将绳子磨断，正准备商量着怎么出去，门外传来说话的声音。我伏在门缝前，外面日头西斜，光线红通通的，仿佛着了一场大火，一个个子不高的人站在院子中央，他的衣领竖着，帽子压得很低，正好背对着我们。我看着看着眼睛发亮，嘴像中风一样。

崔板头问我："怎么了？"

我哆嗦地说："这人背影怎么这么眼熟？"

崔板头不信，头探了过来，看了半天也没认出来，此时他站在院子里，抬头看着夕阳，外面的人在光线的照耀下，像披着一层神秘的红纱。

没一会儿，我俩看见郎掌柜跑了过来，毕恭毕敬地站在那人的身边，让我俩没想到的是，郎掌柜竟然用日语在交流，两个人说话声音很低，我在达尔罕学过日语，大概听懂他们在说什么。郎掌柜叫这个人蔡老板，两个人说话声时高时低，过了一会儿，蔡老板说："这样吧，让赵二根跟着你们的驼队，这样会方便一些。"说了一会儿，两个人就回了屋子。

"看来这个郎掌柜根本不是天顺义的掌柜，他是日本人。"

与此同时崔板头想起什么，他低声对我说："我想起这个姓郎的老板，他是黑石联队中队长木村一郎。"

"那现在该怎么办？"崔板头问我。

"等。"我说。

外面天色完全黑了，虽然屋子掌了灯，可院子里仍是黑漆漆静悄悄的，如同鬼宅。我和崔板头在黑暗中一直躲藏着，等待着机会，后来崔板头实在憋不住了，他说，还得搞到铁家伙，这样心里才踏实。说完，他朝着院子看守的伙计高喊要上茅房，喊了几声，外面果然有了人，边走边骂道："喊什么喊，跟闹鬼似的。"

说完后，有人打开了门，这个伙计做梦也没想到，里面的人会在他头上来一棍子，顿时那伙计瘫软下去，得了他的手枪，我俩心里有了些底。

外面仍是静谧无声。

我和崔板头一直守着，守的过程中，崔板头好几次头靠着门板睡着了，我不能睡，睁大眼睛看着外面的一切。终于快到后半夜时，一个瘦弱模样的人出了屋，他一出来，我一眼认出了他就是赵二根，看样子他还睡得迷迷糊糊，因为一泡尿，他不得不起身出来。

我和崔板头悄悄地靠近他，就在他刚刚解开裤带时，我用枪抵住他的头，崔板头将驼毛塞进赵二根的嘴里，我俩夹着赵二根进了柴房。

赵二根一脸惊恐，他不知道眼前的两个人是谁。

我朝他踢了一脚说:"你以为你很能跑吗?"

赵二根因为嘴里有驼毛,嘴里呜呜的。

过了一会儿,赵二根似乎辨别出来我们是特务科的,他瞬间松弛下来,一副死猪不怕开水烫的模样,他认为只要时间拖得越长,对我俩越不利。崔板头按捺不住火气,他从柴房找了一根尖利的树枝,狠狠地扎在赵二根的脚面上,顿时血流不止,赵二根因为嘴里有东西,只能发出呜的一声,人几乎晕倒。

崔板头又找了一根树枝,准备扎他的第二只脚,赵二根头摇得剧烈。

我拔出他嘴里的驼毛:"告诉我,你是怎么跑的?"

赵二根痛苦地捂着脚面,他说:"别扎了,我全说——"

赵二根说,有一天他在牢房里,一个叫蔡老板的人找到了他,称是本田麻二让他来的。原来赵二根偷了日本特使的包后,给了他的姘头,当她发现包里的本田麻二的名片,就给本田麻二打了电话,以为能敲诈一笔钱。这电话一打,她不仅没得到钱,反而送了命,包里的文件也跟着不翼而飞。在牢里,蔡老板给了赵二根一大笔钱,并且答应保证他的安全,让他把特务科里有关鹦鹉的事,详细地告诉他。后来赵二根被人秘密转移到了美人桥的窑子里,那是天顺义的秘密据点,就在前两天,那个自称蔡老板的人又来了,问他愿不愿去趟西北。赵二根不假思索地说,只要能活命,去哪儿都行。

我想起了在美人桥宋德利遇到日本人的事,一下明白了一切。

"那个蔡老板是谁?"崔板头问道。

"他每次见我时,头上披着披风,戴着墨镜,根本看不清他的长相。"赵二根也不隐瞒,他说,"我和鹦鹉是上下级,但没见过面,都是通过信件来往,后来我被抓后,把信件给了日本人。"

"信件?"我想起了什么。

赵二根继续交代着，日本特使把地图吞咽到肚子里后，按道理世上已经不可能再有地图了，没想到这时，中共工委罗海叛变了，他手上也有一张地图，前一阵子他把地图给了本田麻二，于是日本人的天顺义商队准备按照地图，前往西北进行一次勘测。

我问赵二根："那罗海呢？"

赵二根说："很长时间没见到他了，这次行动日本人也在找他。"

我正在琢磨着罗海是不是真被侯忠孝处决了，就在这时，外面传来一阵车马嘶鸣之声。随后枪声大作，如同清脆的炮仗。

我和崔板头不敢作声，伏在门缝处张望，院子里此时挂着灯笼，有了灯火，整个院子被照得通亮，犹如一场堂会正要上演。我正在端详，又传来一枪，站在蔡老板身边的一个提灯笼的人身子猛烈地摇晃了一下，一头栽倒在地上，没一会儿地上一大片血迹。

蔡老板站着没动，几个伙计呼啦一下站在蔡老板身边，紧张地看着院外，一个伙计慌慌张张地跑了进来，到蔡老板面前说："不好了，山上义和堂的土匪下山抢劫啦。"

伙计话音未落，一颗子弹打进了他的胸口，他应声倒在地上。院子里的人慌乱起来，他们根本不知道土匪从哪个地方钻了进来，还好蔡老板反应快，他意识到敌在暗处我在明，自然成了敌人的靶子。他大叫着："灭了灯火，灭了灯火。"

院子里高悬的灯笼和手里的火把都被扑灭了，整个院落顿时陷入了一片黑暗，刚才的光亮仿佛不过是个幻境。院子里的人惊慌起来，黑暗中他们一片叽叽喳喳的日语声，真没想到整个驼队都是日本人。

木村一郎大叫着不要慌不要慌，可他的喊声已经无济于事，底下人们的叫喊和混乱的枪声，让他的声音显得有气无力。

就在我全神贯注地看着外面时，崔板头一转身发现赵二根跑了。

我也被吓了一跳，刚才我俩的注意力全在外面，没想到赵二根会趁机跑了，我看见草房的一扇窗户大开着，如果让他跑掉，我和崔板头的行踪立即会暴露，我赶紧说："追，他脚上有伤跑不了多远。"

果真，在窗子外面，赵二根正艰难地往前匍匐着，他发现我和崔板头后，加快了爬行的速度，就在他准备爬上窗户，正要抬起身子高喊时，我给了他一枪。

崔板头走过去看了一下，又回到我跟前说："人已经死了。"

外面枪声大作，我俩的枪声并没有引起天顺义日本人的注意，没过一会儿，枪声止住了，天顺义的灯笼再次点亮。我和崔板头躲进柴房继续观察着外面，看见院子里站着一伙人，正用枪对准地上一个受伤的人，当我看清那人的长相后，差一点儿叫出声来。

这不是义和堂的少东家刘魁吗？怎么被日本人抓住了？

木村一郎恶狠狠地问："你们是什么人？"

刘魁没说话，他咬着牙，一条腿在流血。

木村一郎仍在大叫着："八嘎，我是日本宪兵队，你们敢抢皇军的物资。"

刘魁蔑视地看了一眼木村一郎，说："狗日的，你他妈的是个日本人，老子原以为你们是跑驼道的，还想放你一条生路，要早知道狗日的都是日本人，早就崩了你。"

木村一郎掏出枪，蔡老板拦住了他："你别激动，我再问问他。"

蔡老板走到刘魁的面前："我问你的话，你如实回答，我就放了你。"

刘魁朝着地上啐了一口。

"你告诉我，你是怎么知道我们在这里的？"

刘魁愣了一下，他说："老子是土匪，有钱就劫，管你们是什么人？"

蔡老板并没有生气："你只管告诉我，我不杀你。"

"我不知道。"

"你不知道，你为什么要深夜来抢我们？"

"你他妈的想知道吗？好，老子告诉你。"刘魁大笑着说，"你们跑这趟驼道为什么，不就是为一样东西吗？"

蔡老板愣了一下："什么东西？"

"黑蜘蛛。" 刘魁说。

我和崔板头连夜逃出那座鬼宅一样的大院。

天空露了白，整个山谷湿冷的雾气很重，干枯的树枝挂满晶莹的冰条。我和崔板头走到一个山坡上，日头已上半空，山间雾气渐退，崔板头似乎走不动了，躺在一块青石板上解开衣口，大口喘着气，缓了一会儿。

此时太阳渐升中天，在温暖的光线中，我一夜未睡，当我眼皮一合，没一会儿就睡着了。我梦见自己穿着军服，站在荣主任的面前，荣主任在和一个人说话，那个人的脸庞看不清楚，他说话的声音很慢，一边说着，一边指着一个黑铁皮箱子。他们说话的内容，我一句都没听清，只见他的嘴在动，荣主任点着头，突然荣主任激动地问，真的吗？里面装着黑蜘蛛？这一句我听得很真切。

黑蜘蛛？我正疑惑着，那个人打开了箱子，很快又合上，就这么一眨眼的工夫，那个人呻吟起来，样子看上去很痛苦，转眼间那人已经变了副模样，浑身起了金黄色的脓包，因为痒痛，很多脓包被他抓破，黄黄的脓水流了一大片。这个人得了什么病？荣主任也愣在那里，他呆呆地看着那个黑铁皮箱子，一定是箱子里的黑蜘蛛有问题，不然的话，好端端的人怎么会变成这个样子？只见荣主任扯下衣服，包裹住口鼻，到了那个人跟前，他躺在地上抽搐不止，两个眼睛凸出了眼眶，像两颗红枣镶嵌在眼眶之上，荣主任也跟着打开了黑铁皮箱子，随即浑身脓血，痛苦地呻吟着……

这个时候我醒来，额头出了不少的汗，睁开眼，耳边仍有呻吟声，崔板头说："你他妈的怎么了，又做噩梦了？我听见你大喊大叫的，差点儿吓死我。"

我擦了下额头的汗。

崔板头抱怨道："这他妈的是什么任务！明明是找赵二根，这找来找去，差一点儿把命搭进去。"

"这赵二根是个线索，现在人死了，就等于线索断了。"我盘腿坐在地上，面无表情地看着远处，脑子里还在想着那个神秘的蔡老板。

崔板头还在骂道："老子就想不通，什么破地图！竟然把这么多日本人卷进来了，这次不是咱们俩腿脚快，真的会被他们抓住！我跟你说话呢，你没听见呀？"我还是没说话，人像傻了一样。

崔板头凑到了我身边，关切地问："你没事吧？"

我一下子缓过神来："老崔，你觉得奇怪不？你看啊，他们在这里聚集了这么多人，准备了这么多的骆驼和物资，估计是在为野罂粟计划做准备，刘魁说得没错，看来他们手上已经有了地图，派驼队出发，就是准备按照地图找到黑蜘蛛的具体位置。"

崔板头点点头，他说："看来咱们是来对了，查清了现在地图就在蔡老板手上……不是那个叫刘什么的土匪过来搅和，说不定咱们也能得到地图。"说完，崔板头站起身来，活动着腰身。

我正要跟他商量，下一步用不用跟上驼队，看看他们到底要干什么，远处的树林里闪过几个黑影，我急忙对崔板头说："小心有人。"

我话音刚落，要命的枪响已经传过来。

我和崔板头赶紧趴在地上，对面看上去像是天顺义的人，枪法准确，行动有素，估计他们已经发现了赵二根的尸体，顺着路找到了我俩。我把手里的枪递给崔板头，我说："咱俩一起跑的话目标太大，这样，咱俩一个朝西一个朝东，分散他们的注意力。"

"兄弟保重啊。"崔板头看了我一眼。

"咱俩命大死不了。"

此时光线西斜，正好是逆光，是个逃跑的好机会，我快速地离开这里，钻进树林。

没跑多久，我觉得身后有一个黑影，就在离我不到一百米的地方，他像个麋鹿一样，不停地在树林间跳来跳去，地上的树叶松软，又滑又黏，我不能走得太快，同时又担心这松软的地上可能有猎人设下的陷阱或是什么机关……身后黑影瞬间不见了，我四下环顾着，树林里静悄悄的，偶尔传来一只喜鹊的叫声，什么都没有。

我正要转身走出这片树林，身后又传来动静，原来那黑影一直在树上查看我的行踪。

我不敢放慢脚步，如果我被他抓住的话，不仅暴露了我特务科的身份，还完成不了组织交给我的任务，于是我疯狂地跑，耳边只有猛烈的风声。

没跑多远，我发现自己跑错了方向，前面竟然是个陡峭的悬崖。身后的黑影离我越来越近，通过这个黑影的动作和体形，我断定这个人就是木村一郎。

我有一个大胆的决定：跳下悬崖。不管是死是活，我觉得自己都要这么做。

一阵阴冷的风从山崖下吹了过来，我打了一个寒战。不能再犹豫了，往下跳，或许还有一线机会，于是我猛地登上石头，纵身跳了下去，耳边只有呼呼的风声和几声枝丫断裂的声响，然后我什么都不知道了。

十五

三天后,我醒来发现自己躺在厚和医院里。

我动了下身子,浑身疼痛难忍,只能心平气和地这么躺着。我回忆了自己是怎么来到这里,还好,我记起来了,是从悬崖下跳下去,后来什么都不知道了。

脑子里昏昏沉沉的。没一会儿我又睡着了,我梦见一个中等个子的男人坐在我的面前,他的模样恍惚,表情很温暖,他给我倒了一杯水,声音缓慢但有力:"这次我们派你去归绥城执行一项任务,你到归绥城后,继续按照你和荣主任的关系,在武师长的部队扎下根,伺机找到野罂粟计划……"

就在这时我醒了,隐隐约约地听见一个女人问:"他的情况怎么样?"

另一个女人说:"好多了,早晨的时候,他醒过一次。"

我再次睁开眼,看见大夫正在跟另一个女人说话,这个大夫我一眼就认出来,是惠子。惠子发现我醒来了,快步走到我跟前,抓住了我的手,眼睛里闪着激动的光芒,她说:"你终于醒了。你知道吗?你刚送来时,就剩下一口气了,差点儿吓死我。"

我问自己是怎么到的医院,惠子讲了经过。原来我从山上跳下去,被一棵松树接住了,尽管这样,我浑身还是被树枝刮得全是口子,一个放羊的老汉发现了我,回村里告诉了保长,保长他们在我身上发现了证件,立刻报告驻守的日伪军队,于是我就这样被送到了医院。

"你去山里干吗去了,还从悬崖上掉下来?"惠子仍关切地问着。

"去打猎,没想到遇到狼群。"我想起了崔板头,急切地问惠子,"还有一个人呢?"

"只有你,没有别人。"

惠子见我很激动,她让我好好休息,不要胡思乱想。

我又睡着了。我梦见那个中等个子的人,他抓住我的手说,中午,我请你喝酒,喝完酒你再上路……山上条件困难,加上日本人封锁,没有像样的菜,只有大烩菜和腌芋头。我俩每人倒了满满一缸子,中等个子举起缸子,对我说,来,祝你这次能光荣完成任务。我说放心吧,我一定完成任务。说完,我喝了一大口,热乎乎的酒顺着我嗓子眼儿下去,身子一下子沸腾起来。中等个子也喝了一大口,他说,这次任务你一定要小心,敌人很狡猾,所以你要处处小心,时时留意。我说我已经做好了牺牲的准备。中等个子皱着眉说,你现在是地下工作者,你的口气听上去,好像是我们让你去送死,我的意思是说,你要多动动脑筋,记住没?我还要张嘴说什么,中等个子有点恼了,他说了句脏话,你他娘的给我闭嘴,你答应我,一定要活着回来。我看见中等个子真的变脸了,不敢惹他生气,连哄带劝地说,我错了,我一定活着回来,这还不行啊?喝了几口,中等个子不胜酒力,满脸通红,他给我的感觉更像个温暖的大哥。我俩又喝了两杯,中等个子的话有点多了,他拍着我的肩说,我还是要批评你几句。我愣了一下,不明白他的话。他说你身上老毛病还是没改,这会成为你致命的缺点。我怔怔地看他,您说吧,我听着呢。他说你太重感情,这重感情按道理不是坏事,可搞地下工作,这就是致命的缺点,你去了归绥城,一定要克服这一点,心肠要变硬。中等个子确实喝多了,舌头有点大了,他继续说,你到归绥,心要变成狼心变成狗心,就是不能变成人心。

梦还在继续……中等个子跟我讲到自己当年在上海工作的日子。那时他在上海是个情报员，按照情报接头的时间到了接头地点，他压根没想到对方已经叛变。接头地点是个茶楼，当他真正走近时，他察觉到气氛不对，往日茶楼的窗户都是打开的，但那天全是关闭的，往日里茶楼上的伙计跑上跑下，一边吆喝，一边干着手里的活计，可那天茶楼里并没有看见伙计的身影。他还注意到街口有三两个人，虽然在说笑，可目光一刻也没有离开茶馆的大门。于是他终止了接头。当他回来跟上线汇报时，上线告诉他，接头的人已经叛变，你真危险，他们摆下天罗地网就等着你往里钻呢……中等个子说得很动情，仿佛这次去归绥执行任务的人，不是我，而是他自己。临别的时候，他还要坚持送我一程……西天有一大片火烧云，红彤彤的，像群红色的鸟，中等个子的脸也是红彤彤的。他越走越慢，走了一会儿就满头大汗，摘下帽子来回扇汗，后来他实在走不动了，靠在一棵云杉边，和我挥了挥手。他的表情在告诉我，到归绥城要当心。我说，你放心吧。我不是三岁小孩，会照顾自己。这话我没说出口，是心里在说。中等个子用手指指心，意思是让我不要重感情。我用手比划了下脖子，意思是要重感情脑袋就没了……

这个梦做得很长，以至于我醒来的时候，发现天都黑了，窗户外几颗寒星看得清清楚楚，我又把刚才的梦境回忆了一遍，想起来了，梦里那个中等个子的人就是游击队的杨政委，我相信这不是梦，它肯定真实发生过。

我出院后，发生了一件谁也没想到的事，武师长任命我为特务科副科长。

任命后的当天，我把自己关在屋子里喝得烂醉，按道理这个副科长是崔板头的，可他失踪了，我才有机会当上。说起崔板头我的心里就疼，他孩子般的脸仿佛就在我的眼前，我举着酒杯，对着虚幻的崔板头说，你他妈的活该，谁让你命不长，这个位置轮不到你呢……

第二天，我准备将天顺义的一些情况向陈娥汇报。出门的时候，外面下起了小雪，不大，飘飘洒洒，像细小的羊绒，我在路上走得很慢。一想起陈娥，我的心脏就怦怦直跳，怎么说呢，还是显得有点紧张，我好几次问过自己，陈娥和我到底是什么关系？这个问题是个结，应该是个蝴蝶结，能系死，也能轻易打开。如今陈娥已经成为我的上级，个人情感的事，我俩从来不说。

不过有两个片段，还是在我脑海里神奇地恢复了，我想起在归绥师范学校时，第一次遇到陈娥，也是这样灰蒙蒙的天，也是这样无声无息地下着小雨，雨滴落在雨伞上发出砰砰声，听上去更像是我的心跳声，不急不缓，慢慢地走进一个世界，这个世界就是陈娥的世界。那时的陈娥留着齐耳的短发，站在校园里一张公示牌前，正看着一篇文风激进的《告全体同学书》，我看见陈娥举着雨伞的手在轻微地颤抖，雨滴仿佛也在颤抖起来，她不是在看，而是轻轻地读出了声，读着读着，她的声音不知不觉大了起来，充满了力量。

她读完了，我问她，好吗？

陈娥咬着嘴唇，点点头。

我说这是我写的。

也就是那一刻，陈娥转过身，她的眼睛里充满了崇拜的神情，脸色因激动有些微微泛红，但她还是有些不相信，小心翼翼地问道，这真是你写的？

那天在细雨中，我和陈娥并肩走在一起，我俩像两枚待发的琼苞，看着潮湿的世界，对未来充满了希望。一路上我俩尽情地谈着如何救国，如何活出人生的真正价值，等等，这些话题像雨雾中的烟云，飘忽不定……

还有一个片段，是在毕业之前，我举着一张报纸扔给了陈娥，陈娥低头捡起落在地上的报纸，看着看着，脸色苍白起来，我对着她大喊着，你为什么要骗我，你爸原来是个大汉奸……

陈娥流着眼泪说，我没骗你，我爸当维持会会长的事情，我真的不知道呀……

见到陈娥，她脸色一点儿都不好，眼神里多了一些忧虑，我问她怎么了，她说最近这段日子可能休息得不好。我将特务科提拔我当副科长的事告诉了她。陈娥说："这个身份好，更具隐蔽性，对你潜伏有帮助，你不仅要当，还要干出点成绩。"

"我猜想，特务科这次提拔我，可能是武师长对侯忠孝不太放心。"

陈娥点点头："侯忠孝之流，一心想着发国难财，他们今天投靠军统，明天投靠日本人，他们骨子里根本不爱这个国家，只爱钱。"

我被陈娥的话感染了，记忆中那个性格直率的女学生模样再次浮现在我的眼前。

接着，我把自己和崔板头尾随驼队的事情汇报给了陈娥，说到蔡老板时，我遗憾地说，那天如果不是天黑，我一定会看清这个蔡老板的真实面容……陈娥听完以后，她说蔡老板很重要，他就是野罂粟计划的关键人物，看来他是个老狐狸，是狐狸一定还要出来的，不要急，慢慢等机会。陈娥还告诉我，自从罗海叛变，山上的游击队遭到了敌人的围剿，战斗打得很激烈，不过还好，山上传来消息，杨政委已经成功率人突围……

和陈娥汇报完工作，我总想提提上学时的故事，可每次话到嘴边，我都咽了回去。如今的陈娥已经不再是师范的女学生，她是我的上级，在上级面前，不能轻易地流露出儿女情长。

从百花照相馆出来，我感觉一片阳光照在自己头顶之上，亮灿灿的，细想一下，这一切真的不可思议，以前我还是个日伪特务，现在我居然成了游击队归绥城的地下情报人员。以前这个女生是我读书时的恋人，后来我俩天各一方，如今她是我的上级。以前我一直认为自己是个罪人，可自从遇到了陈娥，让我明白自己的真实身份后，我才觉得真正找到了希望和光明。

我站在雪地里深深地吸了口气，仿佛瞬间又回到了激情满怀的少年时代。

崔板头失踪，让武师长恼羞成怒，可这件事毕竟牵扯到日本人，事情不能搞大，他让我带着人秘密查找，活要见人死要见尸。

说实话，崔板头失踪，我内心也很难受，那天我俩只能选择分开跑，不然的话都会被日本人抓住。

我带着人沿着天顺义驼队进山的路，一直进了山里，找到了当初我和崔板头休息的那块青石板，青石板上只有几个弹痕，其他什么都没有。我命人在方圆五里地之内，好好地找，去找的人回来后，一个个都累得瘫倒在地上，他们说，沟沟坎坎都找遍了，就是没找到崔队长。

山里既然找不到，我想到了刘魁，那天义和堂袭击了天顺义，如果崔板头被日本人抓走，一定会和刘魁关在一起。我立刻吩咐人回去打探刘魁的下落。

那天夜里，我们搜山的人到了沟底，见有一个十几户人家的村子，实在走不动了，我对手下的人说，晚上就住这里吧。

村长一看就是个老实巴交的人，见我们腰里别着家伙，立刻让人腾出两间房，手下的住一间，我单独住一间。走了一天的山路，我实在困得不行了，没一会儿就睡着了，睡着后，我还做了一个梦，梦见了杨政委。我俩围坐在一堆柴火前说着话，他的话温暖有力。我的梦到处是红色，天空是红的，山川是红的，河流也是红色，我的身体在这红色的世界之中，像一团燃烧的火焰……

咣当，外面传来瓦片破碎的声响，我觉轻，霍地一下从梦里醒来。

屋里黑乎乎的。

我立刻从枕头下面取出了枪，因为不顺手，枪不小心落在地上的鞋里，我本想低头去摸地上的鞋，可什么也看不见，我只好爬了起来，贴在窗台上，从窗户的一个破窟窿里看着外面，外面接近天亮，深蓝色的晨曦中，我看见院子里闪进来一个人影，让我吃惊的是，这个人影很像一个人，罗海？他手里提着一把手枪，鬼鬼祟祟地张望了一下，朝着屋子的方向走过来。

我下了炕，来不及找枪，光着脚到了外屋门口，摸到大水缸旁的一根扁担，我举起扁担，只要他进屋，我一扁担下去，保证他会吃不消。

外面的人一点儿没察觉屋里已经布置了陷阱，他先是动了两下屋门，屋门并没上闩，晃动了两下，门就开了。那一刻我的心怦怦地直跳，那人抬起手臂，举着枪，进了屋子，就在这时，我狠狠将扁担砸在他的手上，他手一软，枪就掉了。

枪就在我不远处，我正要上前去捡，黑影也扑了上去，我和黑影滚在了一起。黑影的力气很大，他一把抓住了枪，我紧紧抓住他的手，就在这时候，我急了，担心这枪一旦落在黑影的手上，我的命就保不住了，于是我上去狠狠咬住了黑影的无名指，黑影疼得大叫起来，我用尽全身的力气，紧紧咬着就是不松口，我听见他手指上骨头破碎的声音，咯吱咯吱直响。我不知道使了多大力气，最后生生地把黑影的手指咬了下来，黑影大叫着，捂着被咬掉手指的手，疼得满地打滚，手里的枪不知道甩到什么地方。

因为有了响动，另外一个屋的人也醒了，他们点上灯，黑影虽然不想善罢甘休，可他身单力薄，手指又少了一截，于是顺着暗处跑了。

我原来身上就有伤，经过一场搏斗，刚才咬黑影的手指费了不少的力气，我一点儿力气都没有了，等手下的人跑过来扶我的时候，我才从恐惧中解脱过来。

一个小特务说："那家伙跑了。"

我心里想跑了就跑了吧，有人用草纸把那半截指头递给我，我端详了半天，闻了闻，很像是罗海的，他的气息我再熟悉不过了，如果真是他的话，证明他还活着。侯忠孝告诉我罗海已经死了，这个家伙一定是在骗我，现在知道我到山里找人的，一个是武师长，另一个就是侯忠孝。

武师长不可能派人来暗杀我，那么只有侯忠孝知道，他有杀我的理由，因为我知道了他的真实身份。

十六

　　武师长在我的眼里，同样是一个鬼，一个不动声色的鬼。这个人看似意志消沉，其实精明无比，这一点，我是从他眯成缝的小眼睛中读到的，它很隐秘，难以捕捉。

　　我从山上回来，直接进了武师长的屋，原以为他会躺在炕上抽大烟，此刻他正坐在椅子上，一只手支着下巴，像在想什么事。我满眼含泪地把在山上找崔板头的经历从头到尾跟他讲了一遍，我说找遍了，就是找不到崔板头，估计他已经没了，尸体让山中的野狼吃掉了……武师长像中了风一样，面无表情一动不动坐在那里，嘴微张着，两只眼睛直勾勾地看着我，他的样子确实把我吓坏了，我以为他真的中风了。

　　我就问："武师长，您没事吧？"

　　过了好长一会儿，武师长脸色才慢慢地缓过来，卡在嗓子里的声音终于爆发出来，他哭得很用力，眼泪和鼻涕流了一脸，哭了一会儿，情绪才稳定过来，他用块白毛巾擦了擦脸。

　　他瞪着红红的眼睛问我："你告诉我，是谁害死了内弟？"

　　我摇了摇头，没说话。

　　"你不说，老子也知道。"武师长不再像刚才那么愤怒了，他长长叹了口气，"看来呀，这一切都是日本人的阴谋。"

　　从师部出来，天色有些发暗，风吹拂过来，天上乌黑的云朵从西北压了过来，像是要下雪。我身上有点冷，才想起来一天了，我没吃一口东西。这么一想，我肚子饿得实在难受，咕咕乱叫，想起在特务科不远的地方，有一家馄饨摊儿。我忍着寒冷，走过去一看，馄饨摊还开着，老板正在一盏油灯下忙碌着，他身边有一个铁桶，里面点着木柴，我走过去烤了下火，要了碗馄饨。

他家的馄饨确实香，用的是四子王旗的羊肉做的馅儿和上托克托县的辣椒，一碗热气腾腾的馄饨，看上去像肥肥的红鲤鱼在水里游动。吃完后，我舒服极了。就在我准备离开时，看见大榆树下坐着三个可疑的人，毡帽压得很低，挡着脸，其中一个人点着烟，烟头一明一暗。看不见他的脸，但我能感觉到他们阴沉的眼神。风吹着树枝哗啦哗啦地响，三个人就坐在那里，像是在等什么。我有点慌张，这三个人大半夜坐在那儿是干什么的？他们什么时候出现在那里的？我为什么早没发现他们？我想起以前特务科被杀的那个人，也是这样的夜晚，只身在外被人暗杀的。

我身上渗出一层冷汗，摸了下腰，坏了，今天出来，身上忘带枪，没了枪，我怎么和这三人周旋？看来只有跑了，可往哪儿跑呀？从这里到师部来回一里地，在这短短的一里地中，那三个人随时可能把我打死。

不行，不能动，我一动，那三个人就会掏枪。我故意放轻松，点着根烟，烤着火，跟馄饨摊老板说闲话，我故意把声调放得很大很愉快，边说笑边察看着周围的环境，离我不远的地方，有一条河，说是河，其实就是臭水沟，河边有一排红柳，那里是个藏身之处。

我严肃地对老板说："把你的菜刀给我。"

老板愣了一下，但很快明白了，立刻把菜刀递给了我。

开始我没接，我注意到那三个人正抬起头，看着我，目光冷冷的。他们把手都伸进了怀里，如果没猜错的话，他们在怀里都握着一把枪。

我猛地站起来，拿起菜刀往臭水沟边跑去。这个动作太突然了，那三个人一点儿没想到，愣了一下才反应过来，立刻追了上来。

其中一个开了枪，响亮的枪声在夜晚格外清晰。

我听见其中一个人用日语怒斥着开枪的人。

开枪的立刻说了一声"哈伊"。

这个时候我才明白，这些人不是中国人而是日本人，日本人为什么会追杀我？我一时间理不出头绪，我的腿上中了枪，低头查看了一下，好在只擦破了点皮，没伤到骨头，我一瘸一拐地爬到柳树后面，菜刀已经丢在一丈之外的河边，我的腿上瞬间湿乎乎的，血已经浸湿了裤子，钻心的疼痛让我没有力气再去捡菜刀。

三个黑影一点点地在接近我。

兴许是枪声的原因，不远处特务科传来集合的哨声，三个黑影没有一点儿放弃的意思，还在往前走着，我闭上眼睛，数着他们的步点，隐隐约约地感到这次是在劫难逃了。

也就在这时，又传来三声枪响，我的心一紧，但很快意识到子弹打向的不是我，而是那三个黑影，我悄悄地探出头，看见地上已经躺着三具尸体，一个人走到了我的面前。

他问："你没事吧？"

这个人的声音我很熟悉，可一时半会儿又想不起来是谁，河边光线很暗，那个人搀扶着我到了馄饨摊，这个过程我大口喘着粗气，身体在打摆子，借着灯火，那人看了看我腿上的伤势。

"你受伤了？"

我点点头。

我抬起头，借着远处的灯光，才看清面前这个人，我一下子惊喜地叫出了声："崔板头！"

当我醒来时，才知道是特务科的人把我背到了厚和医院。

我问特务科的人："救我的人哪儿去了？"

特务科的人一脸茫然，等他们赶到的时候，发现那里只有我一个人和三具尸体。

我对他们说："你们回去吧，这里是安全的。"

等特务科的人走了以后，我陷入了沉思，这是怎么回事？我一点儿也想不通，自己为什么成了日本人暗杀的对象？能暗杀我的人有谁呢？我闭上眼，黑暗中一个个面孔逐渐清晰起来，侯忠孝，还是本田麻二？是不是跟他们的野罂粟计划有关系？

就在我正胡思乱想的时候，惠子来了。她知道我受伤的消息时，人还在家，她没有多想，第一时间急匆匆地赶到医院，她进了病房，快步走到了我的面前，焦急地说："你吓死我了。"

我嘿嘿地笑了一下："我命大，有菩萨保佑。"

惠子还是不放心，她低头检查了下我的伤口，看到只是表皮伤，她急切的表情才得以缓解。

"你没看清对方三个人什么面貌？"她问。

我说："黑灯瞎火的，什么都看不见，不过，他们暗杀是有针对性的。"

"暗杀？"

我点点头。

"那他们到底是谁？是不是山上的那些土匪？"

我看着惠子急切的样子，不想阻挡她的猜测。

"那还有谁？"

我的话到了嘴边，还是把日本人三个字咽了回去，我叹了口气说："管他是谁呢，想多了伤脑筋。"

惠子的声音一下低了下来，过了好长一段时间，她才说："现在我才明白你那天说的话，归绥城就是个黑暗的地狱。"

我做梦也没想到崔板头还活着，当他微笑地坐在我的面前时，我觉得仍像是在做梦。我挣扎着要起身，一把抓住崔板头，流着泪说："你他妈的吓死我，我真的以为你死了，你知道吗？我带着人漫山遍野地找你，可就是找不到……"

崔板头一点儿不悲伤，反而笑呵呵地说："我这不是一点儿事没有吗？你也别整得跟个娘儿们一样，你他妈再怎么说也是个特务科副科长。"

我说："你回来了，这个副科长你当。"

崔板头咧着嘴笑着说："你他妈的以为特务科是咱俩开的，想谁当谁当？"说完，他把他的经历跟我讲了一遍。

那天崔板头和我分开后，钻进了树林里，他一路跑，后面的人没命地追，后来他想了一个办法，他爬到一棵老柏树上，茂密的枝丫挡住了他，他看见天顺义的十几个人从下面跑了过去。可当他跳下树来，还是被发现了，他们又继续追，疯狂地开枪，子弹就在他头顶上飞，他想这下老子完了，非得死在这里。好在天气突然变了，本来是晴空万里，转瞬泛起黄，日头混沌，隐没在云层之中，山坡上卷起细小的风，他想起那天出现的龙摆尾天象。果然空气里呛人的土气越来越重，他在风沙里已经分辨不出东南西北，那帮追他的人，在风沙里也什么都看不到，他在风沙里摸索了半天，后来不知道怎么到了一座庙前。风沙越刮越厉害，他冲进庙中，关上庙门。他进去后，庙里漆黑一片，正殿上隐约看见一个关老爷的泥塑，因年久失修，上面彩绘早已脱落，面容模糊不清。他正在端详，听见外面急促的脚步声，他观察了一下，庙里能躲藏的地方只有泥塑身后，他赶紧跑了过去，悄悄地蹲在那里。

崔板头说到这里，神情变得严肃起来，他说庙门被人撞开，一个人冲进了庙内，外面紧跟着黄风如浊浪滔天的河水，那人赶紧将门掩好。崔板头顺着泥塑缝隙，看见进来的人头戴礼帽，因为背对他，他一直看不清这个人的长相。他一边咳嗽，一边摘下帽子，拍了拍身上的浮土。

崔板头接着讲，外面的风越刮越猛烈，庙门不时地咣当咣当直响，整个庙似乎都在摇晃，像是要随时倒塌，就在这时，外面有了马铃铛的声响，一会儿庙门传来拍打之声。戴礼帽的人打开门，门外站着一个小个子男人，同样脸上也蒙着一块布子，可能是遮蔽风沙，也可能是担心别人认出他的样子。

那人进了庙，同样也拍了拍身上的土。

接下来是两个人的谈话，戴礼帽的人问，驼队什么时候出发？小个子的人说今晚就走，按照地图上的标志，得走十几天。戴礼帽的人又说，记住这次一定要找到黑蜘蛛。

那个小个子"哈伊"了一声。

在后面偷听的崔板头才明白这是两个日本人。戴礼帽的很有可能就是那个蔡老板，他沉默了一会儿问，昨晚还有两个人，抓到了吗？小个子说他们跑了。蔡老板说，跑了？说完狠狠给了小个子两个耳光，怒吼着，怎么会跑了？你知不知道，这两个人有可能坏了我们的大事。

接着，小个子趴到蔡老板的耳边说了几句，蔡老板说，怎么会是他？

小个子说，现在我们也是猜测，过几天我派几个浪人去会会他，说不定能查出些什么。

蔡老板说不要把事情搞得太大，咱们现在的主要任务就是找到黑蜘蛛，找到了黑蜘蛛，大日本帝国才能统治世界，上次江口教授命丧荒野的事，我一直觉得是个谜，怎么好端端的人全死了？

小个子说，荣主任的回复是他们发现了金矿，开始相互厮杀，无一幸存。

戴礼帽的人哼了一声，他说，这些是骗小孩子的话。

崔板头的讲述中，提到的那个小个子，估计是木村一郎，至于那个神秘的蔡老板现在还猜不出到底是谁。可以肯定的是，我前几天被人袭击，肯定与他们有关，说不定就是他们亲手安排的。崔板头跟我说完后，神秘的蔡老板在我的印象中，就像是天上变幻的云，难以捉摸，难以靠近。

崔板头有点走神，看了我很长时间。

我忍不住问："你总盯着我干什么？"

崔板头说："我在想什么是黑蜘蛛，这个黑蜘蛛怎么对他们诱惑这么大呢？"

"这个黑蜘蛛现在咱们只知道是个代号，只有得到了野罂粟计划后，这个谜底才会揭晓。"

我悄悄地离开医院，这么大的事，我要见到陈娥。

外面起风了，风很刺骨，我把大衣的领子遮住自己的脸，这样防止别人看到我，走了一会儿，我总觉得身后有人，可我站定后，回头看，身后根本没人……到了百花照相馆，我再次把崔板头反馈的情况告诉了陈娥，陈娥说这个消息很重要，她会立刻通知山上游击队想办法阻止驼队，当陈娥听说我前几天遭到暗杀，她关心起我的处境。

我淡定地说："我现在还是安全的，敌人还查不到我。"

"为什么？"

"因为我有樱花勋章这个护身符，一时半会儿还不会暴露。"

陈娥告诉了我一件事，让我出了一身冷汗。

"上次老方提供的文件，经过翻译和甄别，文件是假的。"

"假的？"我狠狠捶了下桌子，"老方在骗我？"

陈娥让我冷静下来，据她的判断，老方在文件上未必做手脚，做手脚的一定是日本人。真正的文件还在日本人的手上，他们故意转移我们的视线，悄悄地进行着野罂粟计划。

"你放心，我一定会找到这个计划的。"

"现在看，天顺义商号就是按照地图找他们需要的矿石。"

"地图不是被日本特使吃进肚子里了吗？"

"这就是敌人的狡猾之处，他们要比我们想象的狡猾一百倍。"

沉默了一会儿，我想起了罗海，问："那个罗海是什么情况？"

陈娥感慨地说："罗海以前是游击队的小分队长，他在游击队里无法无天，有一次借助运动还把杨政委关了几天，后来他不服杨政委管教，来到归绥，自称成立工委，并与以前的交通站取得了联系，以前交通站的站长跟他是老相识，于是放松了警惕，并把鹦鹉的事情告诉了他。组织派刘庆同志过来调查情况，结果却上了罗海的当，让他和侯忠孝共同狙杀叛徒，刘庆意外牺牲了。接下来，罗海没得到交通站的同意，他擅自找到你，好在你失了忆，什么都不知道。这个叛徒，不知道活着还是死了，如果还活着，他就是最大隐患，一定要想办法除掉他。"

"上次侯忠孝说已经铲除了他，我怀疑他根本没死。"

"军统的话，不能信。"

我把在山上过夜时，一个长得很像罗海的人被我咬断手指的事告诉了陈娥。

"这个消息很重要，如果真是他，他残缺的手指就是最好的特征。"

我说："我在医院里布置好了人，只要查到他现身，我一定除掉他。"

后来我对陈娥讲到了义和堂的刘魁，陈娥说："这个人内心是在抗日，又是刘庆的哥哥，你想办法一定要救他。"

那天临别时，陈娥送给我一件毛线坎肩，她的眼睛充满了温暖，她说："这是我亲手织的，你身上伤多，到天冷的时候，就穿上它。"

我接过毛线坎肩，眼睛一下子湿润起来，这么多年，父母离世得早，还没有人这么关心我，我用手抚摸着坎肩，激动得不知道该说什么好。

说到救刘魁，哪儿有那么容易的事，我的人已经查明，刘魁被日本人关在太平街的一所监狱里。这所监狱层层把守，而且专门由日本宪兵队的人看守，这座监狱原是清朝末年英国人修建的天主教堂，非常结实，日本人把教堂的地窖改建成了监狱，关押一些重要的犯人。如果实施营救，即便是进去了，也救不出来。

那天黄昏，我去了这座监狱，远远地观察它，希望在这里能找到一些破解办法。教堂在城西，高高的钟楼是这座教堂的标志，上面盘旋着无数的鸽子，随着钟声响起，白色的鸽子呼啦一下，飞舞在天空之上。

我把想去营救的想法告诉了崔板头。别看他这个人平日里一副醉醺醺的样子，但骨子里民族气节还在，果真，当我跟他说完这些后，崔板头拍着我的肩说："那天晚上，我就觉得这个人是条汉子，我就服气这样的人。"

可说起营救，他也犯起难来，他说："这个监狱跟我待的那个监狱可是两码事。这个监狱，中国人很少能进去，里里外外全是宪兵队的人在看守。"

这些情况，我都知道。

我把想好的办法对他讲了一遍，他听完以后，连连点头："就这么办，这样既不会发生枪战，同时还能顺利地把那个兄弟救出来，日本人查也查不到咱们的头上。"

我说："那只能用义和堂的人。"

我让韩三秘密找到义和堂的人，把营救刘魁的想法跟他们说了，一个叫麻老二的，他是义和堂的副堂主，当即答应要和我们合作救人。我把他约到一个城北的大烟馆里，见了面。

"怎么跑这儿见面？"麻老二一见我就皱着眉说。

"这里安全。"

我把营救的详细计划告诉他，我们想办法把他弄进日本监狱，这一点崔板头就能办到，理由是抓了一个焚烧日本物资的抗日分子。麻老二进去后，能接触到刘魁，然后再想办法把他救出来。

"日本人守卫那么森严，我就是见到他，估计也很难把他带出监狱。"

我笑了一下："这一切我们都替你想好了，要把一根细铁丝缝进你的身体里。"

"啊？"

"这也是没办法，只有这样你才能顺利通过日本人的检查，然后用这根铁丝打开刘魁身上的刑具。"

麻老二听完我们的计划后，拍了拍胸脯说："只要能救出我们大当家，我就是豁出这条命，也乐意。"

后来，刘魁说起这次营救时，他回忆道，那天他正在牢里睡觉，地上的茅草味让他梦见了老家的麦田，他甚至梦见了自己的弟弟在不远处叫他，弟弟的声音遥远又模糊。他侧起耳朵，认真听着，确实在叫他，也就是这个时候，他从梦中醒来。

叫他的人，在隔壁的牢房，他一眼认出是麻老二。

麻老二腿上全是血，他从小腿肚的伤口里取出一根细铁丝，然后一瘸一拐地走到牢房的窗口，把铁丝递给了刘魁，就这样刘魁打开了手上脚上的镣铐。

接下来麻老二把计划告诉了他，一切等到火起，外面就会有人来救他们。

果真临近黄昏，牢房里弥漫起了一股烟火，麻老二用铁丝顺利地打开了牢房的门，他俩相互搀扶着，一瘸一拐地往外跑……

事实上，我早就发现在天主教堂旁边有一个草料场，平日这里饲养着不少马匹，只要草料场大火一起，整个天主教堂肯定会一片混乱。麻老二才有时间下手营救刘魁。

那天傍晚，我让韩三早早地将一辆消防车停在天主教堂附近。临近黄昏的时候，归绥城又刮起了大风，这场大风真是老天开眼，我让义和堂的人赶紧到草料场点火。

火势一起，守卫的日本人便打电话通知警察局出火警，没一会儿，韩三立刻带着消防车出现在监狱门口，一通敲锣声，日本宪兵队见是救火的人，立刻打开门放了进去。他们进去后，直接到了地窖打昏看守，救出刘魁，然后让他们穿上救火的服装，以防被别人辨认出来。

那天计划安排得很周密，到了半夜，韩三等人果真把刘魁救了出来。不幸的是，麻老二和守卫的日本兵搏斗时，胸部被刺了几刀，等韩三赶去时，已经没了性命。

"他们发现你们了吗？"

韩三摇了摇头："他们只顾忙着救火，根本没注意到我们。"

于是，我让韩三秘密把他接到了一个提前安排好的住所。

再次见到刘魁时，刘魁气色非常好，身上的伤已经恢复得差不多了，他看到我第一眼时，眼神里充满了狐疑。

我笑着问："你是不是想不通，我为什么要救你？说实话，我也搞不清为什么要救你，可我救了。"

"你现在还在给日本人卖命？"刘魁看着我问。

"如果卖命，我就不可能救你了。"

刘魁更加意外地看着我，他的眼神里我完全是个陌生人。

"你什么意思？难道你是——"

"不要问了。"说完，我把从他弟弟身上找到的那本日记给了刘魁,刘魁一看字迹确实是他弟弟写的。

"这上面写的什么?"

我告诉他:"这本日记是你弟弟用特殊文字记录的,写着他是怎么参加中国共产党,怎么参加革命,还有他从苏联学会的制造炸药的方法,等等,看来他在临死前,试图用这种方法对付日本人……"

"我弟弟是共产党?"刘魁一边听,一边不断地抬头,将信将疑地看着我。

我把日记本又装了回去,坦诚地告诉他:"你弟弟不是我杀的,是特务科的人干的……那次我受伤后,我查过开枪的位置,我受伤也并不是你弟弟所为,很可能是叛徒干的,可当时我已经昏迷,已经无法阻拦你弟弟被杀……"

刘魁愣了一下,过了好长一会儿,才慢慢地点了点头,他说:"我明白了。"接下来他又说:"我这条命是你们救的,需要我干什么?"

我说:"你先好好养病。"

刘魁有点着急:"你不说,我这病怎么能养好?"

我把下一步想法告诉了他,就是想查一下天顺义商号的具体任务。

刘魁说:"这个我一定办好,我与日本人不共戴天。"

在刘魁身上,我能看到他一些正气尚存,以前虽视我为仇人,可如今他已决心抗日,我俩之间没有隔阂,只有坦诚。接下来刘魁告诉我,那天打劫日本人的天顺义商号时,他听说日本人是去找一种叫黑蜘蛛的矿石,他们手上已经有了地图,他真担心,日本人会得到它们。

我说:"你放心,他们是不会得逞的。"

十七

惠子电话来了，电话里她想约我中午吃个饭。

我问她有什么事，她只说随便聊聊。

出门时，外面又飘起了雪花，这样的天气，去见漂亮的惠子，我的心感到热乎乎的。

我们约好的那家酒楼，是归绥城有名的饭庄，叫麦子楼。这家饭庄在大南街上，三层楼，门前有两座狮子，远看以为是个衙门，据说傅作义主政绥远时，就爱到麦子楼吃饭。这里以山珍海味、四时名菜为主，烤熘爆炒炸蒸焖煎烩，无一不精，成了归绥城有头脸的人必去之处。

饭馆人不多，我进去后一眼看见惠子，她已经坐在一个临窗户的位置，她看着我，眼睛还是跟过去一样明亮。

再次相逢，我觉得惠子身上散发出的气息跟过去略有不同，如果打个比方，过去的惠子像玉兰花；现在呢，更像郁金香，她的气息总是让人窒息。

在这种气息中，一个声音在我耳边响起，我脑海中猛然跳出了杨政委的形象，我想起他对我的忠告，他告诫我：做情报人员不能和女人多见面，多见面你会陷进去的，如果陷进去，你的处境会很危险。

但他的声音并没有阻拦住我。

鬼魅一般的惠子让我产生了巨大的兴趣，一直以来我觉得惠子的出现很意外，包括她第一次和我见面，都显得那么蹊跷，那么唐突，只不过我没有细想，现在老天给了我走近惠子的机会，我为什么不敢去试一试？

惠子问我最近在干什么，怎么没有我一点儿消息？

我开始对她讲述最近记忆恢复的神奇经历，惠子的眼睛还是那么好看，笑眯眯地端详着我。

饭菜上来，我还是老习惯，要喝点酒。

惠子把酒瓶接过来。

"我陪你喝。"惠子倒好了酒，她说，"那天暗杀你的到底是什么人？"

我摇了摇头说不知道。事实上，在医院，我偷偷去了一趟太平间，查看了暗杀我的那三个人的尸体，他们身上有骷髅文身，这是日本浪人的标志，我知道这件事再追查下去，日本军方会矢口否认，敷衍说是这些浪人酒后滋事。

惠子说："你不说我也知道，他们是日本人。"

我愣怔地看着她。

惠子的手落在我手上，她说："这段日子你千万小心，看来他们已经盯上你了。"

我喝了口酒，一脸无所谓地说："我小命一条，大不了一死。"

惠子重重捏了下我的手说："你不能死。"

那天我不知道喝了多少酒，酒精在我脑子里沸腾，有很长一段时间，我感到有些恍惚，觉得坐在对面的不是惠子，而是陈娥，没一会儿又变成了杨政委，这样的念头让我心情沉重。

惠子似乎看出我内心的痛苦，问道："你是不是心里不痛快？"

我说："不是不痛快，是没底，你知道没底的感受吗？总觉得要发生什么大事，可这大事还迟迟没来。"我对惠子说的是真话，这段时间我已经预感到危险的来临，也许惠子说得没错，日本人的嗅觉开始慢慢地向我接近，我现在还可以撤离，可野罂粟计划的母本得不到，我的任务就没有完成，一定要想办法得到它……

惠子的手再一次落在我的手上，她的手很热。

我说："我感觉这个归绥城是个黑暗的地狱，各种各样的鬼就生活在我身边，和我一样地生活，一样地呼吸，一样做着表演，他们每个人都戴着假面具，挂着假表情，可我心里知道他们全是鬼，有恶鬼、有奸鬼、有无头鬼、有冤死鬼……反正全是鬼，我每天就是和这些鬼相处在一起，怎么说呢？我感觉自己也是鬼。"

惠子安静地听着。

我的话停不下来了，有点滔滔不绝："如果我真是鬼的话，那样我也就安心了，可我还不全是，一半是人，一半是鬼。每次一想到这些时，我按捺不住自己的痛苦，尤其是恢复记忆后，这种情况更加严重，我每天像在油锅上煎烤一样，稍不留神脑袋就会搬家。每天早晨醒来的时候，我先摸摸自己的脑袋，还好，它在，这几乎成了我的生活习惯。有时候，我真希望你不要给我药，让我像以前一样，活成一个没有过去的人……"

我这么说着，惠子这么听着，酒在我的话题中，变成了一团团的火焰。

外面的雪越下越大。

我整整睡了一天。

起风了。大风中，归绥城被吹得摇摇晃晃，在睡梦中，我能听见风像个厉鬼般在窗外呜咽着。到了傍晚，我从睡梦中醒来，查看了下门口，那里我撒了一些炉灰，这时我发现，上面有一串脚印。我被吓了一跳，就在我睡着之际，一定有人进入了我的房间。很快我发现藏在保险柜里的书签不见了，保险柜是加密的，除了我，没人能打开它，我又在床上床下翻找了半天，仍然一无所获。这个书签是我和陈娥联系的方式，它要是落在敌人手上，狡猾的敌人很快也会像我一样，通过书签的纸，找到照相馆。"

不行，我必须立刻向陈娥汇报。

大街上又冷又冻，我身上穿着陈娥织的毛线坎肩，一点儿没感受到冷，心里暖乎乎的。

见到陈娥后，我把这件事告诉她，她说："问题不大，敌人就是得到书签，也很难破解我们具体位置，再说这个交通站上面有指示，很快也要转移，一切都会过去的。"

随后，陈娥告诉我一件事，刚刚收到消息，大青山游击队在杨树沟伏击日本驼队，最后抓住了天顺义的一个向导，这个向导说驼队里有一个负责拿地图的，可这个人在枪战中被炮弹击中，人被炸得四分五裂，尸首全无……

我紧张地看着陈娥："要是这么说，地图的事结束了，这个世上再也没有地图了。"

陈娥微笑着说："现在的局面对于你是利好的，你暂时是安全的。地图被毁，日本人为了继续执行野罂粟计划，他们只能再来找你，逼着你画出地图，你要做好心理准备。"

我笑了一下说："那我再画张假地图。"

陈娥的眼睛有些不安，她说："这绝对不行，你这样做很快就会暴露，以前有地图不管真假，它存在着，敌人的注意力全在这上面，如果你给他们假的，他们会很快发现的。"

"我该怎么办？"

"如果他逼你的话，你给他们画真的，只有这样你才能得到他们的信任，才有机会得到野罂粟的全部计划。"

陈娥说要不动声色。

我明白陈娥的话，这绝对是一步险棋。

陈娥接下来又说日本人现在很疯狂，他们派出大量的叛徒和汉奸，大肆破坏我们地下情报网络。说到这里，她突然讲起前天在街口遇到了一个人,她当时觉得这个人样子挺面熟,很像罗海,只不过那人用围脖挡住了脸,她担心这个人跟踪自己,然后绕了半天才回到百花照相馆……

"真要是罗海的话,我一定要杀了他。"我对陈娥说,"这段时间日本人因为驼队的事,一定不会安生,你自己多加小心。"

陈娥想起刘魁的事,我就把营救刘魁的计划对她说了。

谈完了工作,我不知道从哪儿鼓舞起的勇气,对陈娥说:"在归绥师范的这段经历,我想听你给我讲讲。"

"你真的想听?"

"当然。"我很认真地说。

陈娥说:"咱们俩在学校期间恋爱了。"

我脸红了一下,就在这瞬间,我不敢看陈娥。

陈娥声音很平静:"那会儿的时光真好,每天放学,咱们俩到处出去玩。那时总沿着通道街,拐到西河沿,再去通顺街,然后再从通顺街穿杨家巷,到大南街。现在大南街的景象跟我上学的时候差不多,街道两旁全是口里来的旅蒙商开的店铺,有绸缎庄、茶叶庄、烧卖馆、茶馆、药铺等,街上人很多,直到现在我只要看到热腾腾的糖麻叶,闻到胡麻油炸出的油糕,就能想起咱俩当年的情景……有一次,咱们俩一起到公主府的公园里,你第一次吻我,你记得吗?我可记得清清楚楚,那是个阴天,咱们俩划完了船,走到一座假山上,你抓住我的手,你的手抖得很厉害,我能感觉到,你一把将我抱在怀里,我能听见你的心咚咚地跳个不停,我们相爱了……记得上学的时候,有一次咱们上街参加抗锅厘税的游行,很多游行的同学被抓进去,我和你被关在一个牢里,我记得自己一直紧紧攥着你的手,说实话那时我也害怕,可看见你,我一点儿都不怕了,我记得你一下子笑了,笑得很单纯。再以后,我遇到任何困难和坎坷,你像阳光一样的笑容就会出现在我的眼前,温暖着我,激励我,心里有了这笑容,我的身上就暖乎乎的……也就是那一年,咱们俩同时秘密加入了中国共产党,说好了为大家舍小家,等革命胜利的那一天,咱们再谈论结婚的事情……"

我内心里热乎乎的,于是勇敢地将自己的手落在她的手上,我感到,那是一只冰冷的小手。陈娥的声音还在继续,她的声音很轻,像雪花一样,一片一片,最后变成了鹅毛大雪,厚厚地覆盖在我俩的身上。

我忍不住打断了她的话:"那我什么时候离开你的?"

"是民国二十八年,自从你走了以后,我被组织派往了北平,于是咱们俩天各一方,杳无音讯,我以为再也见不到你了……这次归绥交通站受了重创,组织派我来重新成立,我真没想到会遇到你……"

那天我从百花照相馆离开的时候,回头看了一下,门口的陈娥还一动不动地站在风中,风吹乱了她脸边的散发,看上去有些柔弱有些单薄,她看着我,目光平静……她的样子仿佛已经被定格,成为我记忆的一部分,我走了很远的路,再转身看她时,她还站在那里,朝着我招手。

崔板头喝酒的时候,告诉了我一件事,侯忠孝最近鬼鬼祟祟的,可能有什么行动。

"什么行动?"

崔板头摇着头说:"不知道,我安排到他身边的那个打扫卫生的,也被替换掉了,他似乎发现了什么。"

我知道崔板头最恨的人就是侯忠孝,是侯忠孝把他关进了日本监狱受尽苦头。我问崔板头,怎么才能知道侯忠孝在干什么?崔板头说,想知道也容易,从宋德利的嘴里什么都能知道。

崔板头告诉我一个整宋德利的办法,最近这家伙有段风流史,他在外面有一个姘头，两人相好了一段时间。这个姘头是伪蒙疆灯泡厂厂长的三姨太，这个厂长的哥哥是伪蒙疆政府里的大员，据说这个宋德利惧内，如果这件事传到他老婆耳朵里，宋德利就惨了。

"这么做是不是有点不光彩？"

崔板头说："你这个人老是一副假仁慈，现在都什么时候了？不这么做，你说宋德利那小子会老老实实地跟你说吗？"

按照崔板头提供的这个线索，我开始秘密准备抓奸。

一天半夜，线人告诉我宋德利到了城南的八里庄，那里有一片农房，这个农房可能是他和姘头私会的地方。

于是我带着人以查抗日要犯的由头到八里庄，找到那家农房，我带着人直接闯入，果真在屋里炕上，宋德利和一个妖艳的女人赤条条地躺着……这下宋德利认怂了，他吓得扑通跪在地上，他一脸哭丧地说："李科长，这是我一时糊涂，是这个娘儿们在勾搭我的，真的，我对天发誓。"我给他披上了一件衣服，对他说，我们这次是执行公务，有点误打误撞。然后我问他什么，他都说了实话。

当宋德利说出侯忠孝已经下令监视百花照相馆时，吓了我一跳。

"哪儿？"

"百花照相馆，是罗海发现了一个中共的女交通员，他们交通站就在百花照相馆。"

"罗海？他还没死？"

宋德利迷茫地看着我，我马上收起这个话题，让他继续说。

宋德利如实交代："从昨天开始，我秘密筹划着一切，他先让我在百花照相馆对面租了一个门脸，秘密地监视着百花照相馆的一举一动……"

"你们发现了什么？"

宋德利说："昨天早晨有一个人缠着围脖，看不清脸面，身材跟您差不多，进了照相馆，按道理说照相的人会很快出来，可是这个人很长时间才出来,估计一定有问题,我们派人跟踪了他,可还是被他甩丢了。"

我听到这里,有点冷汗直流,昨天我去过百花照相馆,没想到自己的行动早就在他们眼皮子底下。

看来崔板头告诉我的消息是真的,这段时间我很少见侯忠孝的面,原来他们秘密监控了百花照相馆。

现在要办的,就是立刻通知陈娥转移。

就在我准备从八里庄返回的路上,打算拐道去百花照相馆通知陈娥时,一辆黑色的汽车截住了我的车。下车的是个日本人,他自称是桃花公馆的人。

他们似乎认识我,告诉我,他们正在找我,晚上有行动,让我现在就回去报到。

一时,我的心痉挛般在疼痛。

我的行动已经被日本人控制了,陈娥怎么办?

时间在一点点地流逝着,我该怎么办?现在我连一点儿通知陈娥的时间都没有。

桃花公馆的汽车就跟在我的车后面,里面有四个人紧紧地盯着我,看来他们已经猜到什么,故意派人到这里拦截。在往特务科的一路上,我想了好几种方案,比如中途停车,找个地方给百花照相馆打电话……这些显然行不通,他们就跟在我的车后,我的一举一动都在他们视线之中。

我想过用最简单的方式,冒死去营救陈娥,不行,我很快制止了自己鲁莽的念头,一是我身单力薄,估计围剿的特务众多。二是即使我这里脱身,也救不了陈娥。三是目前我的任务还没完成,野罂粟计划的任务也没有真正完成,还不能暴露我的身份。此时,我的心如刀绞,我不断告诫自己,现在除了冷静面对,没有别的办法。

回到特务科，我做梦也没想到，出现在我面前的不是侯忠孝，而是本田麻二。

本田麻二一动不动地坐在那里，看样子像等了很长时间。他披着一件日本军用呢子大衣，穿一身日本军装，手里还立着一把东洋刀，直挺挺坐在我办公室的沙发上。本田麻二神情冷冰冰的，目光里藏着一道寒光，逼视着我，这种逼视有种让人不舒服的压迫感，有点恐怖，有点瘆人。本田麻二从来不直接参与特务科的行动，这一次他突然出现，让我隐隐感觉事情不妙。

他平静地问："你去哪儿了？"

我把晚上去抓抗日分子，结果情报有误的事跟他说了。

本田麻二说："想抓抗日分子？你哪儿都别去了，晚上就有个抗日分子，还是一个重要的抗日分子。"

晚上起了风，树梢随着风不断地摇摆，不时传来树枝断裂的声响，这样的夜晚如同到了阴曹地府一般。院子里已经集合好的特务们站在寒风中等了一个多小时，一个个冻得直哆嗦，清鼻涕直流，但他们面面相觑，都不敢问是怎么回事。

这时本田麻二站起身，走到院子当中，他对特务们大声说着："我们已经查获，在你们特务科里，也就是你们中间，有一个代号叫鹦鹉的人，潜伏进我们的队伍，不过你们不用害怕，这个人很快就会自己走出来。"他说完看了看表："再有半个小时，我们去抓一个抗日组织，所有的事情都会水落石出。"

说完，本田麻二把东洋刀再次抽了出来握在手上，那把刀寒气逼人，刀身亮闪闪的，能照出人影子来。

"今天，我要找到这个人，用这把刀亲自把他的头砍下来。"说着本田麻二挥起刀，把旁边的一棵冬储的圆白菜砍成两半。

特务们看得眼睛都直了，这个看上去温和的人，竟然下手这么果断。

本田麻二把刀重新插入刀鞘内，他说："你们是不是在猜到底谁是那个卧底？不要着急，谜底很快就会揭晓，木村君，你讲吧。"

黑石联队的中队长木村一郎腰杆笔直，他大体分配了晚上的任务，目标：百花照相馆……

我的汗水顺着鬓角在流淌，里面的衣服快湿透了。我不能露出一点儿马脚，如果有任何异常，目光尖锐的本田麻二随时会看到，现在什么都做不了，只能在心里默默祈祷陈娥快点离开，这样今晚的行动就会扑空。

准备上车时，本田麻二对我喊了一声。

我一愣。

"李队长，你坐在我这里。"本田麻二朝我招着手。

路灯的光在黑暗的车内一闪一闪，像暗渠里流动的水，本田麻二沉默了很久，才转过脸问我："你也算是经历多的人，这回执行任务紧不紧张？"

我微笑了一下："怕死是人的天性，面对死谁都会紧张。"

本田麻二说："你是不是很关心，怎么没看见侯科长？"

我诧异地看着他。

"这次任务还是让我们桃花公馆执行，我更放心，我只通知了你们行动队。"说完本田麻二一只手放在了我腿上，样子很亲昵。

"是呀，你就说我吧，不能说九死一生，也算是身经百战的人，可每一次执行任务，我这儿呀，"说着他用手比划着心口的位置，"还是害怕得要命。"

我笑了一下，没再说话。

"不过，只要一想到我要抓捕的人，能解开我百思不得其解的问题，我就一点儿都不怕了，不仅不怕，而且还会有一点点兴奋。"本田麻二嘿嘿地笑了起来。

汽车在路上疾驰着，一路上我尽量调整好自己的气息，如果呼吸急促，坐在身边的本田麻二一定能感受得到，现在我闭着眼睛，像是在养神。此时接近十点，如果陈娥今天正好有事，不在照相馆，那真的是烧高香，明天一有机会，我就会想办法让陈娥转移，我内心不断祈求着老天，希望老天这次帮帮陈娥。

汽车停下来，我没有猜错，特务们和军警分成两组，迅速地将百花照相馆包围起来，当我看到照相馆里灯亮着时，我的头嗡的一下。

突然，有人当啷一声碰倒了一个酒瓶，屋子的灯瞬间灭了，里面没有任何声响。木村一郎担心里面会有什么密道，要犯若跑了，抓捕前功尽弃，他急忙摆了下手开始行动，不断地指挥让人往里冲，第一个人刚到门口，里面便传来枪声，第一个倒下了，紧接着第二个人，第三个人……屋里的人在暗处，特务科的人在明处，人们开始不敢冲了。

本田麻二下了车，他习惯性地戴上了白色手套，他大骂道："一群猪，都给我上，谁不上，我就打死谁。"

说着他从腰里抽出手枪，子弹上膛。

特务科的人已经别无选择，他们只能往前冲，不冲，会被身后这个可恶的日本人打死，连个丧葬费都没有。交火进行了十几分钟，后来屋里没有了动静，里面起了大火，等特务科的人冲进去的时候，人们闻到一股浓重的汽油味，里面已经烧成了灰烬。

我看见陈娥腿已经受了伤，浑身是血，被人架到本田麻二的面前，我的心都碎了，曾经的恋人如今遭受敌人的蹂躏，我怎能袖手旁观！我极力控制着自己的眼泪，极力控制着自己的情绪，可我知道我的手在抖，恨不得掏出枪，打死眼前的这些日本人……

本田麻二笑眯眯地围着陈娥身边，转了几下，他用东洋刀支起了陈娥的脸,他说:"啧啧啧,你是个美人啊,可惜了,这么一张好看的脸,死了真是可惜……不过我给你一条活路,现在你给我指出来这群人里,谁跟你接触过,告诉我你们那个代号鹦鹉的人,如果你说了,我保证你平安,还会给你一大笔钱……"

陈娥平静地看了眼本田麻二,目光又转向了特务科,此时我的心已经提到了嗓子眼,她目光转了一圈后,对本田麻二说:"这里没有鹦鹉。"

"没有?"本田麻二大笑起来,笑得剧烈,笑得眼泪都快出来了,说完以后,他用一块白色手绢擦了擦一只眼的眼角,他说:"你不要紧张,再好好看看。"

陈娥脸上很平静,她的头高高昂起,蔑视地看着眼前这个恶魔。这一刻我被陈娥的勇气感染了,我想起我俩一起坐牢的时光,陈娥始终目光坚毅,一副永不低头的样子。

本田麻二说:"既然你不说,我也没有办法救你。"

陈娥鄙夷地看着本田麻二。

本田麻二又恢复了以往的假慈善,他说:"我从来不伤害女人,李队长,你过来。"

我愣了一下,然后走过去。

本田麻二把他的东洋刀递到我的面前:"你把她处理了。"

杀人诛心。本田麻二用这么一招,我该怎么办?我感觉自己的手有点发抖,只能故作镇静,这是日本人在考验我,我不能让他们看出丝毫破绽。

我举着刀,看了眼陈娥,一个自己曾经的恋人,我却要亲手杀了她,我能下得去手吗?

本田麻二面无表情站在那里,他的目光紧紧地盯着我,眼睛眨都不眨一下,他不想漏过任何一个细节。

我没有别的选择,只要我流露出一点儿心软的意思,本田麻二会毫不犹豫地掏枪打死我。我只能杀了陈娥，也就在我抬起刀犹豫之际，陈娥突然站了起来，用胸口抵住了刀尖，狠狠地迎了上去。

我的心跳在那一刻仿佛骤然停止。

特务科的人也禁不住叫了几声。

陈娥倒在我的怀里，刀已经刺透她的胸膛……

她看了我一眼。

我感觉她的眼神里全是笑意。

陈娥的死很突然。

我还有好多心里话没来得及说，她就死了，而且是死在我的刀下。那几天，陈娥临死前的样子总在我的脑海里回放，陈娥眼睛睁得很大，好像对我说：这个仇，你一定要替我报。每到这个时候，我会紧紧地攥着拳头，本田麻二这个恶魔，杀害我的恋人，我暗自发誓，这个仇不报的话，我誓不为人。

等事情平息后，我悄悄让刘魁的手下收殓了陈娥的尸体，把她埋到了城南。

我多想一个人到陈娥的坟前与她告别，可我知道，这不可能，日本人始终在监视着我的一举一动。

她最后一次和我谈话的场面，我还历历在目，怎么也想不到那次谈话竟然成了永别。夜里，我举着一壶酒，一边流着泪一边对虚幻中的陈娥说：你牺牲了，那我今后该怎么开展工作？

我听见陈娥说，你要保护好自己，现在你的处境很危险，敌人已经开始怀疑你，所有的行动先停下来，先把威胁到你安全的人一一铲除干净。

那个叛徒罗海，我一定要亲手杀了他。

陈娥说，你要相信组织，我牺牲了，还会有人接替我的工作，革命就是要流血牺牲，这很正常，唯一遗憾的是我没有等到革命胜利的那一天。等到——

我的眼泪又一次涌动而出，曾经我和陈娥的约定，要革命胜利后再谈婚论嫁，可如今已经是阴阳两世……

那段时间，我脑子里总在想一个问题，陈娥是怎么暴露的？按道理她的警惕性很高，就是路遇罗海，她也会察觉出来……想着想着，我想到了那本丢失的书签，敌人也许真的从那本书签里找到了端倪，他们每天像个鬼魂一样跟在我的身后，而我却一点儿都没察觉，如果我早一点儿发现，陈娥的死就会避免。这么一想，我的心又在流血。

十八

这几天，我一直在想一个人，他就是罗海，按照陈娥的说法，这个人以前是游击队的，我应该是见过的，怎么我对他一点儿也没印象。

惠子来电话了，让我去一趟医院。

一路上风仍像刀子一般，吹割着我的脸，我坐在黄包车里，让车夫沿着旧城的大南街走一趟，边走边想着当年我跟陈娥漫步在街头的情景。恍惚中，我看见前面走着一对少男少女，跟我和陈娥一模一样，可车过去的时候，我发现根本不是。我的眼泪在寒风中飞舞，我顾不上擦拭，任凭它肆意地狂流。

到了医院，惠子上下打量着我问："最近怎么了，你脸色为什么这么差？"

我说："没事呀，可能最近没有休息好。"

惠子仍是不放心，她说："前两天我听见街面上有枪声，是不是你们又在抓什么人？"

我也没隐瞒，把本田麻二的行动跟惠子说了。

惠子听完后，叹了口气，她说："这讨厌的战争不知道什么时候是个头。"

接下来惠子把一瓶药递给我，说这药是刚从日本送到这里的，是新研制出来的，还没大批量生产，在试验阶段，它是回魂丹的加强药，叫清魂丹，据说临床效果非常好。她说吃完这一瓶药后，我的记忆会彻底恢复。

我看着惠子，不解地问："这么贵重的药，你是怎么搞到的？"

惠子说："对这件事，我也感到奇怪，后来才知道你的病历是被日本军方寄回国内的，专家集体看完你的病历后，研制了这种加强版的清魂丹。"

"只针对我？"我很不解。

惠子点了点头。

从医院出来，我还对这新型的药品有点不得其解，我，一个特务科里的普通小职员，日本人没必要针对我的病情来研制药品，后来，我才想明白，这一切都跟野罂粟计划有关系。

我打开药瓶，把白色的药片放在面前。我明白，日本人很可能已经掌握了消息，我就是那个当年随着西北考察团的唯一幸存者。现在地图没了，他们想在我的身上找到突破口。

我打开了保险柜里的那本日记，现在的我记得这个拉斯普速记法，就是刘庆教会我的，他去苏联留过学，在那里他学会了这套先进的速记法。这本日记里记录着我从前的一些生活片段。

5月4日

到处都是鸟叫声，叽叽喳喳的，就在离我不远的地方，它们叫得很清脆。我睁开眼，看了一下，这是个陌生的环境，一间土房子，屋里陈设简单，有一口乌黑的瓮，灶台上摆着凌乱的碗筷，窗户大开着，窗外有一棵桃树，枝丫上站着几只麻雀，就是这个麻雀唤醒了我……外面的风很凉爽，这让我意识到是夏天……我重新闭上眼，试图回忆一下自己怎么会在这里，这时门嘎吱一声，我再次睁开眼，一个黑影从外面进来，我仔细一看是个后生，这后生个子不高，身材单薄。那后生担着两桶水，到了水瓮前，放下扁担，然后分别将水倒进了瓮里。活干完了，他擦了下额头的汗，这时他转身看了眼炕上的我。当我的目光与他的对视时，他的眼睛充满惊喜。

呀，你醒了？我想支起身子，可刚撑起一半时，浑身疼痛难忍，面前这个后生赶紧走到我近前，扶着我慢慢躺了下来。这个姓张的后生就把他遇到我的经历讲了一遍，前两天，他上骆驼滩捡柴火，遇到已经脱了水的我，我的嘴上全是白沫子，他把我背了回家，本以为我不行了，可还是不想放弃，就找村里的郎中，又是扎针，又是喝药，我昏睡了三天三夜才醒过来。我能感觉有一片光，就在眼前，整个世界被照得亮堂堂的，我置身于这个光亮之中，人仿佛通透了。

就在这时，我听到外面有人在说话，说话的人是张后生，他跟另一人说话。那个人在训斥后生，你怎么无组织无纪律，这么一个大活人，来路不明，你怎么不向游击队汇报呢？张后生说这不是他身上有伤，我想等他伤好了以后再汇报。那个人说不行，明天一早你必须汇报。两个人说的话我听得一清二楚，我心里一下子高兴了，我已经找到了游击队，很快我会把我跟江口正川去找黑蜘蛛的事，向杨政委汇报……

5月6日

阳光很刺眼，地上有一层虚假的白气，两只百灵鸟在枝头叽叽喳喳地叫着，我被带到一个土房子门口，喊了声报告，里面人说进来，我被推进了土房子……土房子里光线很差，一瞬间，我眼前一黑，等适应了光线，才看清屋里坐着一个瘦子，他坐在炕沿边。他看了我一下。我听说你要找杨政委？我一看他的口气不对，就故意支吾起来。瘦子问你是干甚的？我是个放羊的，遇到风暴，羊丢了，我身上没带水，后来就晕倒了。这个瘦子将一把枪放在我的面前说，放羊的还用拿这个？我不再说话，我说我想见杨政委。那个瘦子问了我很多问题，比如你和杨政委怎么认识，你见他要干什么之类的话，我一句话都不说。后来我又被关回一个屋子，看管我的人还是救了我命的张后生，张后生小声地告诉我，杨政委已经被调查了，现在是这个瘦子队长说了算。我问，调查杨政委什么？有人举报说他在上海从事地下情报工作时，出卖过自己的同志，用队长的话说，这叫惩前毖后治病救人……他们都这么说，反正我是不信，杨政委是多好的人呀……第二天，我又被带到了队长面前，他把我蒙政会的证件放在我面前，这是什么？我说不知道。你胡说。瘦子队长拍了下桌子，你再胡说，我枪毙了你。我说，我真没胡说，有些话我只对杨政委说。一提到杨政委瘦子队长火冒三丈，他说，想见杨政委，你做梦，估计一辈子你都不会再见到他了……

5月9日

我怎么也没想到杨政委会受到这样不公平的待遇，我在那个屋子里整整被关了三天，三天后，看管我的那个张后生偷偷告诉我，他们同意你见杨政委了。于是我被带到了一个小土屋里，这个小土屋里收拾得很整洁，我进去的时候，杨政委在看书，他一见是我，热情地抓住了我的手，我看着消瘦的杨政委，眼泪瞬间流了下来。杨政委打趣地说，你哭什么，我不是好好的吗？我哽咽得有点说不出话，从学校毕业后，是杨政委把我拉进了游击队，然后又派我潜伏到蒙政会，我的身份也只有杨政委知道。杨政委拍着我的肩说，行了，别跟小孩子似的，有什么情况赶紧说……我擦干了眼泪，就把荣主任怎么派我给江口正川当向导的事全部告诉了杨政委。听完我的汇报，杨政委在屋子里来回转了三圈，他最后坐在我的身边，捂着我的手说，你这个情报太重要了，地图我留下，这件事不要跟任何人说，你继续按照荣主任的指令去办，用一张假地图让他们自乱阵脚，然后找到日本人的野罂粟计划是什么……我一边听着杨政委的话一边担心着他的处境，他看出我的担心，就笑着对我说，我这里你放心，这些都是暂时的，我相信罗海他们会把我的事情搞清楚的……

记忆开始在我脑子里沸腾，我从梦中醒来，脑子里清晰地记住了一个人，瘦子队长就是已经叛变的罗海。

自从陈娥牺牲后，我和上级彻底断了联系。

这是至暗的时刻，我仿佛被关进一个黑屋子里，无法呼吸无法看到一丝的光亮，有好几次，我想过自己单独上山去找杨政委，但这个念头很快被打消了。

我知道这样做是违反组织纪律的，可不这样，我又能怎么办呢？

就在这时，我接到了桃花公馆的电话，电话里说本田麻二要见我。于是我到了桃花公馆，归绥城里到处是战争的硝烟，可到了这里，却永远是另一幅世外桃源的景象。

在屋里，本田麻二正在安静地擦拭着花的叶子，他的神情看上去很安详，目光里流露着对花草的疼爱，这样的形象，很难跟那个杀害陈娥的凶残的人联系在一起。可我内心知道，这一切不过是本田麻二的幻象，这家伙就是一个彻头彻尾的魔鬼。

他跟我说话时，依旧是慢条斯理的，先是问了问我的病情，我注意到他问我的时候，虽然身子没动，可目光在偷偷打量着我。

我把惠子给我清魂丹的事，如实地告诉了他，我相信这一切都是他在背后安排的。

他擦完了叶子，到桌子上拿了一份文件，然后递给我。

"这是你们侯科长送来的，里面的材料我都看完了。"

我接过文件，不明白他是什么意思。

"你打开看看。"

于是我把文件打开了，里面原来是陈娥的资料，记载的是她的生活和家人的情况，看上去侯忠孝确实花费了一些精力。当在里面看到一张关于我和陈娥的关系调查情况时，我愣了下，举着纸，抬头看着本田麻二："怎么会有我的？这，这，这……"

本田麻二哈哈地笑了起来："侯忠孝调查了，你们在上学时期是同学，还查到了你俩是恋人关系。"

我惊恐地看着本田麻二说："这怎么可能呢，我脑子受了伤，以前的事情都不记得了，再说就是有，也是以前的事情，我现在是皇军的人，怎么会有这些私念呢？"

本田麻二说："我相信你说的话，如果你跟她有私念的话，你就不会亲手杀了她，对吗？"

我点点头。

本田麻二拿起那页纸，走到了炉子旁，将纸塞进了炉中。

"你看，一切都安全了，现在什么都没有了。"说完，本田麻二开心地笑了。

下

交 锋

我慢慢拧开硫酸瓶盖,里面呛人的气味让人窒息,我脑子里想起陈娥,她一直存在我的记忆之中,她理想坚定……想到她的死,我很后悔,我为什么不去营救她?而让她就牺牲在我的面前……我对不起她呀……恍惚中,我又想起惠子,仿佛听见惠子的歌声在屋里回荡着,那旋律和那歌声,让我觉得惠子根本没有死,就在我身边……

十九

归绥城的春天，风依然是主宰，每天呼啸的北风刮得城市里空空荡荡的。已经是立春，可归绥城里仍在寒冷包围之中，严寒在塞北像个可怕的魔鬼，迟迟不肯离开，人们丝毫嗅不到春天的一点儿气息。

在这段时间里，我的记忆基本恢复得差不多了，能记起来的都记得起来，该遗忘的可能永远地遗忘了。有时想想自己的这段经历，觉得真是好笑，假若没有服用清魂丹，一直是失忆状态，自己会是什么样子？

每到夜晚，我仍习惯一个人坐在院子里，不管天多冷，我都这么坐着，抬头仰望着夜空。看着看着，我想到在这个世上当一个傻子，什么都不知道，其实也是一种幸福，可这一切只能是假设，如今我醒了，就要完成好接下来的任务，为了这份任务，已经牺牲了太多的同志，我知道之所以自己能活着，就是他们保护了我的安全……

一天我走过街口，一辆黄包车停在我的面前。我愣了一下，拉车的人对我说："上车吧，李老板。"

这个声音太熟悉了，尽管他毡帽压得很低，我还是辨认出拉车的人正是游击队的那个张后生，如今他的身体长得很结实，脸色变得黝黑。我正要对他说什么，张后生又说了一句："有位老板想见你。"

我踌躇了一下，上了车。

张后生拉着我在路上奔跑着,有几次我想和他说话,想问问他是什么时候到的归绥城,为什么会那么巧?偏偏在这个时候他出现?可张后生一声不吭,一副沉默的样子,我忍住没问。黄包车往城西方向走,路上的人渐渐稀少,一时间我无法断定张后生会把我带到什么地方,但我心里清楚,张后生是个好人,这一点我百分之百相信他。

在一家叫陈家茶馆门前,张后生停住脚步,他一边用衣衫角擦着额头的汗,一边对我说:"到了,人就在里面。"

这家陈家茶馆是家老茶馆,我以前来过,据说清朝就有,老板姓陈,是口里人,到归绥城已有三代,他家供的茶水是青川砖茶,茶水兑上些咸盐,越喝越有味道,饿的话,他家有胡麻油现烙的焙子。在归绥城里,焙子几乎成了这里百姓的主要面食,据说这种面食是旅蒙商发明的,他们行进草原时,将面和上油,放在石片之上烘烤而成。

我进了茶馆,茶馆里很暖和,屋子当中点着一个火炉子,上面放着一个茶壶,茶壶冒着白汽。屋里除了茶馆老板,只有一个人,这个人坐在离火炉不远的位置,因为背对着门,我一时看不清这个人是谁。

我走过去,到了那人近前,故意咳嗽了一下。

那人转过身,我一看,差一点儿叫出声来。

我简直不敢想象,面前的人竟是我朝思暮想的杨政委,他比过去苍老些,脸有点消瘦,两鬓的头发都白了,但他的眼睛很有神。我嘴唇在哆嗦,眼泪在眼眶里打着转,一时间,我不知道该怎么面对杨政委。

"杨……老板,你怎么会在这里?"我的声音有点哽咽。

杨政委指了一下凳子,示意我坐下来说话。

我坐了下来,此刻我还是不相信眼前的人就是杨政委,我认真地端详着他，是杨政委。

杨政委给我倒了杯茶水："你饿不饿？这里有焙子。"

我肚子根本不饿，可还是点着头。焙子上来以后，我一边咬着焙子，一边对杨政委说："你怎么来这里了？这里很危险。"

杨政委说话还是带有南方口音，跟我讲了他的经历。自从罗海叛变，山上游击队本来是想转移的，可敌人扫荡的速度很快，等发现敌人时，村子已经被包围了。那一夜游击队只能和敌人硬碰硬地大干一场，可敌人太多了，武器又比游击队先进，打来打去，游击队的伤亡很大，杨政委一看这样下去不行，只能突围，于是杨政委带着人从正面打，突围时牺牲了两名同志，杨政委也受了些轻伤。这次到归绥，他才知道陈娥已经牺牲，交通站也被破坏，没办法，他只能以这样的方式先跟我接上头⋯⋯

杨政委喝了口茶，脸上露出和蔼的微笑，这笑容一点儿都没变，也就是在那一刹那，我管不住自己的泪水。

杨政委说："你这感情用事的老毛病，还是没变呀？"

我把自己的情况告诉了杨政委，先是怎么中弹的，怎么失忆的，怎么和组织失去了联系，叛徒罗海怎么找到我的⋯⋯当说到陈娥时，我的眼泪已经无法控制，声音都哑了，我告诉杨政委陈娥是怎么牺牲的，而我就在她的面前，却无能为力。

杨政委的眼泪也管不住了，他默默地流着泪，默默地点着头。当我说完后，杨政委说："陈娥同志的情况，我们也是刚知道，她是个好同志，太可惜了，她才二十六岁⋯⋯"

等我俩的情绪彻底稳定了，他才慢慢地跟我说起这次的工作。"由于交通站又一次受到重创，这次上级很重视，让我到这里工作一阵子，重新组建交通站，争取找到野罂粟计划，破坏它。"

我几乎有点不相信自己的耳朵："啊，您要来归绥工作？"

"组织上决定，我暂时是你的联络人。"

接着杨政委说:"前不久,敌人有支神秘的驼队在大青山上,据说他们带着地图要找一个地方,受到我们游击队阻击,交战中他们的地图毁于战火,接下来日本人的注意力还是要重新找到地图。"

我擦着眼泪说:"杨政委,这是敌人野罂粟计划的一部分,地图和计划是子母版本,据我了解,现在日本人手上没有地图,真地图只有一份,它就在我的脑子里,只要我的命在,地图就在。"

杨政委说:"看来你暂时还是安全的,日本人为了野罂粟,不可能对你下毒手。"

我想起了那份文件,便问怎么样了。

杨政委说:"你交给组织的那份绝密文件,我们全部破译完了,经过专家分析这份情报是日本人伪造的,日本人真狡猾,他们的真情报一定藏在日本人的桃花公馆里……你现在失忆了,当年你和日本考察团发现黑蜘蛛,一定跟这个野罂粟计划有关,不然的话,他们不会动用这么大的力量,又是查找地图,又是实地勘测。"

我点点头,非常同意杨政委的看法。

"对了,你的记忆恢复了吗?"

我笑了一下:"我的记忆目前恢复得非常好,只要需要,我现在就能找到那个地方。"

杨政委又握住我的手:"等革命胜利后,开展经济建设,到时候国家一定需要,一定需要。"

我又向他确认:"这次,杨政委你真的不走了?"

"怎么你不欢迎?"杨政委说,"你不欢迎我也得来呀。"

我高兴得合不拢嘴:"太好了,这样咱们能天天见面了,您在这里一天,我的心就踏实一天。"

"倒不用天天见面。"杨政委说,"以后有了新情报,这家陈家茶馆就是咱们的见面地点,现在看这里还是安全的。"

说实话，这么多天，我的心始终是悬着，每天面对着明枪暗箭，我心力交瘁，陈娥的死对我打击很大，说实话，有一阵子，我感觉自己快撑不住了。如今这次能找到组织，仿佛在黑暗中一下子看到光明和希望，有杨政委在我身边，能默默地支持着我的工作，我感到格外安心。

那天出了茶馆，晚上的风有些凉，可我的心里却是热乎乎的，黄包车的车轮轧过腐烂的黄叶，吱呀呀的声响在我耳边更像是一曲美妙的音乐，我回味着见到杨政委的每个细节和每一句话，那些闪亮的细节和话语在我的记忆中熠熠生辉。记得临走的时候，杨政委跟我说归绥城到处是陷阱，让我一定要小心，一定要记住自己的使命和信念，并且，随时都会面临危险……

我离开杨政委后的第一件事，就是设法找到罗海的下落，我要亲手抓住这个叛徒，只要这个叛徒活着一天，就会对杨政委和我有危险。可这家伙他在哪儿呢，偌大的归绥城，我去哪里能找到他的身影？通过罗海的所有行踪和表现，我大致归纳出他现在的情况，以及手里掌握的筹码，日本人是不会买他的账的，那么他的主子，只有侯忠孝了，侯忠孝希望从他身上找到潜伏在特务科里的鹦鹉。特务科人多眼杂，他不可能将罗海隐藏在特务科里，那么他一定会动用他以前的关系（说不定侯忠孝已经跟军统又达成了新的协议），秘密隐藏了罗海。

这时我想到了一个人——老方。

事实上侯忠孝要我毒死老方，我并没有按照他的话去做，而是从牢里找了一个跟老方长相相似的死刑犯充当了他，这一招我骗过了侯忠孝，我相信他也会用同样的办法骗我。见到老方后，我把自己的想法跟老方说了，也许是为了答谢我的救命之恩，老方毫不犹豫地告诉我，军统还有一个秘密联络点——福泰旅社，早在以前，皮货栈因为老方被抓，军统已经弃用了这个地方。

福泰旅社里一定藏着罗海，说不定还有更多的秘密。

这件事我本来想跟崔板头说，可是担心他鲁莽会坏事，于是我秘密找到了刘魁。

如今刘魁的伤势已经好多了，他跟过去判若两人。这些变化源于，一是他知道了自己的弟弟就是共产党员，二是我们想尽一切办法，将他从日本人的魔窟里救了出来，他内心无比感激。

当他一听我因为这件事求他，他脸上有些不悦，立刻变脸说："什么求不求的，你从日本人的牢里把我救出来，我正想办法报答你，你居然还说求我，是不是不把我当兄弟看？"

"好，从今天开始，咱们就是兄弟。"

于是我把任务告诉了他，让他监视福泰旅社。

"你放心，我保证完成任务。"他坚定地说。

没几天刘魁便告诉我福泰旅社的情况，他发现了侯忠孝的身影。我一听很兴奋，既然侯忠孝现身，那么罗海一定也在其中。

刘魁问："我能不能用上监听器？不然的话，里面他们的情况，咱们根本不知道。"

我想起陈娥的牺牲，既然敌人能用监视，我们也可以效仿他们："咱们这叫现学现用，监听他们。"

刘魁说："你去特务科借窃听器，他们会怀疑你。"

我看了下窗外，外面天发着阴，干枯的树枝在随风摆动着，看来用不了多久风会吹走这一切阴霾。

"我这一次，就是让崔板头来怀疑我的。"我狠狠地用手拍了下桌子。

"啊？"刘魁显然没明白我的话。

那天下午，我专门跑到了崔板头那里，特务科的军需现在都归他管，崔板头狐疑地问我："借这东西干什么？"

"我去监视侯忠孝。"说完，我哈哈大笑起来。

崔板头知道我在瞎说，他说："你别说，要是你监视侯忠孝，我二话没有。"

我说开玩笑呢，然后编了一套谎话，一个朋友怀疑老婆外面有人，想抓点把柄。

崔板头骂骂咧咧地说："你这都是什么破朋友，这点儿度量，还算个男人？"

我又说了点好话，说过几天送他两瓶恒丰泰的绵竹大曲。崔板头一听，马上同意："你还真来对了，特务科刚进的一套德国先进监听器，现在还没登记注册，你先用着，用完还我。"

我朝他挤了下眼："千万别让那个人知道。"

崔板头当然明白我说的那个人就是侯忠孝，他拍着我的肩说："你放心，他就是狗，鼻子再灵，也不会嗅到我这里的。"

取上了监听设备，我转身让刘魁在福泰旅社对面的阁楼上租了间客房，再让他装作电业公司的人以查电线为由，偷偷进对面的客房里安上了监听设备。做好了一切，我还是不放心，问刘魁："安设备时，侯忠孝不会发现监听器吧？"

刘魁说："没问题，前天晚上我们故意关了旅社的电闸，然后装作电业公司的工人进去检查电路，屋里很黑，他经常在的那个屋子正好没人，我们才把监听器偷偷安上了。"

时间一点点过去，三天了，我没有接到刘魁的电话，这让我怀疑罗海是不是没跟侯忠孝在一起。

三天后，我到了秘密监听点，问："有没有什么新情况？"

刘魁说："今天侯忠孝还没来呢。"

中午的时候，我举着望远镜看见一辆人力车过来，车上下来一个人，我一眼认出了这个人正是侯忠孝，他走到旅店门前，转身又谨慎地看了身后，然后快步走进去。

"好戏来了。"我搓着手,像个小孩一样兴奋地说,"快,赶紧打开监听器,听听他是谁?要干什么?"

监听器里传来沙沙的电流声,很快就传来了侯忠孝的声音,侯忠孝问里面的人:"你这几天待在这里还安全吧?有没有什么感觉不一样?"

那个人说没有。

这个人声音低沉,一听正是叛徒罗海。原来这个家伙真的躲藏在这家旅店里。

"你今天怎么想起到这里来?"罗海像是起身,然后传来倒水的声音。

侯忠孝说:"今天,我这是冒着很大的危险过来的,是有个重要情报要向蔡老板汇报。"

"什么情报?"

侯忠孝说:"你这个家伙就爱打听事,这个毛病不好,说不定会要了你的命。"

接下来,侯忠孝抱怨起来:"自从山上的事后,武师长盯得我很紧,他们对我起了疑心,今天不是事情紧急,我绝不会冒着大风险来这里的……"

我一下子愣住了,身边的刘魁也愣住了,电波里的这个声音让我俩不约而同地判断出侯忠孝原来是个双面间谍,他有军统的身份,又投靠了日本人……

罗海说:"谢谢侯科长能把我推荐给日本人,我现在没别的路走了,共产党在杀我,日本人也在杀我,我以后就跟着您了……"

我的手在打战,这两个家伙,看来他俩当汉奸的心是铁定了。

侯忠孝说:"你真的在山上见过这个李明义?"

"真的。抠瞎我的眼睛我也认识他,不然的话我怎么会找到他……"

罗海的话，让我的心随着电流和声波怦怦乱跳。

侯忠孝说："好，一会儿你见了蔡老板把这个情况告诉他。"

"我见蔡老板还有件事，就是告诉他，在特务科谁是鹦鹉，我手上已经有了证据。"

"谁？"

罗海说："这件事，我只对蔡老板说。"

侯忠孝笑了一下："是不是李明义？"

"你别猜了，证据在我手上，到时候就见分晓了。"

里面不再说话了。

刘魁看着我，他的眼睛里充满了焦急，他的神情似乎告诉我，他们已经知道你是山上的共产党。

我朝着刘魁点点头，看来今天侯忠孝是要向日本人摊牌，这次的底牌就是我，他已经掌握了我是鹦鹉的一些情况，接下来日本人很可能立刻对我进行抓捕。

刘魁紧张地看着我："绝不能让他们跟日本人见面，我要阻止，不然的话，你会暴露……"

我的脑子飞快地转动着，现在我一点儿都不担心暴露，而是担心野罂粟计划无法找到。面对刘魁，我知道他所说的阻拦意味着什么，我不能不管他的安全。

刘魁说："你是我的好兄弟，你既然救了我一命，我去把蔡老板引开，你把屋里这两个杀了……"

我抓住刘魁的手，心里激动得不知道该说什么，刘魁没再说话，独自下了楼。

我继续举着窃听器，这时里面传来一个伙计的声音，蔡老板来了。

监听器里就再听不到任何声音。

我悄悄走到窗前，拨开窗帘，举着望远镜看见街角驶来一辆黑色的汽车，不一会儿车就停在福泰旅店的门口，一个戴着礼帽的人从车上下来，他的围脖几乎缠住了全部的脸，他也同侯忠孝一样，警觉地看着四周。

让他没想到的是，路边突然一个人冲了出来，那人就是刘魁，他到了这个戴礼帽的人面前，朝这个人开了两枪。戴礼帽的人身子摇晃了一下，栽倒在地上，路上一片惊呼，行人边叫边乱跑着，等旅店的人冲了出来，开枪的人早就消失得无影无踪。

有人把蔡老板扶上了汽车，看上去他就是没死，也伤得不轻，有人开着车，快速地驶向医院……

等一切平息后，我又继续监听，侯忠孝在里面咆哮着："是他妈的谁打伤了蔡老板？"

罗海说："这手法不像是我们的人，是不是你们军统干的？"

侯忠孝说："放屁，军统干的事老子能不知道吗？"

两人争吵了一会儿，侯忠孝说："我得赶紧走了，你多小心吧。"

罗海说："你别走，你答应我的钱呢？"

"什么他妈的钱？蔡老板也受伤了，还他妈的钱，你再逼老子，老子崩了你。"

罗海说："你敢动我一根汗毛，老子把你在日本人和军统两头吃好处的事，全说出来。"

侯忠孝恶狠狠地说："你敢？"

罗海说："你不给老子钱，老子什么事都干得出来。三天，不，就今天晚上，你要是不把说好的钱给我送过来，你别怪老子翻脸不认人。"随后传来摔茶杯的声音。

侯忠孝一下笑了，笑的声音很大，他的笑声在窃听器里刺耳又尖亮，等笑过之后，他说："你看看罗兄弟，你这是要干吗，不就是点钱吗，干吗要弄到这个地步，好，我晚上一定把钱送给你。"

"听着,姓侯的,我知道你耍滑头耍惯了,这次你要是敢出什么幺蛾子,你别怪我跟你彻底翻脸。"

侯忠孝又是一阵笑声,笑后,他说:"放心吧,兄弟。"

我把窃听器还给崔板头,说了些感谢的话,顺带把绵竹大曲放在他的桌上,准备要走。

崔板头叫住了我,他说:"你听说了没有?"

我说:"什么?"

崔板头说:"今天在福泰旅社,有人开了枪,打伤了日本人,日本人消息封锁得紧,现在只知道那个人没死,救了过来。还有我刚才看见宋德利到侯忠孝的屋子,两个人嘀嘀咕咕了一会儿,宋德利才走。"

"他们要干什么?"

崔板头笑了一下:"不知道,这个姓侯的,神神秘秘的,像个鬼,不过告诉你一个好消息,我已经派人秘密跟踪了宋德利。"

我听到这里,心里反而显得很平静,如今的局面是我希望看到的,看来罗海和侯忠孝的矛盾在不断升级,这个时候,侯忠孝一定是想派宋德利除掉罗海,这样的话,我正好坐收渔翁之利。

崔板头走到我跟前,压低了声音说:"最近咱们特务科说不定要出大事呀。"

"什么大事?"

崔板头说之前,朝着门外看了一眼,然后说:"我从日本人那里打听到一个消息,在咱们特务科里,隐藏着一个中共的卧底,这个人代号叫鹦鹉,接下来,日本人要下力气抓住这个鹦鹉。"

"鹦鹉?"我故意惊讶地说,"那不是军统的马科长吗?"

崔板头说:"那个马科长是军统的,是假的,这回这个鹦鹉是真的,是共产党,我听说他们很快就会进行内查,兄弟,咱们俩有这么一个上级,都小心点吧,不然的话,这个家伙一肚子坏水,真说不定找咱们去当替罪羊呢。"

我回到办公室,头有点发昏,迷迷糊糊地睡了一会儿。不知道怎么,我竟然梦见侯忠孝走到人群之中,我快步追了过去,他就在我的眼前,甚至还转过身朝我笑了一下,他的笑容很复杂,像是在嘲笑,又像是哀求。我伸出手,近在咫尺,可我的手指总是够不着他,一下,两下,第三下时,我的手被人重重地打了一下,可我一点儿感觉不到疼,我还在用手抓他,这时侯忠孝一转身,他竟然变成了宋德利……朝我阴险地笑了起来……

我从梦中醒来,身上出了不少汗,睁开眼睛,臆想中的侯忠孝仿佛站在面前。也就是这个时候,崔板头满头大汗地跑到我的屋里,他说:"你真是心大,还有心睡觉呀,宋德利跟人在福泰旅社交上火,走,赶紧看看,怎么回事……"

我一听,立刻穿好衣服,和崔板头带着人到了福泰旅社,外面围了不少的人,几个军警在那里维持着秩序。我和崔板头亮出证件,进了旅店,旅店里已经一片狼藉,有三个人直挺挺地躺在那里,身上盖着白布单。

"什么情况,闹的动静会这么大?"

一个小特务跑来报告:"发现这里是共匪的据点,侯科长下令让我端掉。"

地上三个人不认识,这可能是宋德利培养的特务。有人报告大堂里还有一具尸体,我俩走过去的时候,发现里面一个中等个子消瘦的人,这个人的身份还没证实,我猜想他一定就是罗海,他的胸口中了三枪,一枪是致命的,击中了心脏。

我又问了旅店的情况,一个伙计模样的人一脸惊慌地说:"刚才我也不清楚是怎么回事,有一伙人冲进来,直接找到这个人,这个人就住在我旅社,他身上有枪,打死了三个人,自己也挨了两枪，本来他还有口气，后来一个人上来对准他胸口又来了一枪，他就被打死了。"

　　崔板头问："这个人住在这里，你不知道他是共匪？"

　　伙计一下子跪在地上说："长官呀，冤枉呀，我真不知道。"

　　崔板头大吼了一声："把这个人给我抓起来。"

二十

罗海的死，让我长长地舒了一口气，多少个夜晚只要想到这个恶魔，我都不寒而栗，是他害死的陈娥，我没有亲手杀了他，真是遗憾……我共产党的身份目前只有他知道，可这个家伙要是真的见到蔡老板的话，我会彻底暴露，现在好了，这个家伙死了，我暂时还算安全，能继续潜伏下去。

看来侯忠孝与罗海一定是因为钱产生了矛盾，侯忠孝才会派人杀死了罗海。

罗海真实的面容我没见过，那么死的那个人是不是罗海呢？突然，我想起一个细节，前一阵子罗海来山里暗杀我，我曾咬断他的一根指头，那么真正的罗海一定是断指的，而旅社死去的那个人我并没有在意他是不是断指，这个细节让我一下紧张起来。我很懊恼，自己在查看他尸体时，怎么忽略了这个细节。

一大早我赶到特务科，一进大门，我直接去了后勤，问："昨天那几个人的尸体怎么处理的？"

后勤科的人回复是已经烧了。

"啊？烧了？谁下的命令？"

特务科的人说："是侯科长。"

我还想再问什么，特务科的人转身走了。

今天的特务科有点异样，怎么说呢，整个大院里连个人影都看不到，我正在疑惑，突然身后崔板头的人喊住我，让我去趟崔队长那里。我一见崔板头，还没说话，崔板头先告诉我件大事。

"侯忠孝失踪了。"

我一愣。他随后又说："侯忠孝的家都被抄了。"

"谁抄的？"

"这还用问呀，当然是日本人。"

这个消息着实吓了我一大跳，崔板头继续说："半夜，日本人宪兵队搜查了他的住所和办公室，这个家伙确实跑了。"

"我听说军统也查明他秘密把很多情报卖给了日本人，日本人呢，刚刚发现他是个双面间谍，两方都想弄死他，他选择了逃跑。"

我问崔板头："这家伙能两头通吃，后面是不是有日本人在支持他？"

"日本人能靠得住吗？这些人翻脸比脱裤子都快，如果支持就不会抄他的家了。"

我点点头，这事确实有些蹊跷。

崔板头愤愤地说："这小子不是跑得快，老子非亲手抓他，抓住他，好好收拾一下他，当时他怎么对老子，老子今天就怎么对付他……"

我正要离开，崔板头说等等，然后关住了门。他说："你不想听听我在侯忠孝的办公室里搜到了什么？"

我的心一紧，然后故意问："不是日本人搜查吗？怎么你们……"

崔板头说："在日本人之前，我姐夫就让我先把侯忠孝屋子查了个遍。"

我很平静，看着崔板头："查到什么，你们？"

崔板头点着根烟，烟雾很快遮蔽了他的表情，他说："我们查到你是共产党。"

说完，他从抽屉里抽出一份材料，递到我的面前。

这个声音把我吓了一大跳，我仍装作平静地说："是吗？这个玩笑开得好。"

"这是玩笑吗?"崔板头说,"你好好看看。"

我低头看了一下,这份材料无疑是罗海写的。他认定我是山上游击队的,在山上他当队长时,亲眼见过我,还写明了我和游击队的杨政委交往过密,后来我突然失踪,今年在归绥城遇到我,我已经是特务科的队长,由此判断,我一定就是共产党的卧底云云。

"我一直有几个问题想问问你,上次老方在牢里被人毒死是怎么回事?还有前几天,你借我的窃听设备干什么去了?百花照相馆的那个女共产党和你什么关系?"

我笑了一下:"老兄,这些我不是都跟你说过了吗?现在你也怀疑我?"说完,我的手正要摸向腰间,崔板头快速用枪抵住了我。

"别动。"

我摸出一根烟袋,笑着说:"我抽一口,行吗?"

崔板头没有放下枪,他说:"你是不是那个鹦鹉?"

我吧嗒吧嗒地抽起烟袋,抽足了,我不慌不忙地说:"我是共产党,我的代号就是鹦鹉。"

"啊?"崔板头愣在那里,"你真是共产党?"

我慢慢地跟他讲了实话,这些话,我感觉今天必须讲出来,对崔板头我不想再隐瞒什么了。我对他说,日本人的日子长不了了,当汉奸的,迟早有一天会受到人民的审判,我觉得崔板头是个汉子,没必要这么执迷不悟,我劝他一起跟我加入共产党……

我说话的时候,我注意到崔板头的手在颤抖,从他的眼神里能感受到他有点动摇,我猜想一是在特务科他把我当成了兄弟,二是他从骨子里仇恨日本人。可他知道他手上有共产党的血,一旦他加入共产党,他担心共产党秋后算账……

现在我已经无路可退,想想不如把崔板头策反过来,崔板头这个人讲义气,在特务科里我俩就是兄弟,现在我不能再遮掩什么了。于是我把内心的话一股脑地讲给他,讲了很多党的政策,共产党向来功是功,过是过,只要思想转变过来,今后一定会功过抵消的……

崔板头放下枪,他扔给我一盒火柴。

"把它烧了吧,留下是祸根。"

那些材料在火苗的燃烧下,一张张地变成了黑色的纸灰……

崔板头说:"现在我不管你是不是共产党,但你是我兄弟,我坐牢时,你救过我,我这个人只认兄弟。"

自从刘魁上次开枪打伤蔡老板后,人再也没出现。我多次去他住的地方找过他,房东告诉我这个人好久没来了。他去哪儿了?我很担心刘魁的安危,生怕他有点什么闪失,他不会又回去当土匪了吧?

就在我胡思乱想的时候,韩三告诉我一件事,他刚被抽调到调查福泰旅社的案件组,现在所有的材料都在他那里保管着,他问我:"想看看不?"

我知道韩三是个有情有义的人,这几天他似乎也听到特务科里对我不利的消息。

"我去了,还不得被日本人发现?"

韩三说:"我早想好了,你晚上化装成送饭的,他们不会发现的。"

按照韩三的安排,我晚上悄悄进了案件组。韩三抱了一大堆材料送到我面前。这是从福泰旅社搜到的资料,日本人还没来得及动,他让我看看有没有有价值的东西。

接下来我翻看着这些资料,大部分是一些在归绥城日军军事布防动向的情报,现在看意义已经不大,日军隔一段日子就会大范围地调整布防。还有一些资金往来的账目,经手人全是侯忠孝,我仔细查看了一下,侯忠孝确实在国军与日本人之间充当掮客,这些资金就是他两头收取的费用。就在我准备让小老乡把资料抱走时，突然看到一封侯忠孝给蔡老板的信，里面提到了武师长有疑点，侯忠孝曾动用电讯车测到武师长办公区有强烈的电报信号……

武师长那里怎么会有电台？

这封信的日期就是刘魁刺杀蔡老板当天，蔡老板还没来得及看到这封信，因为突然的枪声，侯忠孝来不及销毁这封信，就提前跑了。看到这封信，我身上还是有点发冷，这个侯忠孝手伸得很长，他有蔡老板的支持，可以查各种级别的人。

接下来的几天里，仍没有刘魁的下落，但侯忠孝的去向有了眉目。韩三从桃花公馆的日本朋友那里得到了侯忠孝的消息，他现在隐藏在城南的观音庙里。那个日本朋友还说，现在日本人表面上是在抓侯忠孝，实则是暗中把他保护起来。

听到这个消息，我有点猜不透日本人这是要干什么，看来日本人并不恨侯忠孝是两面间谍，他们可能希望留着侯忠孝这颗棋子，以后还有用处。

我脑子里想到一个好办法，如果这个时候把这封信给武师长，武师长一定会大为恼怒，这样可以轻而易举地消灭侯忠孝。看来这把火得烧，而且烧得要旺一些，我立刻去找武师长，把侯忠孝给蔡老板的信给了他。武师长果真火冒三丈，先是从炕上跳到地上，将地上的一个洗脸架子一脚踢翻，然后跳着脚把侯忠孝大骂了一顿，骂他吃里爬外，骂他查人居然查到自己的头上，然后又余怒未消地问："这个蔡老板是谁？"

我说："现在还不清楚，反正是个日本人。"

武师长晃动着肥胖的身子在屋子里转了三圈后，拍着桌子说："老子管他是谁，这个姓侯的，告黑状告到老子头上，老子亲自带着人上山抓捕侯忠孝，亲手崩了他。"

我有点担心地问："这件事用不用跟本田麻二说？以免他会

怪罪。"

武师长哼了一下。

"跟他说了,人早跑光了。"

天上下起了雪,这是春天的头一场雪,归绥城管这雪叫桃花雪,雪不大,像盐粒子大小的雪。伴着冷风吹拂在脸上,有些雪落在我的嘴唇,我伸出舌头舔了一下,冰凉中带着甜味,这个味道,让我不知道怎么回事,又想到了陈娥。陈娥,这个轻盈的名字,就飞舞在我的眼前,我看见此时陈娥也抬着头,跟着我的样子,用舌尖舔着飞舞的雪花……这么一想,我的心里有些难受,一切都是幻觉……

我极力克制自己的念头,告诫自己不能分心,要一心一意地对付眼前狡猾的侯忠孝。

天快黑下来的时候,武师长的二百多兵,已经把观音庙围得水泄不通。

这座观音庙建于清代,过去一度香火旺盛,后来因为不走驼道了,渐渐没了人烟。尽管衰败,可依然能感觉到这座观音庙曾经的恢宏,从山门到后院,有三重院落。

让武师长没想到的是,观音庙里竟然隐藏着这么多侯忠孝的人。枪战就是这个时候打响的,双方的子弹像带着火的飞萤,嗖嗖地在头上乱窜着,此时的武师长跟在平日里抽洋烟的武师长判若两人,他很精神,两眼冒着光,他高喊着:"打死一个,老子赏三块大洋。"

五师的人一下沸腾起来,人们为了大洋,疯狂地往里冲,很快观音庙的大门守不住了。

进了院子,我看见门口躺着几个中了枪的人,横七竖八地躺在地上,雪地上到处是血迹,一个人还有口气,躺在地上哎哟哎哟地叫唤着，我用枪指着他问，侯忠孝呢？那人蔑视地朝我啐了一口。

我打死了他。

武师长也摇摇晃晃地跟上来："人就在屋子里。"

武师长抬起胖胳膊朝天开了一枪，继续高喊着："抓住侯忠孝，赏五块大洋。"

枪声更加密集了。

观音庙到处是火光，受伤的人遍地都是，残余的人已经退缩到后院正屋里，这些人似乎并没有畏惧眼前的伪军，里面的火力一点儿没有减弱。武师长一看，自己的弟兄伤亡也很大，他挽着袖子，准备自己带头往里冲，这个时候，我拉住了武师长。

我说："您在这里指挥，还是我上吧。"

武师长看了看我，犹豫了一下，还是同意了。

他说："你小心点。"

天上的雪花越来越大，地上的雪厚到快没了脚脖子，白茫茫的雪掩盖了血腥的火药味。我抹了一把脸上的雪水，担心时间拖得越久，侯忠孝会随时逃走，我让带手雷的人集中在一起，随着我一声令下，三十多颗手雷同时扔进屋里，这个举动很有成效，一阵地动山摇的轰鸣之后，屋子哗啦一下，坍塌了一半。

这个时候我指挥着人们冲进去，高喊着："见了侯忠孝，一定要抓活的。"

屋里全是死人，地上有很多肢体残缺的尸体，院里院外找了半天，死人堆全扒了个遍，都没找到侯忠孝的身影。在后院里，我发现有十五峰骆驼，看样子像是要走远路，在墙角还有不少的物资，像是正要为出远门做准备。自从日本人的商号在山上被毁后，看来日本人一直准备着再次勘察。

我想起侯忠孝的话，看来他说得没错，日本人确实为野罂粟计划做好了准备，随时可能出发。这个家伙到底跑哪儿去了？这时一个瘦高个子双手捂着头，哀求着，他的手臂上有骷髅标志，这个标志我见过。

果真这个家伙说的全是日语。

我掏出了手枪，用力地顶着他的头。

"快说，侯忠孝跑哪儿了？"我的声音有些迫不及待。

"别杀我，我说，"那个瘦高个吓坏了，扑通跪在地上，一脸土色地说，"侯老板跑了，枪声一响，他就从后院跑了。"

我毫不犹豫击毙了他。

二十一

　　临近傍晚,我去了一趟厚和医院,目的是让惠子看看我的病情,到了医院后,那里的大夫告诉我惠子今天没来。我通过医院里一个熟人了解到,那个被刘魁打伤的日本人根本不是蔡老板,而是木村一郎。

　　从医院出来,外面天色已经暗了下来,街面没有人,地上有几片纸钱,风吹过来,那几片纸钱像饥饿的老鼠,疯狂地在道路上奔跑着……

　　我紧了紧衣领子,我感到周身寒冷,这种倒春寒的冷,从来没有遇到过。

　　这时我看见一个熟悉的身影,戴着礼帽,围着厚厚的围脖,这个人的背影很熟悉,他像是刚从厚和医院出来,这个背影让我想起了天顺义商号的事情,尽管天色暗黑,从他的背影看,我还是认出来了,他是蔡老板。这个蔡老板简直像个鬼魂飘忽不定。这一时刻,我下定了决心,必须查到蔡老板的真实身份,这个人太关键了,只要知道他是谁,一切疑问就会迎刃而解。

　　我决定跟着他。

　　那个人没走大路,而是穿过孤魂滩的林间小路。现在已进入了初春,风如利剑,天上大片的浓云遮蔽了月光,天地黑漆漆的,仿佛走进一个看不到尽头的古墓之中,这里原来是无人认领死尸的地方,到处是荒坟,尤其晚上走到这里,不时还能看见鬼火飘动。我不敢走得太近,担心会被发现,我屏住呼吸,小心翼翼地跟着他。

过了树林，前面便到了繁华的城中心，那黑影走到一家上面挂着日式灯笼的咖啡厅门前，左右看了一下，然后进了屋。

我站在窗子外朝里面看着，那个黑影走到一个女人面前，两个人相互鞠了躬，然后坐了下来，这个男人正好背对着我，我无法看清他的长相，可我能看清坐在他对面的女人。

怎么会是惠子？

我以为是自己眼花了，看错人，定睛又仔细地看了一下，确实是惠子。

惠子的表情很轻松，看样子他们不像是刚认识，很熟。一个服务员走过去，好像认识他俩，不一会儿服务员递过来两杯咖啡和一盘水果，男人举着咖啡慢悠悠地喝着，惠子在说着什么。

那一刻，我心里有点难受，这种难受源于惠子对那个男人的神态，我的心上像压了一块石头，沉甸甸的，我感到身子不断下坠，一直坠到漆黑的深处。

一到夜里归绥城气温骤变，一下子变凉起来，我哈着冻僵的手，跺着脚，此时我多么想进去喝上一杯热咖啡，可这些都是奢望。我看了下手表，九点多了，我靠在咖啡馆对面的一棵老榆树上，点着一根烟，一明一暗的烟火，仿佛成了我此时最大的精神慰藉，烟雾不断飘动着，我一边看着窗子里的惠子，一边回忆和惠子在一起的日子。

眼前的一切，假如是梦，该多好。

十点的时候，惠子和那个人站起了身，看样子他们要走，我赶紧躲在榆树后面，偷偷察看了一下，蔡老板尽管低着头，我还是一眼认出了他，他只有一只眼，另一只眼戴着黑色眼罩。

他是本田麻二。

我梦见无数乌鸦从远处飞过来，恐怖的嘎嘎声就在我耳边响彻，有一只呼啦一下落在我的身上，怎么赶都赶不走。突然乌鸦变成了一个人形，我一看是惠子，吓了一跳，再仔细一看，这只乌鸦又变成侯忠孝的模样，它嘎嘎地跟我说话，我一句都听不清，后来听清了。

他说，你的身份是假的。

然后我就醒了，醒来后再也睡不着了，黑暗里，我感觉那只一会儿是惠子一会儿是侯忠孝的乌鸦，就站在面前，黑乎乎的，抖着羽毛，我实在搞不懂，惠子怎么会跟他们搅和在一起，她到底是谁？我开始回忆和惠子从相遇，到看病，到叙旧……这一切现在看多么像精心安排好的，惠子是个优秀的演员，每一个细节都演得天衣无缝。这些往事让我越想越害怕。

自从特务科侯忠孝出逃后，日本人已经在秘密查鹦鹉，特务科的每一个人随时会被叫走谈话，从出生到入特务科的经历，一点点核对，如果有不清楚的，立刻会被叫到桃花公馆严加拷问。

负责查找鹦鹉任务的，就是刚刚出院的木村一郎。这个家伙命大，刘魁的两粒子弹都没打中他的要害。

木村一郎把我叫到了办公室，看见我非常热情，他说："这个位置永远是你的，不是我的，我只是暂时接替一下。"

我立刻说："属下随时听从调查。"

他摆摆手，笑着说："你不用这么紧张，你坐下，我叫你来，不是调查你的，我是想问你一件事。"

"您问。"

木村一郎说："这件事，可能本田君以前也问过你，当年我们日本成立了一个西北考察团，从达尔罕出发，据说你就在当时的蒙政会工作，是不是呀？"

我点点头。

"据说有一个你们蒙政会的人，曾作为向导跟着考察团一同前往，你知道这件事不？"

我看着木村一郎消瘦的脸，他的脸上在颤抖。

我摇了摇头："属下职位很低，这件事您应该问问荣主任。"

木村一郎笑了一下，然后说："好了，咱们不聊这件事，你说说你对武师长的了解。"

"属下跟他接触不多。"

"在这里谁跟他接触多？"

"当然是——"我说到这里，本来嘴上想说崔板头，临时改了口，"当然是侯科长，他是我们的上级，平常他跟武师长接触得最多。"

木村一郎再次把目光投向我，那种目光里有些冷意，我知道，他此时在恨我的欺骗。

我再次见杨政委时，决定把惠子的事告诉杨政委。

我说话时，杨政委脸上没有任何表情，默默在听着，我不时地看着他，他似乎没有察觉到我在小心翼翼地观察他，他头都没抬，双手不停地摆弄着眼前的茶缸子。

等我彻底地说完后，他对我说："你说这个惠子，有关她的资料我们手上一点儿都没有，对这个人的身份甄别，很难做出判断，既然她和本田麻二在一起，那么她一定也是参与野罂粟计划的成员之一。"

"可她是医生。"

"日本人为了实现他们的目的，会使用各种手段的。"

我心里一惊，难道惠子医生的身份，仅仅是个外表？

杨政委嘱咐我多小心，做什么事情，要理智。现在不能打草惊蛇，先稳住，从外围开始做工作。

"外围？"

杨政委说："对呀，这个侯忠孝，我们通过国军的人证实，他就是个双面间谍，国军已经查出他的通敌证据，正在通缉击杀他。就在前不久，那个中统的徐老板在追击侯忠孝时，被侯忠孝打死，这件事在国军方面影响很大。"

我说："看来这个家伙是铁了心当定汉奸了。"

那天我跟杨政委聊到很晚，临出门时，我想起了那个张后生，便问："怎么这几天看不到小张师傅了？"

杨政委说："哦，归绥有他的一个姑姑，这几天他去姑姑家住几天。"

我有点不放心："这几天日本人疯狂地破坏抗日交通站，杨政委一定要小心。"

"你放心吧，我这里很安全。"

从茶馆出来，天上要下雪了，云很厚，风里有了潮冷的气息。街道上的树木已经光秃秃的，像是被冬天准备斩首示众的囚徒，一个个垂头丧气。我的腿有些沉重，从杨政委的神态看，他好像对惠子不太感兴趣，我担心他会说出除掉她之类的话，现在虽然没说，以后呢？这么多年来，我遇到很多艰难的时刻，可这次面对惠子，我感到异常艰难。换句话说，以前那些不算艰难，现在才是艰难，真正的艰难。

我到了一家小酒馆，一个人喝起了酒。

我仔细地回忆着和惠子的所有交往细节，从她开始献花，到马路上偶然相遇，再到后来她成了我的主治大夫，这一切看似自然，实则像是安排好的一样。

从酒馆回来，我感到异常疲惫，一进屋，便睡着了。那晚，我做了一个梦，梦见陈娥出现在我的眼前，这次和以前的不一样，她披头散发，瞪着眼睛，用枪指着我，问，为什么不杀了那个日本女人？我说，我没理由杀她。陈娥恶狠狠地问道，你是不是喜欢上她了？我摇着头说，没有。我的话还没说完，陈娥就打了我一枪，尖锐的子弹让我心口一热，我感觉自己的魂魄瞬间离开了身体，在黑暗的世界到处飘荡，黑暗中我依稀能闻到熟悉的气息，这是惠子的气息，气息在一点点地变淡，融进这无边的黑暗之中。

黑暗中，我能感觉出她在不远的地方，但我就是看不到她。

我大声地问她，你是谁？你在哪儿？

黑暗中传来惠子真实的声音，我没别的办法，只能把自己隐藏起来，因为很多人要杀我……

可至少我没有……

没有不等于没想，都是一念之间。

惠子的回答有些漫不经心，她的话像块铁一样压在我的胸口。

我继续问她，你到底是什么人？

别问了，我们都是假面人，你说这个城市里哪一个人是真实的？

好吧，你杀了我吧，死在你手里，我心甘情愿……

一声枪响。

这个时候我醒了，醒来后，我长久地发着呆，梦里惠子的气息还在我的身边游荡，仿佛她真的在这间屋子出现过。

二十二

上午，我再次按照和杨政委约好的时间到了茶馆，一路上我隐约地觉得身后有人，我走着走着就停一会儿，观察身后，身后什么都没有。见到杨政委后，我把前两天武师长上山剿灭侯忠孝结果他跑了的事，向杨政委做了汇报，杨政委一边听一边点着头。

杨政委问："武师长搞这么大的动静，你没发现，日本人那里没有什么反应？"

我说："这事我也感到奇怪，自从武师长率部队剿匪，日本人那里确实一点儿反应都没有。"

"没有反应不是什么好事。"杨政委喝了口茶说，"还有，你说侯忠孝查到了武师长那里有电台？"

我点点头。

"这就说明武师长还有其他的组织。"

我不解地看着杨政委："组织？他有什么组织？"

"现在还不清楚，我立刻向上级反馈。你呢，要提醒武师长这几天多加留意，提防日本人，叫唤的狗不咬人，怕就怕这是只不叫唤的狗。"

过了一会儿，我有点沉不住气了，就问杨政委："组织那头对惠子的情况有反馈吗？"

杨政委眯着眼睛看了我一眼，这一眼很深邃，仿佛窥探到了我内心的秘密，我脸红了一下。

他说："今天我正是因为这件事和你见面。"

接下来杨政委说惠子的身份很复杂,从现在掌握的情况看,她在厚和医院当大夫的这个身份,是假身份。

"假身份?"我瞪大眼睛,几乎不相信这话是从杨政委嘴里说出来的。

杨政委用力握着茶杯,然后不停地在手心里转着,他说:"你好好想想和她在一起时,发现什么细节没有?"

屋子里的炉子燃烧得很旺,炉膛里的火苗正噼里啪啦地响着,窗户上升腾起一阵热浪,而我呢,内心里一片凄寒,和惠子在一起,有什么不一样的细节,我闭上眼回忆着。和惠子第一次见面的情景,是在大马路上,她出现得很偶然,我接到她给的名片……第二次呢,是我主动找的她,然后在舞会上,我俩的交往开始亲密起来……我一点点想着惠子出现的场景,突然想起一个事,我对杨政委说,她喜欢日本歌,喜欢一个叫什么美代子的日本女歌星。

杨政委紧锁眉头,他用力地捋着前额,说:"这个惠子也许就是本田麻二培养的日本女间谍。"

我急忙解释道:"不可能,不可能,她是治好我病的大夫,如果她是日本人,干吗要治好我?"

杨政委开始帮助我一点点分析:"你问得好,你看啊,她的出现是在你头脑失忆的时候,那时候你很难辨别出她是真是假,等你恢复了记忆,你俩的感情正在升温,你已经无暇考虑过去的事情,这正是她的用心所在。"

"那么她利用我要干什么?"我的头脑完全糊涂了。

"当然是地图,她从一开始治好你病的目的,就是为了得到地图,有了地图他们才能实施野罂粟计划。"

我还是有点不解。

杨政委说:"日本人已经发现你画的地图是假的,真的在哪儿?就在你的脑子里,他们既然要得到地图,就得先把你的脑子治好,你想想日本人为什么会好心地把他们新研制的药给你吃?"

杨政委的手指摩挲着茶缸上的茶渍,没有再说话。他的面色很凝重,像变了一个人似的。

过了好长一会儿,我忍不住问杨政委:"那惠子到底怎么处理?"

"为了不留后患,及时除掉她。"

我能听出来,这是命令。

我感到自己内心的那团火,忽地一下就灭了,惠子在我紧张的世界里,她就是一团火,正是这团火,让我感到些许的温暖。现在呢,什么都没了,惠子居然成了日本人的特务,既然是日本人的特务,我没有别的选择,只有除掉她,可我能忍心杀了她吗?

几天下来,我基本掌握了惠子行走的详细路线,晚上的时候,我在一张纸上标记了几个有可能下手的地方,下手的地方一定是好隐蔽、好撤退的地方。画着画着,我画不下去了,我的心一阵难受,无法再继续下去了,我痛苦地捂着脸,眼前是惠子那双清澈的眼睛。

"你真的要杀我吗?"

我无法面对她,痛苦地将眼前的纸揉碎……

不知道过了多长时间,我的电话响了。

电话里的声音让我愣住了,是惠子,这个时候给我打电话要干什么?

电话里,她的声音很紧迫,她问我:"你是不是最近总到一个叫陈家茶馆的地方?"

我没想到她会问这样的问题,我的脑子飞快地运转着,考虑着该怎么回答她的话。

"是不是?"惠子的声音更加急迫了。

我不想再隐瞒了:"是,怎么了?"

"我下午在医院上班，本来是到药房去取麻药，听见药房的人在议论，刚刚日本人抓获的人被打伤了，就住在医院里，他姓张，他交代了陈家茶馆是共产党的一个新交通站，里面有重要人物……当我听到有你名字时，就赶紧打电话。"

我身子一紧，立刻明白那个张后生可能叛变了，这个电话来得太及时了，我知道这个电话是惠子冒着被抓的危险打的，挂了电话，脑子里很焦急。我拿起电话准备打给陈家茶馆时，想到那里很可能已经被日本人控制了，我穿上外套，立刻出门开车前往陈家茶馆。

一路上，我的心怦怦直跳，希望自己开得再快一些，我要赶在日本人之前到达茶馆，立刻告诉杨政委转移，只有这样才能避免我方再度伤亡。

在离陈家茶馆不远的地方，我听到了枪声，知道自己来晚了。

我停下车，悄悄地走了过去，在一个不易察觉的地方，观察着前面。不远处灯火通明，我看见日本宪兵队的卡车，茶馆已经被包围了，那里不断传来人喊狗叫的声音，没一会儿零星的枪声停止了。

我的心提到嗓子眼，暗自祈祷着里面的杨政委安然无恙。

有个人跟在我的身后。

一开始我以为是日本人派来跟踪我的，我走到了一片闹市，转了好几条街，以为把身后的尾巴甩掉了，可没想到在街角，突然有人走到我身边，拽了拽我的袖子。那个人帽子压得很低，一时无法看清面容，我犹豫了一下，决定还是跟着他，走了约半个时辰，到了前面一个街角，我见那人没了踪影，正在四下张望，那人在拐角叫我。

原来是杨政委的一个警卫小杨。他的脸色暗青，上面还有血道子，我猜想发生了什么，就上前一把抓住了他的手。

小杨脸色更难看了,他眼睛一红,眼泪就吧嗒吧嗒地往下掉。

"你哭啥呢,快说呀,杨政委呢?"

小杨用袖子擦了下眼泪,他边哭边讲述着。"昨天晚上,不知道怎么回事,日本人包围了茶馆,杨政委带领着人和日本人交了火,敌人太多,根本冲不出去,茶馆的陈老板和三个伙计都牺牲了,杨政委也受了伤,好在茶馆里有暗道,那条暗道是逃生的,有人先背着杨政委出去了,我负责掩护,可等我出去以后,他们已经不见身影,我只好先隐藏起来。"

我焦急地说:"你说杨政委受伤了?到底有没有事?"

"那晚都打乱了,我看见杨政委的胸口中了枪,日本人把茶馆的房子全烧了……"小杨说着,眼泪又吧嗒吧嗒地掉了起来。

"那杨政委现在在哪里?"

小杨说:"我也不知道,等日本人走了以后,我又回茶馆里找了一圈,那里已经成了一片废墟,我正在那里翻弄着尸体,看看有没有杨政委的,这时我听见踩碎瓦的声音,有一个人鬼鬼祟祟地来了……"

我赶紧问:"什么人?"

"一个头戴礼帽,脸上蒙着黑纱的人,我当时来不及躲起来,就势躺在地上,也假装死人,那个人就挨个地看死人,我真担心自己憋不住,可我还是憋住了,他翻看我时,我看见他手指少了一个……"

"什么,他少了根指头?"

我愣在那里,手指断了?!——难道罗海没死?这么一想,我身上出了不少的冷汗。

"他还活着?"

"谁?你怎么了?"小杨不安地看着我。

我摆了摆手。他接着说:"他翻看完每一个人后,觉得不放心，就又补了一枪，他正要给我补枪时，远处有个人叫他，声音很尖细，我一听声音吓了一跳，是咱们游击队的小张，这个人前两天说去看他姑姑了，没想到他居然叛变了……小张朝着这个人在喊，记住明天中午，侯老板还在御坊池等你呢。这个人顾不上给我补枪，匆匆忙忙地走了。"

看来这一切惠子说的是真的，因为张后生叛变，交通站被毁。

我拉着小杨的衣袖说："这个消息太好了，走，到御坊池。"

"去那里干什么？"

我笑了一下，狠狠地说："锄奸。"

御坊池位于归绥城大南街一带，据说这个澡堂子清朝就有，本来是准备迎接皇帝沐浴的，可皇帝没来，倒成了归绥城里达官贵人洗澡的好去处。民国二十三年，据说蒋委员长携夫人来到绥远会见德王，在这御坊池还洗过一次澡，这是民间流传，无法考证。

天上开始飞起鹅毛大雪，大雪很快让整个归绥城发酵成一个白胖子，归绥的春天就是这个样子，下大雪是经常的事。到了御坊池，我让小杨守住后门，自己直接进了浴室，跑堂的小伙子上前来招呼我，我亮出了证件，让他不要作声，小伙子吓得不敢再言语。

整个浴池里又湿又热，我能感到额头上的汗珠子不断往下滑落，在更衣室，我看见宋德利，他刚脱下衣服，腰间围着一条白毛巾，正兴致盎然哼着小曲往浴池方向走。我快速地走过去，想先把他控制住，就在我准备下手时，这时突然传来一声枪响，子弹贴着我的头皮飞过，我赶紧蹲下身子。

因为枪声，御坊池一片大乱，谁都没想到，这平静的澡堂子里会有枪声，紧接着又传来一声枪响，子弹正好打在那个跑堂的小伙计腿上，只见小伙计捂着腿倒地哀号着。我再抬头看，宋德利已经不见了，我擦了把汗，观察了一下，发现开枪的人就在柱子后面。

从我这个位置，很难看清开枪者的面容，但我心想这次绝对不能再让他跑了，于是掏出枪开始还击，枪弹在浴池里噼噼啪啪乱飞，火星四溅，我听见对面的人"啊"地喊了一声，然后倒在地上。

我知道他中弹了，于是我快速举着枪冲了过去，与此同时看见一个黑影朝后门飞奔而去，我朝着黑影开了两枪，那黑影很敏捷，人像兔子一样地跑了。

地上全是血，我走到那个中枪人的面前，他趴在地上，子弹击中了前胸，嘴里全是血沫子，他大口地喘着气，看样子快不行了，他的两只手在地上抓挠着。这时我看见他的一只手断了一根指头，我用脚把他翻了过来，果真是罗海，看来他上次假死，是侯忠孝故意安排的。

罗海抬头看着我，眼神很复杂，灰蒙蒙的，像是充满了愧疚，他断断续续说："我也是没办法……他们……抓了我……我有八十岁的老娘……我……我就成了他们的人……"

没多长时间，罗海挣扎的双臂便不再动弹了，我用手在他的鼻子下面试探，知道他已经断了气。

这时后门传来了枪声，张后生和侯忠孝正一起朝后门的小杨开枪，这么密集的枪声，我估计用不了多长时间，小杨会支撑不住。

我朝着张后生开了一枪，这个人尽管曾经对我很好，可如今他已经成了可耻的叛徒，张后生中了枪，一头栽倒在地上。就在我跑过去的时候，侯忠孝不见了。

地上的张后生已经绝了气，这是当叛徒的下场。

这时，小杨跑了进来，他满头大汗，对我说："另一个人跑了，不过，这小子被我打了一枪。"

"那个人是侯忠孝。"

我拉着小杨，走到了另一具尸体旁边，我问他："你看看这是谁？"

张后生一眼认出了罗海："这不是罗队长吗？"

"他和张后生一样，都是叛徒。"我说。

接下来，我和小杨在柜子里找到了宋德利，刚才枪声一响，宋德利没有地方逃，只有躲在衣柜里，衣柜里最安全，可惜他的浴袍有一个角露在柜子外面。我用力拽了一下，一个人跟跄地从里面被拽了出来，我举着枪笑嘻嘻地对着他："这里乱哄哄的，军警马上要来，我们去个清静的地方聊聊天。"

宋德利不敢怠慢，麻利地穿好衣服，我们押着他从后门走出了浴池。

我把宋德利关在一个庙里。

一整天了，我没跟他说一句话，到了黄昏时分，他一脸惶恐地看着我，正要说话，我朝他"嘘"了一下，告诉他，不用着急，什么事情想好了再说。

"不用想了，你们问什么我就说什么。"

"好，那我问你，你是怎么发现中共交通站的？"

宋德利说，一切都得从罗海说起，一天他在街上遇到了张后生，这个人罗海在山上见过他，于是罗海就打电话跟宋德利说了，宋德利立刻把张后生抓了起来，一审讯才知道归绥城里有他们刚刚成立的交通站。

"这么大的行动，你为什么不告知特务科？"

宋德利说："我有日本人的命令。"

我一下子笑了："好好，你敢拿日本人出来压我，对吗？我跟你说，侯忠孝已经背叛了日本人，办公室和家都被宪兵队抄了，今天你和侯忠孝在御坊池见面，你知道是什么罪名吗？"

宋德利不安地看着我。

"通敌。"我掏出手枪，抵住他的头，"现在我就可以把你崩了，你信不信？"

"我没跟他见面，这是一场误会，我根本不知道他在这里。"

我实在忍无可忍，朝着宋德利耳边开了一枪，子弹擦着宋德利的头飞了过去，他惊恐地捂住耳朵……

"说不说？"我的声音在吼。

"说，我说，是蔡老板安排我们几个洗完澡，就准备去达尔罕蒙政会。"

"去那里干什么？"

"去查一个人。"

接下来我才明白，日本人让侯忠孝逃跑，抄他的办公室等，都是在掩人耳目，他们真正的目的，就是派这四个人偷偷去达尔罕蒙政会，从源头上查找当年跟随西北考察团的人。

我解开了宋德利的绳子，告诉他："你走吧。"

宋德利有点不相信，惊讶地看着我。

"记住，当蔡老板问你御坊池的事，你就说遇到了抗日锄奸团的人。"

宋德利揉着发酸的胳膊点着头说："我明白我明白。"

说完，一转身跑了。

"为什么要放走这个狗汉奸？"小杨急得直跺脚。

我拍了下小杨："杀了他也没用。"

"他会到日本人那里告发你的！"

我笑了一下："我就是让他去告我，这样能给蒙政会争取一些时间。"

二十三

我很清楚日本人现在不抓我，主要是想从蒙政会得到证实后，再对我下手。

当天晚上，我到了武师长师部，把发现了侯忠孝的踪迹等情况对武师长说了。

"咋搞的，咋让他跑了？"武师长急得背着手在屋里打转转。

我还把他们准备去达尔罕的事情一起对武师长说了。武师长听完后，人就不走了，一屁股坐在椅子上，嘴里不停地说："如果他们真的去了达尔罕，荣主任那里一定会有危险。"

"那怎么办？"

武师长想了一下，他说："这件事，你先别管了，我来处理，你还得想办法抓住侯忠孝，见了不要审，直接击毙。"

从武师长办公室出来，我很担心杨政委的安危，可杨政委到底在哪儿，我不知道。这几天我让小杨到处打听杨政委的下落，他找了很多地方都没找到。这天我看《蒙疆日报》，上面有则永济堂领药的通告，引起了我的注意。我想起在山上杨政委曾经告诉我，在紧急时分，一个联络方式就是通过报纸通告，我回忆了一下见面时的暗号，便只身前往。

永济堂药店在大南街的玉石巷口，一家建筑式样中西结合的百年老店，这或许是游击队在归绥城的另一个秘密交通站。中午时分，我站在路口观察了下周围，一切都很安全。此时雪已经停了，阳光从云中探出头来，地面上有一片刺眼的白光。

药店里只有一个戴着瓜皮小帽的人，正在边拨拉着算盘边记着账，听见脚步声，抬头见我走进了店里，他急忙问："先生要什么药？"

我说："玉丹丸。"

瓜皮小帽一愣，旋即问："您是要白露前制成的，还是白露后制成的？"

我说："我就要白露当天制的。"

瓜皮小帽紧张地看了眼门口，对我说："到里屋吧，有位客人等你半天了。"

在瓜皮小帽带领下，我进了里屋，里面的墙是夹壁墙，过了夹壁墙，我看见了床上昏迷的杨政委。让我没想到的是，刘魁竟然也在这里。后来我才知道，原来上次刘魁枪击木村一郎后，日本人到处抓他，他不敢主动与我联系，担心会暴露我，每天东躲西藏，一天他在街上看见了罗海，他们带着人朝陈家茶馆的方向去了，于是悄悄尾随他们。快到陈家茶馆时，刘魁担心我在茶馆里，于是冒险提前进去，向里面的人说明情况，也就是这个时候，外面的枪声响了。刘魁说杨政委胸部中了弹，自己背着他从暗道逃脱，快要昏迷的杨政委告诉他到永济堂药店，于是他们到了永济堂，到了永济堂后，杨政委就昏迷了，子弹击中了肺叶，现在人已经昏迷三天了。

我抓住杨政委的手，他脸色暗黄，双眼紧闭，身体消瘦，任我怎么喊他，他没有一点儿反应。交通员说："外面日本人封锁了所有的医院，没法请大夫，可再不救的话，杨政委的命怕是保不住了——"

杨政委真的像死了一样，我的眼泪替代了哭声，顿时涕泗横流。

刘魁站在一边说："李哥，你别哭了，你总得想想办法呀，咱们不能眼睁睁地看着杨政委死吧。"

我想起杨政委的话，不要感情用事，要多动脑子。现在还不是流眼泪的时候，我直起身子，用袖子擦干眼角的泪，我想起一个人，当她出现在脑海中时，我的精神为之一振，也许她能救杨政委的命。

这个人是惠子。

大家一听是厚和医院的惠子大夫，都摇着头，首先刘魁就不同意，他说："这能行吗，这不是把杨政委往火坑里送吗？"

"现在除了惠子大夫，还能有更好的人选？"

我的质问让他们哑口无言，我说："此时就是上刀山下火海，我也要试一试。"

走到惠子家门前，我觉得自己的身体有千斤重，像拖着铁链在行走，每走一步都极其困难，我脑子里总在想，万一惠子不同意怎么办，那样的话，不仅救不了杨政委，说不定她还会向桃花公馆告密……我脑子里乱哄哄的，如果真的那样，我只有亲手杀了她。

现在就是一场赌博。

门开了，屋子里一阵熟悉的气息扑面而来，我希望这气息永远是在记忆里，而不是现实。

眼前的惠子看起来很平静，不动声色。

我回头看了一下外面，然后关住门，走到惠子面前，声音很急迫地说："我现在有个很重要的病人，你想办法救救他。"

惠子说："他可以去医院呀，根本不用来找我。"

我盯着惠子的眼睛："可他不能去医院，所以才来找你——"

"他是什么人？国军、共产党，还是日本人通缉的要犯？"

我被惠子噎得说不出话来。

我俩谁都不说话，沉默着。

过了一会儿，她抬头看着我："你这是在逼我？"

"没有，是在求你。"

惠子两只手抱在胸前，她说："我要是不同意的话，你会用手里的枪逼迫我？"

我顿了一下说："也许会，也许不会，我求你了，时间紧迫。"

惠子不再说话了，她点着了一根烟，烟雾很快将她笼罩起来。我头一次见惠子抽烟，她抽烟的样子很优雅，缥缈的烟雾顿时让她变得很不真实，我知道惠子需要思考，这不是普通病人，是日本人通缉的共产党，可又有什么办法呢？现在只有日本人的厚和医院才是归绥城最安全的地方，这一切都得需要惠子来安排。

惠子抽完最后一口，将烟蒂按灭在烟灰缸里，她朝着我微笑了一下："好吧，我帮你。"

惠子答应了，我激动地一把抓住了她的手，嘴里不知道该说什么好。

"记住，这是你欠我的。"

我马上点着头说："我欠你的，我还，一定还。"

接下来，在惠子的安排之下，杨政委被偷偷地送进了厚和医院，他换了假身份，只有这样才不会引起别人注意。惠子在医院里提前找好了大夫，很快杨政委的手术开始了，手术整整做了六个小时。我一直焦急地等待着消息，天快亮的时候，惠子走出了手术室。她的脸色有些发白，我上前问："怎么样？"惠子笑了一下："你是问我，还是那个病人？"

我脸红了一下："都问。"

"撒谎。"惠子说，"病人手术很成功，从肺部取出一粒弹片，他现在需要休息，慢慢地恢复，至于我嘛，你陪我喝一杯？"

夜晚的街道上静悄悄的，铺满白雪的路面上像镜面一样反射着白光。车里惠子没怎么说话，她坐在副驾驶上闭着眼休息，我偶尔转身看她一眼，车灯的光线一波波像水一样，晃过她的脸庞，这一刻惠子美极了。

到了惠子家，她给我倒了一杯威士忌，端着酒杯递到我的面前，我闻了杯子里的酒，里面确实是纯正的英国货，我喝了一口，疲惫的精神得以缓解。

"你是怎么认识这个受伤的人的？"

"一个朋友，你知道我认识的人很杂。"

惠子给自己倒了一杯，她举着杯子，杯影对准了我。

"我觉得不像。"她说。

"为什么？"

"如果仅仅是个普通朋友的话，你的眼神不会那么焦急，还有，你根本没有必要冒着这么大的风险送到厚和医院，你很清楚厚和医院是日本人开的，当然最危险的地方最安全。"

我又喝了一口，这一口酒热辣辣的，有点灼心。

"你到底是什么人？"

面对惠子的质问时，我笑了起来。

"你笑什么？"

"我想起你说的假面人，这个城市里很多人都不是自己真实的身份，比如你。"

惠子愣了一下，她呆呆地看着我，没过多长时间，惠子也笑了起来，她说："我喜欢你的直率，那你说说我又是谁呢？"

我说："好，既然你说我直率，那我就跟你直率说吧，你还记得咱们第一次见面吗？留声机里放着一个曲子叫《月下美人》，歌手是长川美代子。我查过她的资料，她没死，换句话说，你就是长川美代子。"

惠子愣在那里，她的模样像不认识我一样，目光完全是陌生的。在离她不远的桌子上，有一把水果刀，那把刀明亮尖锐，泛着冷光，拿着它足可以让一个人致命。

让我意外的是，惠子没有动，她狠狠喝了一大口酒，然后说："你既然把这层纸捅破，好吧，我就跟你实话实说吧，是的，我是长川美代子，十八岁那年日本军方找到我，让我化装成一个学医的女学生，给了我一个新的名字，叫惠子，从那年起我就到了中国的西北，执行收集情报任务，而那个唱歌的长川美代子被另一个女囚顶替，制造了煤气中毒的假象死于家中。"

我听了惠子的讲述，彻底呆住了。

"其实我来到中国后，看到日本人大肆杀害中国人，我的心里也很痛，很后悔自己走上这条路，可已经身不由己了。也就是这个时候，我秘密加入了觉醒联盟，也就是他们说的反战同盟，我从内心讲真不希望战争继续打下去了……可日本人像发了疯的野兽，他们的胃口越来越大，占领完中国的东北、华北，接下来又是西北……你也许猜对了，你是这世上唯一一个能找到黑蜘蛛矿石的人，他们命令我利用美貌和你接近，从而得到地图，可没想到你失忆了，他们又让我主动接近你，治疗你的失忆，一旦得到地图，他们会命令我尽快杀了你，可是我怎么能忍心杀了你……"

惠子的声音变得很轻，轻得像一缕烟。

我把我看见本田麻二见她的事情说了。

惠子笑了一下说："本田麻二是我的上级，有一天夜里，他强奸了我，我用匕首扎瞎了他的一只眼睛。"

我差一点儿叫出声来，原来本田麻二的那只瞎眼，是惠子扎的。

惠子声音有点喑哑："被玷污之后，我的心里一直有阴影，可我能有什么办法？他是我的上级，我只能受其摆布。"

说到这里，惠子有点控制不住自己的情绪，她在低声啜泣，我上前一把抱住了她。惠子的身体很瘦弱，感觉像只被人遗弃的猫，她在我的怀里在不停地颤抖着。

她说："第一次我见到你，是本田麻二安排的，可我内心不知道有多欢喜，我叫住了你，我知道这么干，会给你今后带来好多麻烦，但这是我的任务，我必须这么做，就这样咱们俩又相遇了……让我没想到的是，我们的相遇竟然是场错误……"

"为什么？"

"因为我喜欢上了你。"

我说："你可以杀了我，比如给我治病时，你下毒什么的，根本没人会发现。"

惠子看着我说："我要能杀你，早就杀了，不用等到今天，可咱们俩秘密交往，还是被本田麻二知道了，他不仅不让我杀你，而且命令我去接近你。"

"为什么？"

惠子说："是因为一张地图，这张地图于他很重要，他得想办法得到，真地图只有你知道，你的记忆必须恢复……"

我感觉自己拥抱的不是一个人，而是一团无边无际的黑暗。

惠子打开唱机，唱机里放着的曲子，正是长川美代子唱的《月下美人》，她的声音幽远空灵，让人能闻到大海的味道。在这音乐声中，我感觉自己所经历的，像是一场梦。

她说："我越接近你，我越发现自己喜欢上了你，你这个人善良，骨子还保留着一种纯朴，我很痛苦，知道这样下去我会失控，可我厌倦了我的生活，是你让我找到了活下去的勇气和希望……"

我问她："有一次在三官庙街上，是不是你？"

惠子点点头。

她说："那一次在三官庙街上，我确实去了，事实上本田麻二告诉我的时候，我猜到那里是侯忠孝设计的一个圈套。"

"那你既然知道是假的，还要去？"

"我就是想看看你。我去的时候，那里已经响起枪声，街面上一下乱成一片，我很担心你的安危，可就在我准备离开时，居然遇到你，那一刹那，我觉得你是从梦里飘出来的，我来不及和你说话，一点儿时间都没有。就这样，这个梦一闪而过，被甩到了身后。第二天，我又去了一趟三官庙街，一路上我很期待再次与你重逢，三官庙街上已经没有了昨天恐怖的硝烟，我记得在初秋阳光下，这里显得静悄悄的，林记烟铺子关门了，上面贴着封条，老板死了以后，这家店被特务科查封了。我站在那棵老槐树旁，这是昨天我和你相遇的地点，我深吸了一口气，希望空气里还能闻到你的气息，可我知道，你也许是个幻影。"

我又给自己倒了一杯酒，在惠子的讲述中，我依稀能想起那个飘过的身影，那是一个模糊的身影。

"我知道你后来跟踪过我。"惠子说。

我脸红了一下说："这是我的职业习惯，当有一天我知道有一个叫蔡老板的人存在，我就产生了巨大的好奇心，我想知道他的真实身份。在寻找他身份的过程中，有一天我发现你和他在一起，你们一周见两次，星期三和周末，直到有一天我知道了蔡老板就是本田麻二后，我决定不再跟踪你了。"

"你心受伤了？"

我喝了一口酒，朝她笑了一下。

外面起了风，挂在窗前的风铃不停地摇摆响动着，风铃声好像从很远的地方传来。

惠子看着我，眼神里充满了信赖和柔情，她说："你想没想过离开这个鬼地方？"

我被惠子的声音吓了一跳。

"离开？"

"对，离开。"惠子又狠狠喝了一口，她说，"咱俩一起离开？"

我苦笑地摇了下头。

"你没想过,所以你就不敢走这一步。"

惠子的声音越来越坚定。

"去哪儿?这个世界走到哪儿不是这个鬼样子?"

"未必。"惠子喝完,又倒了半杯。

她走了过来,依偎在我身旁,我闻到她身上淡淡的清香,惠子抬起头:"咱们俩一起走吧,不论天涯海角,只要你在我身边,去哪儿都行。我早就厌恶了这里的一切,我们去大后方,去边疆,去没有人的地方,我们俩在一起,过我们想过的日子。"

我能想到此时惠子这话是真诚的,是从心底发出来的,我忍不住抓住了惠子的手,那手很冰冷,像她的心。

她到底是个什么人呢?

杨政委终于醒了。三天以后,他睁开了眼,第一眼看到的是我,他的眼睛亮闪闪的。

杨政委问,他在哪儿,怎么回事?

我抓着杨政委的手,流着泪说杨政委您终于醒了,接下来我把他怎么到永济堂怎么被送进厚和医院的事告诉了他。

杨政委眼睛里充满了愤怒,他断断续续地说,我是中国人,不能躺在日本人开的医院里治病。

我把惠子将张后生叛变转告给我的事,对杨政委说了:"这次若不是她及时通知,我们的损失会更大。"

任凭我怎么解释,杨政委都很固执,他坚决不同意,在谈话过程中,杨政委好几次要拔掉输液的管子,我按住了他:"您别激动,反正手术也做完了,咱们离开,离开还不行吗?"

杨政委因为激动,苍白的脸变得通红,他大口喘着气说:"还有那个日本的女间谍,你想办法一定要除掉她。"

我的脑子轰的一声,几乎有些站不住了,稳了一会儿情绪,我说:"这个惠子大夫是给您看过病的人。"

"可她是敌人。"杨政委的声音斩钉截铁。

我不能再和杨政委谈下去了,他刚做完手术很虚弱,这个时候不能生气,我只好顺着他的话点点头。

我竖着衣领,站在医院的大院里,点着根烟,风刮得很猛,像刀子一般,吹割着我的脸。现在我一点儿头绪都理不出来,这时小杨走到我跟前,问我怎么办,杨政委现在坚持要搬走。

我吐了口烟:"好吧,听他的,你现在就去联系永济堂的人,今天晚上九点离开这里。"

小杨走了以后,我扔掉烟头正准备进楼,迎面一个戴礼帽的人和我撞了一下,那人礼帽掉在地上,我低头捡了起来,准备还给他,可当我抬起头时,那人已经不见了。我觉得奇怪,为什么帽子不要就走了?我四处找了一圈,还是没找到,没办法,我只好将帽子交给门厅的人。

我后来才知道,那天撞我的人正是侯忠孝。

我怎么也没想到他会出现在医院里,竟然还跟我碰上了,我却一点儿没有察觉。后来我还原了下他的行迹,估计是这样的:侯忠孝负伤逃走后,并没有出归绥城,而是躲到厚和医院看枪伤,他担心有特务科的人认出他,每次故意把礼帽压得很低,匆匆来匆匆走,人是怕什么撞什么,这一次没想到迎面又撞上了我。侯忠孝担心我会认出他,赶紧离开,可走着走着,他觉得有点不对,这里面有问题,很快他放弃离开的念头,决定再回去看个究竟。此时斜阳西下,整个医院里的人并不多,侯忠孝找了一身白大褂,还戴上了口罩。他挨着病房找我,窗外的光线已经变得晦暗不清,整个住院大楼里更是显得黑黢黢的,侯忠孝走到一间病房前,听到了咳嗽声,这声响他很熟悉,是我的声音。

他顺着病房的窗子朝里面张望着，病房的中央是一张病床，床上躺着一个人，正在输液，我就坐在病床边的椅子上，两只手抓住那个病人的手，嘴里不知道说什么。这个场面让侯忠孝感到好奇，躺在病床上的人到底是谁？他把脸几乎贴在了门玻璃上，他觉得蹊跷，看来床上躺着的人一定是个重要人物。

楼道里传来了脚步声，侯忠孝见状只好躲在了旁边的厕所里，他看见小杨带着四五个人拿着一副担架进了病房，看样子是要离开这里。

他想给本田麻二打电话，可时间来不及了，他掏出枪，没多想，直接闯进病房……

侯忠孝出现时，我正在帮着给杨政委收拾东西，门开了，我愣住了，一个穿白大褂的人手举着枪，正好对准我，一时间我无法断定这个人是谁。

白大褂嘿嘿笑了一下，笑完之后，把口罩摘了下来。

"李队长，才几天呀，就不认识了？"

一听他声音，我吃惊地看着他：侯忠孝！

我内心腾地一下火焰冲天，想起陈娥死时的惨状，我恨得牙根都痒痒，可我知道现在不能冲动，要先稳住他。

侯忠孝举着枪，走到病床前，他看了看病床上的杨政委，又看了看我："这个人很面熟，不会是日本人正追查的共产党吧？"

小杨的手准备往腰里摸过去，我朝他摇了摇头，这个细节被侯忠孝看到了，他走到小杨近前："看来总有不怕死的。"说着，他把小杨的枪下了。

"走吧，抬上这个病人，去桃花公馆，我要让本田先生当面看一看。"

没有别的办法，只能按照他的吩咐做，众人把杨政委从病床上抬了下来放在担架上，侯忠孝站在门前，用枪指着我："不要耍滑头，乖乖地跟着我走。"

说完，侯忠孝打开了门，让他没想到的是，门外站着一个人，一个穿着白大褂的女人，她手里一把锋利的刀子扎进了他的胸口。

是惠子。

杨政委要转移到根据地去养伤，临走的时候，我被杨政委叫到近前，他的脸上还是没有血色，脸像张蜡纸，又黄又薄，仿佛喘气大一些，脸皮就会被吹破，他的眼神还是那么和蔼有温度。

他对我说："你接下来的任务就是阻止本田麻二的野罂粟计划，既然本田麻二一定要找到真地图，到哪儿找？就到荣主任那里，荣主任那里没有，还得找到你，所以你动作要快，要抢在本田麻二前面见到荣主任。"

我说："您放心吧，我这就去办。"

"还有一件事——"杨政委气短，他捂着胸口，大口地喘着气，然后说，"对于那个惠子大夫，我之前的认识还是有些草率，她是日本人不假，但我们想办法把她争取过来，能为我们服务，这样不很好吗？"

我心里一下子暖洋洋的，内心已经冰封的河水，现在开始轰隆隆地解冻，我看着杨政委，感受着杨政委如春风一样的话语，连连点着头说："我明白我明白。"

二十四

武师长告诉我，他确实有部电台，是跟荣主任做点皮毛生意用的。就是这个破电台，居然也被日本人盯上了。

"您怎么知道的？"

武师长说是在桃花公馆里，一个内线告诉他的，电台和电话都已经被日本人监听。他没有办法联系荣主任，希望我能亲自去一趟，当面告诉荣主任。他还说，自从御坊池里发生枪战，日本人可能提前去达尔罕，去查我的底细。

听到这个消息后，我对武师长说："看来日本人行动的速度很快，我们必须在他们之前赶到达尔罕。"

武师长说："要快，今天你就启程。"

刚出师部，一个人挡在我面前，我一看是崔板头，崔板头说："你小子有车不开，骑匹马干甚去呀？"

我告诉他去达尔罕一趟，开车走山路不方便。

"去达尔罕，为什么不叫上我？"

"这次情况急，下次一定带上你。"

崔板头依旧不走，手里拽着我的马缰绳，他噘着嘴说："你他妈的，若不带我，老子现在就告发你是共匪。"

我没办法，只好把前前后后的事告诉他。

崔板头更不干了，他说："这日本人眼看着要完蛋，你也给我一个立功赎罪的机会。"

话既然说到这个份上，我不好拒绝，只得带上崔板头。

我俩骑上两匹快马,策马扬鞭向北而去,很快上了北面的大青山。

这大青山自古以来通往后山草地的,只有一道路,古称白道,现在为归武大道,这条路开凿于群山峻岭之中,道路曲折,危险异常,尤其在蜈蚣坝一带,全是悬崖峭壁,坡度极大,等大雪封山,这条路基本成了鬼门关,来往商贾车马每年都要掉下悬崖数十辆,死者无数。尽管此时已是初春,可仍是天寒地滑,宛如严冬。

我俩顾不上道路危险,不停地抽打着胯下的马,目的只有一个,就是赶在日本人之前到达达尔罕。过了一个乌素图沟,马蹄开始在山道上打起滑来,有几次险些连人带马掉入山涧,山涧下全是凌厉的乱石,掉到山涧之中必死无疑。我虽心里着急,可道路实在难走,不敢再抽鞭子,任马自由地跑。

刚过一道山梁,山岭上全是未化的积雪,道路基本看不清楚。我正在端详往哪个方向走,一声枪响,子弹打中了我的马,马扑通栽倒在地上,我被摔出数丈之远,顿时浑身骨头像被摔散了一般。

崔板头也翻身下了马,大喊着:"有枪手!"

我忍住疼痛,匍匐到一块石头后面,偷偷探出头,想看个究竟,不想又一声枪响,子弹贴着我的脸划过去,可能被划了一道血痕,很快淌下血来,崔板头从另一侧朝着开枪的位置射击,对面枪声顿时停歇了。我再次探出头,用望远镜看了下前方,山道旁停着一辆黑色的汽车,车窗的玻璃碎了一地,地上躺着一个人,浑身是血,看来崔板头这一枪管了大用,打中了目标。

黑色汽车里到底是什么人呢?

我朝着崔板头用手比划了一下,意思说,我俩分头朝汽车方向过去。崔板头点点头。两人悄悄地走过去,汽车里空无一人,我看了下死者手里的武器,是南部式左轮手枪,这是个日本人,看来本田麻二早就预料到我要去达尔罕,专门在这里安排杀手,进行伏击。

此时天色将黑，山林里开始变得阴冷异常，此地不宜久留，得赶紧离开。我正要朝崔板头摆手，突然看见对面一个黑影，这个黑影动作敏捷，如一条黑色的狼，转眼不见身影，我正在查看，一声枪响，身后崔板头应声倒地。

黑影又消失在树林之中。

我跑了过去，到了崔板头面前，见他人还能动弹，只是左臂中了弹，看上去伤势不大，我扯下一条衣襟，给崔板头简单包扎了一下。

"人呢?"崔板头大口喘着气问。

我说："还在树林里，这个人很狡猾。"

崔板头咬着牙站起来，他说："不能让他跑了，走。"

天色一点点地黑下来，山上不时飘起了盐粒般的雪，我们两个查看着树枝上新断的枝丫和雪地上的脚印，辨别着方向。

看样子，他跑不远。

前面是一片千年的原始森林，在白雪的映衬下显得黑压压的，森林里冷气逼人。我俩找了半天，什么都没找到，天黑乎乎的，几乎什么都看不见，崔板头搓了一下冻麻的脸，说不行咱们回吧，这他妈的天寒地冻的。

我说这个人必须除掉，他已经知道咱们的行踪。

我们在树林里继续寻找着，因为不能点火，只能凭着新折断的树枝寻找他的位置，我似乎嗅到这个人就在自己不远处。树林里因为有了雪，踩在陈年的落叶上异常滑，崔板头找了一会儿，有点累了，就坐在一块石头上歇息，我也坐了下来。

这时树林呼啦啦飞起几只鸟。

我还来不及对崔板头喊趴下，一声枪响，崔板头再次应声倒地。

我赶紧朝着枪响的方向开了两枪，树林里又恢复了之前的寂静。这一回，崔板头没有上次那么幸运，子弹击中了他的胸口，殷红的血把地上染了一大片。我俯下身子，看着崔板头，边流着泪边心疼地说："这次你就不应该来。"

崔板头大口喘着气，脸上全是笑容："不来，我一辈子估计都是个坏人，是你成就我当了一回好人。告诉你，我姓崔的不是汉奸……我真正的身份是拉姆沙国际情报小组成员，为苏联提供情报……"

我瞪大眼睛不敢相信他的话，把头贴在他的嘴边："你……你怎么不早说呀？"

崔板头的气息开始有些微弱："我们有纪律……我不能说……你一定要把地图……把野罂粟计划毁灭了……"

我泪流不止地说："你他妈的真要走了，我以后在这个特务科怎么办，你说该怎么办？"

崔板头说："还有……另一个人……骆驼……他会帮你……"

"谁是骆驼？"我大声问崔板头。

崔板头也许是口渴了，我伸手抓了把地上的雪，放进他嘴里，他咀嚼着……就在这时，又一声清脆的枪响，崔板头身子一软倒在我的怀里，我的手湿乎乎的，那是他的血。

可怕的对手就在不远。

崔板头的气息一点点地变弱，他贴在我的耳边说："兄弟，我认识你，这辈子一点儿都不后悔。"

我的眼泪吧嗒吧嗒地往下掉。

"我会救你出去。"

崔板头又在我耳边说了几句，我摇着头说这样不行。崔板头说："听兄弟的，你快走。"

我只好压低身子离开了崔板头。

夜晚的山里寒气一点点在加重，空气仿佛冻在了一起，我躲在一块石头后面，双手紧紧握着枪，寒气让我感觉自己和身下的石头已经连在一起，可怕的对手同样也隐藏于黑暗中。我屏住呼吸，调整自己的心速，等待着最佳的时机生死一搏。

一切都是静悄悄的，山里黑压压的，天上同样是黑沉沉的，偶尔传来一声狼叫，加重夜晚恐怖与死亡的气息。我感觉自己已经冻僵了，我的眼皮也在发沉，一点点地往下沉，我知道如果真的眼皮落下来了，估计再也睁不开眼了。我依靠意志努力地睁大眼睛，对手此时也是最难煎熬的，最后的胜利，一定是意志强大的人。

哗的一声，就在崔板头的方向传来洋火的声响，然后是一道亮光，火，是火光，崔板头靠什么在这么短的时间点着火，一定是他把自己的衣服点燃了，用火光来吸引敌人的注意力。

我极力克制住自己的悲伤，瞪大眼睛寻找黑暗中的另一双眼睛。

就在前方不远的树枝里，再次传来一声枪响。

这一枪他是朝着火光中的崔板头开的。

我没有再犹豫，顺着开枪的方向连开了三枪，我听有人啊的一下，随后传来倒地的声音。

我想快步跑过去，可一迈腿，腿已经冻僵了，我一头栽在地上，再起身时已十分困难。我用手支撑着身体往崔板头的方向爬，崔板头点着了自己的衣服，火势一下子大了起来，让这个寒气逼人的夜晚有了些温暖，我用手捶着地痛哭流涕地喊："好兄弟呀，你为什么要这样呢？"

我腿上渐渐有了知觉，艰难地爬了起来，爬到崔板头身边，看见他光着上身倒在雪地之中，地上有一大片已经结了冰的血。这么好的兄弟，他用自己最后一点儿力气吸引了敌人……我跪在崔板头的尸体旁放声大哭起来。

不知过了多长时间，我想起暗中的那个枪手，朝他走了过去。

他已经咽了气。

我用火把照了一下，认出来了，他是黑石联队的队长木村一郎。

眼前的达尔罕在我的眼里，跟离开时一样，并没有多大变化。日复一日，大风不停地刮，草原亘古不变，变的是来这片草原的人。我到了王爷府，一个年轻的警卫接待了我，我并不认识他，估计是新来的，我把自己的情况跟这个年轻人讲了，年轻人听完后大吃一惊，他说："你怎么回来了？"

他的话，让我一头雾水："怎么了？"

年轻人跟我说三天前，荣主任接到了一封信，写信的人就是我，信的内容外人不知道，荣主任看到这封信后，告诉手下他要去趟归绥，说完人当即就走了。那年轻人看着我："怎么，你没遇到吗？"

我没法回答年轻人的话，看来这次我是白来了，荣主任一定是被日本人骗到归绥城了。我得立刻返回归绥城，在达尔罕我连夜都没过，直接往归绥方向返。

一路上，我一直想着是谁冒充我的笔迹给荣主任写信，难道是本田麻二？我依稀想起本田麻二曾经在他的桃花公馆里，让我留墨宝的事，他完全有可能模仿我的笔迹。

这么一想，我心里焦急万分，荣主任一旦落在日本人的手里，事情就麻烦了。

回到归绥城，我来不及向武师长汇报，直接找到了宋德利。

这家伙是孬货，因为我手里有他的把柄，加之我的威胁，他没有抵抗全说了。据他交代，本田麻二确实找到他，让他模仿我的字体给荣主任写信，这样荣主任轻而易举被骗到了归绥，荣主任刚到归绥，就立刻被日本人抓进了桃花公馆。这次抓获荣主任，本田麻二对宋德利的表现很满意，他说，有了这张牌，那个叫鹦鹉的人估计很快就现身了。然后又对他说，等这件事办完，就提拔他当特务科科长。宋德利跟本田麻二提了条件，说他不想当科长，他的孩子已经七岁了，每天活得提心吊胆……本田麻二问他有什么要求，他说想去日本，只要能带着老婆孩子去日本，让他干什么都行。听完宋德利的话，我知道我来晚了，我紧接着问："荣主任被关在桃花公馆什么地方？"

"这个我就不太清楚了，我劝你李队长，那可是桃花公馆，你不要动啥心思啊。"

危险就在我的身边，我太清楚日本监狱的残酷，他们会用各种刑法来摧毁一个人的意志。

离开宋德利后，我正准备找武师长，去想办法解救荣主任，刚要出门，两个全副武装的日本宪兵找到我，说本田麻二要见我。

到了桃花公馆，本田麻二跟以前一样，手里把玩着一对碰铃，一副与世无争的样子。他慢悠悠地对我说："听说崔队长死了，就在山里，被人用枪打了。"

听到本田麻二的话，我故意装出吃惊的样子。

"啊？谁干的？"

本田麻二看着我，微笑着说："吃惊吗？我觉得很正常，为什么正常，就是因为这些人一开始就有问题。"

"问题？"我不解地问，"难道他就是鹦鹉？"

本田麻二走到窗前，他又用手轻轻磕碰了一下碰铃，一阵幽远的声音在屋子里传开来，余音不绝。本田麻二若有所思，过了好长一段时间，他才慢慢地说："这个鹦鹉应该不是他，鹦鹉隐藏得很深，需要些时间，需要些耐心，只有这样，他才会现身……"

我以为他要说木村一郎的事，可他只字未提。

这时，他指了一下桌子上的字画："上次这字是你写的，我喜欢，有点夺人所爱，这不好，现在我把它再还给你。"

我临走告辞的时候，本田麻二意味深长地说："你的字很有特点，看了总是让人过目不忘。"

从桃花公馆出来，我抬头看了看天，天空变成了铅色，灰黑色的云聚在头顶之上，经久不散，归绥城在春寒之中仿佛被冻住了一样，街面上几乎看不到一个人。

很显然本田麻二的一双利爪早已伸向了我，我知道现在着急也没有任何用，回特务科的时候，我注意到门口有几个样子鬼祟的人，那一定是本田麻二派来监视我的，我相信我的电话也被他们控制了。

我哪儿都去不了，只能龟缩在特务科里，暗自打听着来自桃花公馆的消息，让我意外的是，桃花公馆寂静无声。

窗外只有呼啸的北风。

在这平静的日子，我很担心出事，理由是它太平静了，果真几天以后，我的预感被证实了。一个消息传来，它不仅让归绥城炸了锅，也打破了我原本平静的日子。

武师长被暗杀了。

这个消息让我猝不及防，原先设想的计划顿时被打乱，本来我想设法偷偷去见武师长，让他想办法营救荣主任，可我还没来得及行动，他就死了，一切都落空了。

我实在想不通，一个堂堂的师长，走到哪里都前呼后拥，保卫严密，怎么会被人暗杀呢？

听五师的人说，武师长爱喝酒，昨天中午和师参谋部的两个人在德盛苑饭庄吃饭，就在这时，枪手从外面开枪打死了武师长和那两个参谋部的人。

我知道这是敌人提前动手的信号。从我赶往达尔罕的时候，躲在暗处的敌人已经察觉出了一切，他们的动作很快，快得让我有点跟不上他们的节奏，于是难以预料的事情一桩接着一桩来了。说实话，武师长活着，对于我是一堵挡风遮雨的墙，如今这堵墙倒了，我已经处在随时暴露的边缘。

下午三点，我到了德盛苑饭庄。德盛苑饭庄里面一片狼藉，到处是血迹，到处是弹痕。我前前后后看了一遍，一点点地收集着枪手的信息。

本田麻二也到了现场。他像个要命的鬼魂，先是在饭馆外围转了一圈，然后走到饭馆前，见了我便问："你发现什么情况吗？"

我站起来身说："暗杀是三个人。"

"是吗？"

我用手在墙壁上指了一下："长官您看，这个弹孔和这个，还有这个，分别是从三个方向打来的，我刚才在饭庄外面找到了三种不一样的弹壳，这就断定对方是三个人。"

本田麻二手摸着下巴，似乎赞同我的分析。

我闭了下眼，虚构着场景，眼前有大片的阳光，阳光中，街角有三个黑影，一直盯着德盛苑饭庄，武师长等人进了饭庄后，他们从三个不同的方位，偷偷地接近。饭庄里不时传来爽朗的笑声，武师长并没察觉危险正一点点逼近，他们还在推杯换盏。武师长正喝到兴头上，外面传来三声清脆的枪响。武师长肥胖的身体一下子栽倒在桌子上，他的头被打爆了，红色的血和白色的脑浆流了一桌子。血溅了同桌吃饭的人一脸，随后是服务员的尖叫声⋯⋯

我睁开眼，对本田麻二说："他们早有预谋。"

本田麻二说："早有预谋，好好查查，看看是谁干的？"

接下来，我和本田麻二到了厚和医院停尸房，走到一具尸体前，这具尸体是被武师长手下的人击毙的，子弹打中杀手的前胸。

本田麻二蹲在尸体前，看得很仔细，看着看着突然问我："这个人是什么身份？"

我说："正在查，目前还不清楚。"

本田麻二摸着下巴说:"这个人的身份很关键,查到他,就能查到他们杀武师长的目的。"

他看了我一眼:"李队长,你看看他像是干什么的?"

我抓起那人的手端详了一下,说:"这个人的茧在手指上。"

本田麻二眨着眼睛说:"那你说他是干什么的?"

我说:"军人,只有十年以上的军人,他的食指才有这么厚的茧子,这是扣扳机磨出来的。"

本田麻二愣一下,他没想到我会在尸体上发现这样的细节,他看了下表,告诉我慢慢查,他还有事,有了结果立刻告诉他。本田麻二走了以后,我又看了看武师长的尸体,此时的武师长脑门中间中了一枪,有一个红枣大小的黑窟窿,这个样子让我想起死去的马科长,他俩的脸上同样保持着微笑,这微笑可能是他们对世界最后的态度。

事实上,这起枪杀案根本不用查,通过地上的子弹壳就知道是日本人干的。杀手用的同样是南部式左轮手枪,这种枪在中国只有日本人在使用,还有,在杀手的尸体身上,我发现了隐形的骷髅文身,尽管它用药物处理过,可依旧留下了痕迹。

从停尸房出来,我决定去趟武师长的办公室,查看一下武师长的遗物,现在日本人还没来得及检查他的办公室,假如他们来了,我很难插上手。

这是个好机会。

我去了以后,才发现自己来晚了,在他的办公室四周站着的全是荷枪实弹的日本兵,从这个阵势看,本田麻二还没腾出手检查武师长的办公室,他又担心有人提前下手,才派兵将这里保护起来。

没办法,我只能把韩三叫来,商量对策。韩三似乎想起什么。他说:"我听五师的兄弟们说过,武师长的办公室里有一个暗道,只要找到暗道，咱们进去就不会被日本人发现。"

我让韩三立刻去找。很快韩三从武师长的副官口里得到了消息，暗道的出口是在食堂前的菜窖。

当夜，我就爬了进去，不到十分钟，我进了武师长的办公室。

办公室里充满着武师长活着时的气味，仿佛他是刚刚离开这间屋子。所有的摆设井然有序，看得出日本人还没有开始检查。我不敢开灯，担心灯光会招来日本人，借着月光，我从武师长的桌子后面，开始一点点地检查着，在武师长的抽屉和各种柜子里，里面摆放着不少上等烟土。让我惊奇的是，就连两年前我送给武师长的烟土还原封不动地放在柜子里，按道理，这个人嗜烟如命，这些烟土他早抽完了，可他为什么没有抽呢？这让我觉得，也许武师长爱抽大烟仅仅是个幌子，难道他在掩人耳目？

在他办公室的上方，挂着一幅横匾，上面写着八个字：万古长空一朝风月。这字是归绥城名士赵昌西写的，字体有爨宝子的味道，我盯着这字端详了半天，看着看着，突然觉得横匾四周有松动的痕迹。我产生好奇，这匾高悬于堂厅之上，谁会没事动它？于是我找了把椅子，掀开横匾，发现里面藏着一个暗门，我打开这个暗门，里面放着一台发报机。发报机旁边有一张纸，我走到窗前，借着月光把那张纸看了一下，字是俄文。我跟荣主任学过俄文和日文，上面写着：日本野罂粟计划仍在实施，启动骆驼。

我拿着这张纸，手有点抖，原来武师长也是拉姆沙国际情报小组成员，我猜测这张纸是发报原稿，也许武师长想等到合适的时间将电报发出去，可没想到自己会被暗杀。

骆驼？我想起崔板头临死前提到骆驼这个人，看来他不是武师长，那么他是谁呢，难道是荣主任？

窗外是鸟叫的声音。

那天我已经洗漱完毕，正准备睡觉，听见窗外的叫声，开始我以为是自己精神压力过大，有些幻听，可后来那声音还在继续。这大冷天的，怎么会有这么欢快的鸟叫声？我立刻从床上坐起来，拎着枪，再次走到窗外，将耳朵贴在窗户上。"李明义，是我。"声音很低，但我听得很真切，声音像是刘魁。于是我打开门，外面的月亮很亮，像个银盆大脸，就着月光看，什么都没有，可刚才确实是刘魁的声音，他在哪儿？就在我准备转身回屋的时候，从树干上跳下一个人，吓了我一跳，以为又是那个像鬼魂一样的罗海，当我定睛一看，确实是刘魁。

我紧张地看了四周，摆了下手，让他进屋。

进了屋后，我把荣主任被抓的事情告诉了他。

刘魁说："日本人抓住了荣主任，很快就会知道你以前的经历，这个荣主任会不会……"

刘魁的分析是有道理的，我说："我当然知道，可目前有什么办法？荣主任已经被关在桃花公馆，根本进不去……"

"你告诉我，荣主任关在哪儿？"

"下午韩三告诉我，桃花公馆二层小楼里，门口有日本人把守。"

"我去想办法。"说完，刘魁把一个铜烟锅放在我面前。这个铜烟锅，让我想起我也有一个，跟这个一模一样。"这个先放你这里，我要是活着的话，你再还给我。"

说完他就走了，我本来想叫住他，让他不要冲动，可等我出了屋，他已经消失在茫茫黑夜之中。

夜里我手里摩挲着两个铜烟锅，辗转反侧地睡不着，脑子里一会儿想起在游击队的时候，一会儿想起在蒙政会的日子，脑子里乱七八糟的，到了快天亮时，我才迷迷糊糊地睡着……

我梦见刘魁会飞檐走壁，他在桃花公馆的房顶上飞来飞去，这个时候，他落在一棵杨树上，杨树正对着一扇窗……刘魁悄悄地从房顶上爬到了本田麻二的窗前，屋里黑着灯，刘魁轻轻地推了下窗子，窗子有活动的迹象，再一推，窗子开了，他正要翻身进去，里面跳出来一个黑乎乎的东西，吓了他一跳。他仔细一看，原来是只猫，那只猫并未走远，站在不远处，瞪着两只绿幽幽的眼睛看着他，刘魁此时顾不上猫，他屏住呼吸听了听里面的动静，好像没什么声音，他翻身进了屋子。屋子里黑乎乎的，他不敢开灯，适应黑暗后，开始在屋子里一点点地寻找着……他看见屋子旁边还有一道门……于是他躬着身子，悄悄走了过去，走到门前，轻轻转动门把手，门就开了，里面同样是黑乎乎的，就在他准备钻进屋子的时候，被一团黑乎乎的东西挡住了去路，那是一个人，刘魁吓了一跳。灯亮了，在刺眼的光线中，眼前的人正是本田麻二，他跟鬼差不多，一只眼戴着一个眼罩，手里举着枪，正朝着刘魁得意地笑着……

我醒来，脑门子上全是汗。

早晨起来，可怕的事终于发生了，当我到了特务科，看见操场上几个全副武装的日本人将一个人吊在单杠上面，这个人浑身是血，身上全是伤口，他无力地耷拉着脑袋。

我一看正是刘魁。

我的噩梦被验证了。

在那一刻我恨不得冲上前去，把刘魁抱在怀里。本田麻二从一辆轿车上下来，宋德利也跟着下了车，他头缠纱布，眼神里却是一副小人得志的神情。本田麻二抻了抻手上的皮手套，脸上还是一贯和蔼的表情，他对我说："你是不是感到很奇怪，我是怎么抓到这个要打死我的人的？"

特务科鸦雀无声，本田麻二来回走路的皮鞋声，显得清脆富有节奏。

他说:"这个人不是普通的人,他是拉姆沙国际情报小组的成员,代号叫骆驼。"

我愣在那里,不知道本田麻二在说什么,刘魁怎么会是拉姆沙国际情报小组成员,他怎么会呢?

本田麻二继续说:"就在昨天晚上,他进了我屋子偷东西,至于偷什么,他到现在都没说,我告诉大家他在偷什么,他是想偷我们大日本一份绝密的计划!不巧的是,他两手空空,什么都没偷到,反而被我抓住了。"

我脑子嗡的一声,刘魁怎么会去找计划,他不是帮我找荣主任吗?

本田麻二看着我:"你认识他吗?"

我故意瞪大眼睛端详了一下,摇着头说:"长官,您是在跟我开玩笑吧,我怎么会认识他?"

本田麻二眯着一只眼睛:"你不认识他,他说他可认识你呀。"

我惊讶地说:"是吗?"

本田麻二朝着宋德利摆了下手,宋德利立刻明白是怎么回事,他走到刘魁面前,用手拍了拍刘魁的脸,刘魁还在昏迷,他挥了下手,有人朝着昏迷的刘魁头上浇了盆凉水。刘魁睁开了眼睛,看了下眼前的情景,这时他看见不远处的我。

宋德利说:"你不是要找人?他就在这儿。"

刘魁眨了眨肿着的眼:"我听不懂你在说什么。"

宋德利急了,狠狠给了刘魁一个耳光:"你他妈的,装傻是不是……"

刘魁朝他呸了一口。

宋德利大怒,他指挥着日本人继续抽打刘魁,抽了一会儿,宋德利声嘶力竭地喊着:"你别嘴硬,他妈的你到底还有没有同伙?"

刘魁从嘴里吐出不少血沫子,他大口喘着气说:"是你,你忘了，我给了你一笔钱，你才把我放进了桃花公馆，让我去小日本那里偷计划的。"

宋德利已经气急败坏，他说："你，你放屁，给我把他筋挑了，看他再跑。"

一个日本兵上来，用刺刀把刘魁一只脚上的后筋挑断，一道血光喷出，刘魁疼得大叫着，空气里全是血腥的味道，那一刻我紧紧咬着牙，不能冲动，血只能往肚子里咽。

刘魁惨烈的叫声，就在我耳边。

宋德利看着刘魁痛苦的样子，咧着嘴哈哈地笑起来，他说："你说不说，不说把你另一条腿的筋也挑了。"

刘魁大口喘着气，他说："我说，我说，我跟小日本说。"

刘魁的声音把我吓了一跳，我的心提到了嗓子眼，瞪大眼睛看着刘魁。

本田麻二走到刘魁面前，皱着眉，似乎对手下的做法多少有点不满，他低着头看了看刘魁流着血的脚，一副心疼的模样说："何必这样呢，你说吧，说了就没事了。"

让所有人没想到的是，刘魁突然用腰荡了下身体，抬起另一只没受伤的脚，狠狠踹在了本田麻二的脸上。只见本田麻二"啊"的一声摔倒在地上，鼻子上全是血，眼罩也歪了。特务们一下乱了，纷纷上去搀扶本田麻二，想帮着他扶正眼罩，本田麻二大叫着，别碰我的眼罩。

就在这个时候，我快速地走到刘魁面前，人们还在忙着搀扶本田麻二，我掏出枪朝着刘魁开了一枪，这一枪击中了刘魁的心脏。

因为这一枪，在场的人都傻了。

人们惊魂未定，呆呆地看着我，我提着枪大喊着："都他妈的看戏呢，赶紧保护本田先生。"

雪花在空中无力飞舞着,像不愿意离开的魂。

我手里握着那只铜烟锅,泪如雨下。打死刘魁是我没办法的选择,换句话说,这也是唯一的办法。尽管有点冒险,当时的情形如果不这样,我知道日本人会想尽一切办法折磨他,让他生不如死。刘魁死了,日本人尽管对我产生怀疑,可一时又找不到我的毛病。那天晚上,我让韩三把刘魁尸体抬到了郊外,在崔板头的坟旁给刘魁起了新坟,这样兄弟两个人在地下也可以相依为命,不会孤单。

惊蛰前一天,我在报纸上终于看到了那条期待已久的启事,启事是永济堂药店发布的,报纸上写着:李先生的药已配齐,请于惊蛰当天去取药。

这是我和交通站提前约定好的联系方式。

看到这条消息,我身体像复苏的草,这么多天,一直盼望着这条消息,它终于来了。

到了第二天,一出门,外面还是被寒冷包裹,虽说进入三月,归绥的天气仍旧如同深冬。天色有点发阴,不一会儿霰雪纷纷扬扬地飘起了,晶莹的雪粒子不时落在我的鼻翼之上,我的身体却显得格外轻盈,像初春的燕子,在我眼里天地一点儿不阴霾,反倒显得洁白起来,眼前的这条路也渐渐地光明起来。走着走着,我的眼睛不知为什么湿润起来,我想起杨政委,想起陈娥,想起刘魁,想起很多很多,眼泪顺着鼻翼肆意狂流,我希望这黑暗的日子快点结束,结束以后,我要过人的日子。

到了永济堂,还是那个瓜皮小帽把我带进了里屋,里屋有人在喝茶,正是杨政委,他穿着一件长衫,身体看上去很结实,我走过去,一把抓住杨政委的手,眼睛又湿润起来:"杨政委,我真没想到您会恢复得这么快。"

"还是你请的惠子大夫医术高明,手术做得很成功,所以我恢复得就快多了。"杨政委笑呵呵地说,"那个惠子大夫就不错嘛,以后等革命胜利了,你要娶她,到时候,我给你们当证婚人呢……"

杨政委的话说得我满脸通红。

这么困难的时刻,杨政委能出现在我身边,这让我一点儿没想到。他坐下来给我讲当下的形势,现在苏联和美国马上要对日本宣战,它已经成了全世界的敌人,越是绝望才越是疯狂,这个时候他们更加迫切地要实施野罂粟计划,组织上这次派他到归绥城,就是要得到计划内容,彻底毁灭日本人的野罂粟计划。

我很受鼓舞,激动地说:"看来日本人日子不长了。"

杨政委说:"最近归绥城情况怎么样?"

我把他走了以后发生的事情讲了一遍,杨政委听到刘魁牺牲,眼睛一下子红了,他一个人默默地走到窗边,用手抹了下脸上的泪,看了看窗外的雪景,声音忧愤地说:"你估计很多事情还没有想起来,我来告诉你吧,刘魁说得没错,他是拉姆沙国际情报小组成员,他是1938年加入的。这个组织的总部在莫斯科,苏联政府提供经费,在中国他们的成员有五个人,负责远东的情报,两年前他们得到指示,日本在实施一项野罂粟计划,他们开始收集有关情报,注意到江口教授的科考活动很神秘。就在这时,科考人员全部遇难,是你将地图带了回来,荣主任负责这件事,你慢慢地发现了这个组织,及时向游击队进行了汇报,我们指示你成为他们的一员,为收集野罂粟计划提供情报,于是你也成了拉姆沙国际情报小组成员,你和刘魁合为骆驼,荣主任给你们的证明就是铜烟锅……"

我想起刘魁的铜烟锅。

杨政委从窗前又慢慢走回到椅子旁边,他说:"日本人抓住荣主任,就是想知道真正的黑蜘蛛在哪儿,日本人对他迟迟不处理,另一个理由就是想从他身上查到骆驼是谁。"

我听得额头出汗,仔细想想,在特务科,从武师长到崔板头,他们都对我格外好，有时候我想不出来是什么原因，原来我竟然跟他们是一起的……

杨政委面色沉重地说："这次拉姆沙国际情报中国小组成员，除了你和被抓的荣主任，其他人全部遇难，我们很痛心，这个小组对咱们中国革命也提供了不少的情报……接下来你要抓紧得到野罂粟计划，我们要将这罪恶的计划公布于天下……"

二十五

我迷迷糊糊地梦见本田麻二。

他正举着我的照片看，照片上我的样子很年轻，像一棵新竹一样，跟现在的我有很大区别。本田麻二从桌子上拿起一个打火机，大拇指动了一下，火苗腾地一下燃烧起来，我的照片被火焰一点点地吞噬掉……

我醒来后满头大汗，这时我发现屋子门口有一封信，看来它是在我睡觉的时候，被人塞进来的。

我打开信，上面大意写着本田麻二在审讯荣主任时，问他藏有黑蜘蛛矿石的地方在哪儿，开始荣主任嘴巴很紧打死不说，于是日本人使用了一种德国人新发明的药品叫致幻剂。打了这种针后，人在半个小时之后，会将自己内心的秘密全都说出来，这个秘密涉及你，你千万要小心呀……

看完信后，我才明白了一切，可这封信到底是谁写的呢？我猜来猜去，猜到一个人，是惠子。

我把这封信烧了，留着它，会给惠子带来危险。

我刚烧完信，本田麻二的电话来了，他让我立刻去桃花公馆一趟。放下电话，我预感到要发生什么，出门前我在镜子前端详了自己半天，镜子里的我已经不再是那个神情恍惚眼神游离的人，我的目光多了坚毅和自信，不管发生什么，我决定都要去试一试。

桃花公馆里，本田麻二正在听戏，留声机里正放着晋剧《打金枝》，本田麻二一边跟着轻轻哼唱，一边敲打着手里的小碰铃。我进去后坐在沙发上，见本田麻二陶醉的样子，没打扰他，静静地看着本田麻二。

听了一会儿，我打断了本田麻二："这段是老旦唱腔，丁果仙唱的要更有味道。"

本田麻二这才发现我已经来了。

他尴尬地笑了一下，他说："你也会晋剧？给我唱唱这段。"

"卑职试试。"我站起身来，提了提气，然后唱道："年轻人一时火性起，不定的轻重惹是非，你夫妻一时吵几句，不该将父王的江山提，虽然年幼不明理，也不该任性把君欺，按大礼本该申法纪，又恐冷淡了老臣郭子仪……"

本田麻二听傻了，等我唱完，他鼓掌的手都拍红了，显然他没想到我会唱，而且唱得这么出彩，他有点忘了自己的身份，激动地问："你怎么唱得这么好？"

我说："以前自己是在戏班里待过，跟着晋剧师傅学了几句，后来从了军，基本就不唱了。"

"可惜可惜啦。"

本田麻二顿时一副很谦虚的样子，他跟我探讨起晋剧，说到高兴处，不时站起来，手舞足蹈地表演一下，他很投入，一点儿不像个杀人的恶魔。

说着说着，桌子上电话响了，本田麻二刚才的笑容一下子没了，面色瞬间冷峻下来，他接起了电话，"嗯嗯"地说了几句，然后挂了电话，走到我面前，他恢复了日本军官的本来面目，说："前几天抓了一个人，这个人你认识，就是荣主任，很遗憾，这件事事关重大，没有告诉你。"

我故作紧张地问："什么，你们抓了荣主任，他可是——"

本田麻二把指头竖在嘴上，笑了一下："他是谁的人已经不重要了，重要的是他在给谁工作。"说完，本田麻二指了一下牢房方向，脸上神秘地说："走吧，去了你什么都知道了。"

牢房里有一股刺鼻的霉味，这股味道来自潮湿的墙壁、腐烂的身体和绝望冰冷的世界，这跟外面花红柳绿的桃花公馆，简直是两个世界。牢里吊着一个人，我走近一看，吊着的人正是荣主任。本田麻二站在我的身后，眼睛始终没离开我的脸，他在一点点地注视着我脸上的变化。现在荣主任已经昏厥，本田麻二挥了一下手，一个特务把一盆冰水倒在荣主任的身上。

荣主任醒了，他的眼神很疲惫，一条受伤的腿正在腐烂，他看到我时，脸上没有惊奇，淡淡的。

本田麻二看着我说："你看见自己的长官是不是心里很不好受？不光是你，谁都一样。这个荣主任骨头很硬，我们审了三天，用了很多刑，他扛过来了，什么都没说，后来我用了德国人的新药品，他才什么都说了。"

我说："他说什么了？"

本田麻二让一个穿着白大褂的军官给荣主任打了一针，本田麻二平静地看着手表，时间一分一秒地走着。

半个小时一过，本田麻二走到荣主任面前，提高了嗓门问荣主任，把你说过的话，再说一边。

荣主任已经不是达尔罕的荣主任，他意志消沉，目光涣散，他说的话都像是背诵过的一样，他说自己是拉姆沙国际情报小组成员，1938年加入，组织的总部在莫斯科，苏联政府提供经费。在中国他们的成员有四个人，负责远东的情报，在两年前他们得到指示，日本在实施一项野罂粟计划，他们开始收集有关情报，他们注意到了江口教授的科考活动很神秘，就在这时，科考人员全部遇难，一个向导将地图带了回来。荣主任负责这件事，他觉得事关重大，就在他准备联系拉姆沙国际情报小组的时候，没想到小组被德国盖世太保秘密追杀，主要负责人吉姆在华沙被暗杀，荣主任无法联系到情报小组，武师长下令让荣主任毁掉地图，没想到当夜，那张地图被一个神秘的人偷走。

我问道："你说在中国你们有四个成员？"

荣主任口气断断续续的，他说："我、武师长、崔队长，还有一个是骆驼……"

我听到荣主任隐瞒了我，故意想转移话题说："崔队长也是你们的人？"

本田麻二制止了我，示意荣主任继续说。

荣主任不说话了。本田麻二走到荣主任的近前，掏出一张白手绢捂住鼻子，朝着他腐烂的伤口看了看，拿着指头用力按了进去，荣主任一声撕心裂肺的惨叫，那叫声足以把一个人的灵魂撕碎。

本田麻二笑了笑，他说："这个人意志很坚定，我们对这样的人，一定要用特殊的办法。"说完他朝着门口招了下手。

一个穿着白大褂的人走了过来，打开工具箱，又取出一支针，拿出一个药瓶，注满了药液，针头扎进了荣主任的身体……

另一个荣主任出现了，他头上全是黄豆大的汗珠，眼睛里充满了恐惧。我从没见过荣主任的这种目光，他是曾经的荣主任吗？可恶的日本人，让一个意志坚强的人瞬间变成乞求、哀号、跪饶的人，他们甚至能做出来更下作的事情，我的怒火在心里燃烧着，真希望一枪打死眼前的本田麻二。

他说："江口正川还活着……我见过他。"

本田麻二说："什么，江口教授还活着？"

荣主任再次抬起头，看着本田麻二，本田麻二把耳朵凑了过去，荣主任的声音很低。

面对这个场景,我仿佛被电击中了一般,身体摇晃了一下,我真不敢相信荣主任说的话是真的,江口正川是被我亲手打死的,他怎么可能还活着,如果他活着的话,我将会彻底暴露。

本田麻二提高了声音:"还有什么,你继续说。"

荣主任说:"骆驼是两个人,一个是刘魁,另一个就是——李明义。"

荣主任的话让我一下愣了,我大叫着:"凭什么信你的话,凭什么你就能断定我是拉姆沙国际情报小组成员,凭什么?"

本田麻二让人把我枪缴了,然后按住我。

荣主任的声音还在延续,他说:"你看看你的后背。"

有人揪扯起我的衣服,本田麻二走过来仔细端详了一下:"这不过是普通的三个痣而已,这有什么?"

"那不是痣,用水浸泡一下,就会出现一朵花,那朵花叫三色堇。"

"怎么会是三色堇?"本田麻二又转到了荣主任身后,让人用水擦了一下他的后背,果真出现了一朵花的文身。

我的头昏沉沉的,我根本不知道三颗痣是什么时候存在的。

本田麻二脸色发白,声音也变得轻飘飘的。

"把这个骆驼先生,关起来!"

我想用力摆脱按我的人,不想头被重重打了一下。

恍惚中,我听见牢门砰的一声关住了。

本田麻二静静地看着,这个场面不像是在审讯,仿佛是在等待什么。等待什么呢,我调整着呼吸,也在静静地看着他。

本田麻二终于张口了:"我很佩服你,李明义先生。"

我笑了一下:"我也佩服你。"

本田麻二手指在桌面上悠闲地弹动着,仿佛眼前的桌子就是一架钢琴,他说:"我知道你不仅是骆驼,你还是鹦鹉,在特务科所有人的死都掩盖了你的真实身份,你这份工作做得成功。"

我不置可否地看着他,现在我已经不想再辩解什么了。

本田麻二从桌子上递给我一支笔,他说:"我想让你帮个小忙。"

"什么忙?"

"还是那张地图,现在只有你能帮我把你去过的地方,给我画出来,行不行?"

本田麻二的目光紧紧盯着我,我从他的眼神里看到了一丝寒意,这丝寒意是藏在他笑容之后的,我相信当他的笑容褪去之后,就是他的冷酷。

我说:"你现在有了江口教授,我已经是多余的人。"

"他面部被烧成重伤,正在治疗,而上级给我的时间,只有一周。"本田麻二的声音没有余地。

我也看着他,过了一会儿,我点了点头,我说:"你可以动用你们的致幻剂,荣主任不就是个很好的例子吗?"

"他是意志薄弱的人,你不是。"本田麻二说,"这个药剂只对意志薄弱的人有效。"

"我要是不画呢?"

"不画,我先叫一个人死。"

"谁?"

"惠子。"说完本田麻二大笑起来,笑声听上去有点恐怖。

本田麻二的话确实刺痛了我,我问他:"你是怎么发现我的?"

本田麻二笑了一下,开始了他的讲述。自从江口教授出事后,他一直觉得蹊跷,就派木村一郎秘密前往达尔罕,木村一郎意外地从荣主任那里偷到了地图,这件事使他对荣主任产生了怀疑。随着马科长的死,他发现敌人就在他们内部,于是他巧妙地用日本特使做幌子,他用假地图吸引内鬼,这一招仅仅抓了一个没用的赵二根,后来他策反了侯忠孝,结果这个人只认钱。没办法他不得已以蔡老板的身份,秘密派遣天顺义商行带着木村一郎偷来的地图前往西北寻找黑蜘蛛矿物,没想到这地图是假的,不仅遇到山上游击队的阻击,还毁了经营多年的商号。没办法他把目光转向了我,通过我跟赵二根的通信笔迹,他很快查到内鬼就是我,于是他让惠子加紧治疗我的病,只有把我的病治好,才能找到真正的地图。

"一切的根源就是你受伤了。"本田麻二说,"因为你的失忆,露了笔迹这个马脚,也因为你,我们的野罂粟计划整整推迟了半年,如果你今天不画出来,我的上级将要求我剖腹自尽……"

随着他的话,我似乎明白了一切,这个看似平静的本田麻二费尽了心机,他要不惜一切代价实现他们的计划。

"惠子是个很好的姑娘,如果她没遇到你,我们的计划早就实现了。"

"我要是画出来,你会放了我?"

"当然。"

我梦见一个金发碧眼的外国人走到我面前,用一根针一点点地在我后背上文着,我想动,四肢仿佛被捆住了,动弹不得。这个时候,一朵艳丽的三色堇就在我身体上神奇地出现了,像只蝴蝶落在上面,然后这个外国人一点点地注入紫色,他说记住,这朵紫色三色堇,花语是沉默无语……

醒来时,我发现自己躺在一个陌生的房间。

不远的地方我看见一个人,一动不动地站着。这是个半地下室,头顶上方有一扇很小的窗户,透过窗户能看到窗外的天阴沉沉的,一场大雨正在酝酿着,春天的气息已经近在眼前。

我动了下身子,有了声响,那个人转过身,是惠子,她见我醒来，赶忙走了过来。

"这是在哪儿？"我看着惠子，"你为什么在这里？"

惠子把经过讲了一遍，当她发现我被本田麻二抓走了，她很着急，担心本田麻二会给我用刑。她去了桃花公馆，那里的警卫都认识她，她用本田麻二的手印伪造了手续，直接从监狱里把我提了出来。

"你？这样不行，本田麻二会很快发现的。"

"只要你好好的，我什么都不怕。"

我重重地靠在床上，很担心地说："你为什么不离开这里？这样做是自断后路，你想过后果吗，你今后怎么办？"

惠子笑了一下说："我不管，我只知道你又欠我一回。"

惠子的话让我无比难受。

"这里很安全，是我们医院的地下仓库，没人会找到这里，我相信就是本田麻二也找不到这里。"

外面一阵风吹来，窗子吱呀吱呀响了一阵子，不一会儿，有雨滴疯狂地落下，玻璃窗上升腾起一片水汽。惠子说："我不能在这里待太久，你吃的饭我会按时送过来，你就待在这里，哪儿都别去。"

惠子走了，我再也睡不着了，只要一闭眼，荣主任的形象就会出现，荣主任用手指着我，你就是骆驼……只要想到这个情景，我的头皮就会发麻，我怎么会是骆驼？后背上的三色堇又是怎么回事？看来我的脑子里还有很多事情根本无法恢复，它就存在记忆之外，但又与自己紧密相连。

现在我知道自己只能躲避一时，本田麻二要挟我的棋子是惠子，无论我躲在什么地方，惠子始终在他们的手里掌握着。再说我查找野罂粟计划的事情还没完成，这么多的人都为了这个计划付出了自己的生命。

想到这些，我心里焦灼如焚，接下来我该怎么办呢？

仓库里面堆放着各种药品，睡不着的时候，我就看着这些药品，有液体的，有粉状的，无聊时看看上面的说明书打发时间。上面的字有中文有日文，看着看着我看到一瓶硫酸，我不清楚医院里要硫酸干什么，于是我把这瓶硫酸放到床底下，心想关键的时候，也许它会派上用场。

我想起刘庆留下的那个日记，里面有制造炸弹的各种配方，我大概回忆了一下，里面的细节还记得。眼前的药品不正是好材料吗？于是我小心翼翼地拿起药品，开始调试起来。

到了夜里，我实在憋得难受，想出去透透气，于是我从仓库的出口出去，仓库的门就在楼梯的一侧，很不显眼。我正准备出去时，听见楼梯口有人说话，声音很熟悉，是一个女人。我竖起耳朵又听了一会儿，听出来了是惠子，是她的声音，绝对是她，这深更半夜的，她在和谁说话？那一刻我身上的血液在沸腾，她在打电话。

惠子举着电话说："你真卑鄙，为什么你让我救他……你提出的事情，我干不了……你的桃花，早就死了……我不想参与你们肮脏的交易……我告诉你，你们休想动他一下……"

接下来是惠子的哭声。

原来我被惠子救出来，都是本田麻二的阴谋。

接下来惠子她说："现在他藏在哪儿，我永远不会告诉你们，你要抓就来抓我吧……"惠子说完，嘤嘤地又哭泣起来。

二十六

　　夜黑下来，整个世界成了无尽的深渊。

　　我头昏沉沉的，回到仓库，我感到无比疲惫，惠子打电话的对象显然就是本田麻二，原来她就是本田麻二深爱的桃花，怎么会这样呢？很多事像麻绳一样交织在一起，成了死结……在我的脑海中，一会儿是惠子，一会儿是本田麻二，他们的面孔交织出现……后来我迷迷糊糊睡着了。睡着后，做了一个梦，梦见我霍地从床上坐起来，看了下手表，时针指到一点钟的位置，我下床，悄悄出了地下室，来到医务室，我拿了一把手术刀。楼道里静悄悄的，我每走一步尽量不发出声响。在楼道的拐弯处，是惠子的住房……我轻轻地推了下门，门开了，我一闪身进了屋子，屋子只有一张床，床上躺着一个人，她已经睡熟了，黑暗中，有她均匀的呼吸声。我走到了她的身边……我抬起手臂，将刀尖对准了床上的人，不知道为什么我的手颤抖起来，这时她转了下身，我一看躺的人不是惠子，而是我自己……床上的人还在熟睡，在梦中，她呓语了两声，我听见她在呼喊一个人的名字……李明义李明义……我手有点湿滑，当啷一声，刀掉到了地上……

　　我从梦里一下惊醒。

　　惠子没隐瞒我，我之所以被救出来，是她找的本田麻二，她希望本田麻二不要伤害我，本田麻二的要求是，要她从我嘴里问出黑蜘蛛的具体位置。

"你这样很危险。"

惠子说:"我只想救你。"

接下来惠子告诉我另外一个不好的消息,荣主任死了。

我惊讶地说:"荣主任死了?"

惠子点点头,死因是在那个致幻的药上,这种药虽然能让意志涣散,但副作用极大。荣主任服用后的第二天,精神分裂,他一会儿说要毁灭世界,一会儿又号啕大哭,最后他头撞墙而死……

自从知道荣主任死亡的消息后,我的心情一点儿都不好受,毕竟我跟了他多年,那天我记得跟惠子说了很多江口正川的事情,希望惠子能帮我找到这个人,他要是不除掉,地图就会被泄露,日本人的野罂粟计划有可能死灰复燃。

惠子说,这个人的保密级别一定很高,她想想办法,看能不能找到。

第二天惠子没来,第三天她也没出现,我一下子紧张起来,担心会出什么事,于是我装扮成医院里的清洁工,到医院里找她,里里外外都找了个遍,就是没看到惠子的身影。我心咚咚咚直跳,她一定是出事了,很有可能是本田麻二秘密抓住了她。也就是在这个时候,我买了一份《蒙疆日报》,上面有惠子的消息,她昨日于街头昏迷,希望她的家属速速联系云云,下面有电话。

我打电话过去,电话里是一个声音深沉的人。

他说:"你是李明义吧,我等了很长时间了。"

我听出电话里的人就是本田麻二。

我说:"惠子呢?"

他嘿嘿笑了一下:"你关心的是惠子,我关心的是地图,只要你把黑蜘蛛的具体位置告诉我,惠子会安然无恙地送到你面前,是不是我很卑鄙?但这也是没办法,咱们立场不同,我只能这么做。"

我冷笑了一下:"江口先生病好了吗?"

本田麻二说:"他是烧伤,治好需要时间,而跟你,我们不需要时间,只要交换就行。"说完,本田麻二嘿嘿地笑了几声。

"交换什么?"

电话那头沉默了一下,他说:"我们的野罂粟计划有两个版本,合在一起才是真正的计划,你只要把地图拿来,我就会把计划给你,对,还有你的惠子。"

我咬了咬牙:"好吧,你说什么时候给你地图?"

"后天吧,在武师长的葬礼上,地点就在关帝庙……"

放下电话,我也拿不准主意,于是到了药店,见了杨政委汇报情况。

杨政委问我伤怎么样了,我摇着头说没事。接下来我把本田麻二拿惠子要挟我的事跟杨政委说了。

杨政委看着我:"你想怎么办?"

我痛苦地说:"我想救惠子。"

杨政委说:"这会不会中他们的圈套?"

我坚定地说:"可这也是一个铲除本田麻二的机会。"

杨政委在屋子里转了一圈,他说:"现在情况很复杂,你听我的,最好不要轻举妄动……"

"我必须救惠子。"

杨政委见我情绪有点激动,就换了个话题说:"看来日本人现在已经急了,随时会对你下手,外面不安全,你既然已经暴露,不行就到永济堂药店里躲一躲。"

我说:"我现在藏身的地方是全归绥城里最安全的地方。"

……

武师长的葬礼将在关帝庙里举行法事。多年来全归绥城有头脸的人物故去，都会在这里举行法事。

这一天一大早，关帝庙里开始忙碌起来，里面香火缭绕，诵经声不断，武师长的红木棺椁停放在寺庙前的中央空地中，僧人围坐一圈，口中念念有词。

我装扮成要饭的，破衣烂衫，脸上满是污垢，混迹于人群之中。这时我看见宋德利，他的脸色比前几天好看多了，听惠子说，这个家伙已经成了特务科科长，在秋阳的照耀下，他的嘴角洋溢着几分得意，背着手在队伍前转了几圈，一副小人得志的样子。以我的经验看，今天这么大的场面，一定不是特务科在掌控，真正的指挥者是本田麻二。

此时，宋德利靠在一根红柱子边抽着烟。

我一直在盯着他，猜想他这次根本不愿意当这个特务科科长，当了，等于他坐在火堆上，那种火烤的滋味他太清楚，可不当行吗？本田麻二是不会放过他的，他现在是在和本田麻二玩游戏，一旦他拿到去日本的船票，他会立刻扔了这个破科长，带着全家躲在日本逍遥快活。

外面一阵嘈杂，但很快安静下来，十几个穿着黑色中山装的特务整齐地出现在正门，宋德利立刻来了精神，他赶紧扔掉手中的烟，快速地跑了过去。

本田麻二来了，他跟以往一样，没穿军装，而是穿着一身黑色中式衣服，脸上黑色的眼罩格外显眼。他下了车朝着庙里走来，呼啦围了好多人，人们都想看看这个凶残的日本人是怎么到武师长面前烧香的，庙里此时诵经之声再次响起，牛皮大鼓咚咚地敲响，各种法器齐奏，庙里顿时又热闹起来。本田麻二神情静穆地走到武师长的棺椁前，点着了三根香，他深深地鞠了三个躬。就在这时，我看见惠子就站在本田麻二的身后。

有一个人挤进了人群，掏出一把手枪对准了本田麻二。

两声枪响之后,本田麻二应声倒在地上。庙里顿时乱作一团。

开枪的人原来是小杨,我一下子明白了,原来杨政委已经安排了一切。

不幸的是,小杨转身准备离开时,宋德利一枪击中了小杨……

当我趁乱挤到本田麻二面前想再补一枪时,一看地上的人眼罩脱落,两只眼睛都是好的,啊,居然是假的?这个人根本不是本田麻二,怎么回事?

这确实是设计好的一个圈套。

也就是在这个时候,有个穿着黑风衣的人拉了我一下,我觉得这个人的气息很熟悉,是惠子。

"快跟我走。"

我不敢多想,跟在惠子身后朝着后门方向走着,快出门时,突然传来一声枪响,惠子用身体挡了我一下。

一颗子弹打中了她。

"你怎么样?"

她捂着胸口,身体在不停地摇晃,她颤抖地对我说:"你快走……"

"我不能不管你。"

惠子大口喘着气说:"我是日本人,他不敢对我怎么样,你快走呀。"

我只能朝天又开了两枪,制造更加混乱的局面,人群里像炸了锅,整个寺庙到处是哭声和叫喊声。不明白的特务朝着人群中开了枪。

我听见宋德利大喊着:"谁让你们开枪,王八蛋,老子要抓活的。"

人群像沸腾的河水,尽管门口有特务把守,但疯狂的人群相互拥挤着踩踏着,门很快被冲开了,人群像开闸的水四散奔逃。现在的我已经混在人群之中，我一边跑一边回头张望惠子，心里祈祷她安然无恙……

宋德利像只饥饿的狼，他龇着牙，瞪着绿眼珠。我被眼尖的宋德利一眼看见，他大叫着："逃犯李明义在那里。"

特务们像苍蝇一样呼啦将我包围了。

这个时候，只有呼吸平稳，我才不会感到恐惧和害怕，特务们黑压压地往上冲，最前面的两个已经被我打倒，一个死了，一个半死，躺在地上痛苦地呻吟着，剩下的人暂时还不敢贸然冲上来。

庙里枪声突然停止了，里面传来宋德利的声音，尖亮的声音，一听便是他，他喊着："李队长，不要开枪了，你已经被包围了，放下你手里的枪，我保证你会有一条活路，这也是本田先生的意思……"

我朝着宋德利喊叫的方向开了一枪，又是一阵密集的枪声。

我躲避的墙体上已经被打得千疮百孔，用不了多长时间，那堵墙就会被子弹打穿。我蹲在地上，检查了枪，枪里还剩一颗子弹，这颗子弹我不会轻易浪费，我决定把它留给自己。我将枪口对准自己的太阳穴，内心想着：杨政委对不起了，我李明义没有完成您交代的任务，可我不想做他们的俘虏，真的，对不起了。

就在我准备扣动扳机时，远处传来一阵密集的枪声，但很快静了下来。

我感到奇怪，探出头，看见外面一群特务倒在地上，宋德利也在其中，他的身下一片殷红的血迹。

到底发生了什么？

这时一个熟悉的人影出现了，杨政委？

外面的特务死的死伤的伤，远处杨政委带着人朝庙里冲了过来，不一会儿杨政委走到我近前。

我激动地说："杨政委，你们怎么会来？"

杨政委说："我们是来救你的，快走。"

我被转移到安全地带，气还没喘匀，见一个同志背着一个人跑了出来，这时我发现杨政委的脸色在夕阳中一片铁青，他眼睛红红的没说话。这不对劲啊，于是我走过去一看，啊，原来是惠子。我一把把她抱在怀里，惠子身子冰冷，看上去已经奄奄一息了。她缓慢地睁开眼看了看我，声音断断续续地说："没想到是我吧，我帮你挡了一颗子弹，你又欠我一回。"

那一刻我眼泪纷纷："你真傻，你怎么了？你到底怎么了？你醒醒，我欠你的，我还，我现在就还……"

我看见惠子身上全是血。

"真是不走运，我中了枪。"惠子浅笑了一下，"我知道你会来，我想帮帮你。"

说完她身子颤抖了一下，她说："你能抱紧我一些吗？"

我紧紧地抱着她。

惠子的气息变得微弱，她贴着我耳朵说："那个江口正川就在我们医院208病房……这一次你又欠了我一个人情……我估计你是还不了了……"

我痛苦地摇着头："惠子，不要说了不要说了，你会好的。"

惠子的眼神在一点点地涣散，她的声音在变弱，在变轻，她在我耳边轻轻地说："我……愿意当你的……惠子……那个长川美代子……早死了……"

惠子就这么反复说了几遍，她的声音在往天上飘，后来就听不到任何声响，而那首《月下美人》，却在我的耳边一直回响……

我知道，惠子的死不光对我，对本田麻二一定也是一个致命打击。

后来我听说，本田麻二关帝庙抓我的计划彻底失败后，他非常恼火，回到桃花公馆就砸东西，瓶瓶罐罐的全摔了。特务科人来汇报时，看见本田麻二从抽屉里取出三份船票和日本通行证，这是他答应宋德利的，本来等着这次任务结束以后，他将这些给他，可没想到这个家伙没这个福分，本田麻二将它们扔进火盆之中，顿时成了灰烬。第二天早晨，本田麻二又听说惠子为了救李明义也死了，这个消息犹如晴天霹雳，从十八岁开始培养的女间谍就这样无声无息地死了，让他想不通的是，惠子竟然会为了一个中国人而死，一时间，本田麻二感到自己输了，输得很彻底。那天，他把自己关在屋子里，任何人都不见。

　　本田麻二这样的表现可以理解，长川美代子是他一手调教出来的特工人员，她作为本田麻二一枚重要的棋子，希望把她培养得和川岛芳子一样优秀，就在准备起用她时，她却意外爱上了一个中国人……只要想到这些，本田麻二的心都碎了……我能想象到此时本田麻二紧紧咬着牙齿，脸上的环形肌都在不停地抖动，他已经没有任何牵挂了，剩下的心血，他要把野罂粟计划执行到底……

　　夜晚繁星点点，我一个人抬头看着夜空，夜空中仿佛有惠子那张单纯的脸。

　　"你想好了吗？"惠子眼睛明亮地问我。

　　"什么？"

　　"咱们俩一起走啊，到个山清水秀的地方，过余生。"

　　夜空中一道流星划过。

　　"你不后悔？"

　　"我自从见到你的那天，就不后悔，你就是我的希望，我干吗要后悔？"

　　我的眼泪流了出来："你干吗要这么傻，为了我，你把命都搭进去了。"

"我觉得值得。"
……

回到了厚和医院的仓库里,我整整一天没出门。

一天,我脑海里又浮现出当年西北戈壁上的那场枪战。刚刚勘测到了黑蜘蛛矿石地点时,我故意向考察团放出风,说这地方有金矿。于是那天黑夜发生了可怕的枪战,在火焰和呼啸的子弹中,我看见江口大声呼喊着停止下来,可根本没人听他的……我悄悄地走到江口的身后,朝他开了两枪,他转过身,眼神里充满了不解,我狠狠对他说,我是中国人,你们在我们的国土上抢掠,你们就是强盗,这就是你们的下场……那场枪战,我检查了所有的成员的尸体,确信没一个喘气的,我才离开……

如今这个江口正川还活着,这让我所有的心血都会白费,我必须杀掉他,可我已经是日本人通缉的人,怎么才能进入守卫森严的医院病房里?

接下来的几天里,我仔细察看过208病房,这个病房位于厚和医院的二楼,可整个二楼被日本兵严密地守卫着,来往的医生护士都要经过严格的检查,根本没机会接近他。

除非是病人。

那天临近黄昏的时候,我一下子想到"病人"两个字,为什么我不能跟江口正川一样,成为一个面部烧伤的病人去厚和医院看病呢?

这个念头如熊熊大火在我脑子里燃烧着,现在看只有这个办法,我才能接近208房间。

我看到床下的硫酸。

我想起惠子的话,在这个城市里咱们都是假面人,现在我决定真的做一回假面人,一个真正的假面人,用这个假面来完成我的任务……

我慢慢拧开硫酸瓶盖，里面呛人的气味让人窒息，我脑子里想起陈娥，她一直存在我的记忆之中，她理想坚定……想到她的死，我很后悔，我为什么不去营救她？而让她就牺牲在我的面前……我对不起她呀……恍惚中，我又想起惠子，仿佛听见惠子的歌声在屋里回荡着，那旋律和那歌声，让我觉得惠子根本没有死，就在我身边……

我在悲伤中，一会儿清醒一会儿恍惚……就在我听到钟楼的钟声时，我不再犹豫了，猛然将瓶子里的液体泼在自己的脸上，钻心的疼痛顿时让我昏厥过去……

在我毁容三天后，韩三伪造了我的身份，顺利地把我送进了厚和医院。守卫的日本人看到我被硫酸烧坏的脸时，差一点儿呕吐出来，他们让里面的护士把我推进了手术室。手术完成后，我已经苏醒过来，静静地等待着时机。

我的病房就在208病房的对面。

那是个快要下雨的夜晚，我先是听到一声闷雷，然后窗外传来淅淅沥沥的雨声，我知道归绥城的春天终于来了，刺杀江口正川的时机到了。

做完手术后，韩三送我进病房时，将一个盒子用胶布粘在床的下面，这是我按照刘庆日记记载的配方，提前做好的一颗小型的炸弹，我要用它杀死日本人最后的企图。

"还有这个。"韩三递给我一张小羊皮。

上面有我绘制的地图。

到了深夜，我从床下下来，尽管我缠着厚厚的纱布，脸上的伤口疼痛无比，可只要想起死去的那些人，我的身上就有着无穷的力量。

我推开了208病房的门，里面直挺挺地躺着一个人，借着外面的闪电，我看清这个人跟我一样，头部缠裹着纱布，只露着眼睛和嘴，我一步步走近他，这个人睡得很熟。

我狠狠上前捂住他，当我的双手真实接触到被子的时候，我发现自己上当了。

棉被里放着一个用棉花缝制的假人。

灯亮了，就在我低头适应灯光的时候，我听见一声清脆的碰铃声。

一个人站在窗帘边，他手里拿着一对碰铃，我的头脑嗡的一声，他是本田麻二，他朝着我笑了一下。

"李明义，我在这里等了你很长时间了。"

在那一刻，我一下子明白了一切，原来本田麻二利用江口教授还活着的假消息，包括荣主任看到的，都是他精心设计的，他的目的就是引诱我上钩。

本田麻二说："我猜你今天来这里，你一定会把地图交给我。"

"我们不如做个交易怎么样？"

本田麻二很有耐心，他看着我："好啊，你是唯一可以跟我谈交易的人。"

"我给你地图，你给我计划。"

本田麻二一下子笑了起来，笑得让人恐怖，笑过之后，他环视了病房："你觉得你能飞出这间屋子吗？"

"这个就不劳你费神了，你的东西呢？"我没有一点儿慌张。

本田麻二的手慢慢地抬起来，他的手伸向了眼罩，从里面取出一个纸卷："这是微缩的计划版本，它跟了我整整有两年，现在它离开我，我有点依依不舍。"说完他笑了一下。

"你真会藏，我怎么没想到它在你的眼罩里。"

"不是你，是所有人。"

我从面部的纱布里，取出小羊皮递给他。

本田麻二面露谦和的笑容说："咱们俩很像古代守约的君子。"

"对待侵略者，我们只有仇敌。"

没多久，厚和医院的二楼，传来一声巨大的爆炸声。

尾　声

　　有关我的故事，后来有了很多版本。

　　抗战胜利以后，在归绥的大街小巷里，流传着很多关于我的故事，一种说法是我破坏了日本人的野罂粟计划后，一直还战斗在隐蔽战线上，截获了不少的敌人情报，立了不少战功；另一种说法是我彻底隐姓埋名，回到老家种地，成了一个老实巴交的农民；还有一种说法是，我成了归绥城里卖花生的人，走街串巷，满脸伤疤，丑陋不堪，那张脸看上去要多可怕有多可怕……

　　绥远和平解放以后，怀月楼戏园子还专门把我的故事，改编成现代晋剧。戏里说我能飞檐走壁，专门刺杀日本侵略者，非常有名的九岁红扮演巾帼英雄陈娥，据说场场爆满反响热烈……

（完）